DREAMBOOKS★

DREAMBOOKS★

FUSION FANTASY STORY & ADVENTURE

사도연 퓨전판타지 장편소설

신세기전

신세기전 2 신(神)의 눈동자

초판 1쇄 인쇄 2016년 8월 23일
초판 1쇄 발행 2016년 9월 2일

지은이 사도연
발행인 오영배
기획 박성인
책임편집 김다슬
표지 · 내지 디자인 공간42
제작 조하늬

펴낸 곳 (주)삼양출판사 · 드림북스
주소 서울시 강북구 도봉로 173
대표 전화 02-980-2112 팩스 02-983-0660
편집부 전화 02-980-2116 팩스 02-983-8201
블로그 blog.naver.com/dreambookss
출판등록 1999년 3월 11일 제9-00046호

ISBN 979-11-313-0650-5 (04810) / 979-11-313-0648-2 (세트)

+ 이 도서의 국립중앙도서관 출판시도서목록(CIP)은 서지정보유통지원시스템홈페이지(http://seoji.nl.go.kr)와 국가자료공동목록시스템(http://www.nl.go.kr/kolisnet)에서 이용하실 수 있습니다. (CIP제어번호: 2016019363)

FUSION FANTASY STORY & ADVENTURE

사도연 퓨전판타지 장편소설

신세기전

신(神)의 눈동자

2

신세기전

목차

8장

신(神)의 눈동자

갑자기 찾아온 개기일식에 지호와 이나은은 화들짝 놀라 고개를 들었다. 자신만만 표정을 짓던 팽도산도 얼굴 가득히 경악이 퍼진다.

"뭐지…… 저건……?"

작게 중얼거리는 지호의 목소리는 떨리기만 한다.

빛이 사라지고 어둠이 찾아왔다. 낮은 밤이 된다.

태양이 사라진 자리. 그곳엔 커다란 눈이 있었다. 탁한 노란색이 가득 찬 흰자위 부분 위에 세로로 길게 쭉 찢어진 붉은 동공이 희번덕인다.

눈동자는 태양만큼이나 크고 밝다. 하지만 세상에 따뜻

함을 주는 태양과 다르게 눈동자는 으슬으슬한 공포를 준다. 태양이 세상에 빛을 뿌린다면 저것은 어둠을 내리며 인간을 잡아먹으려 한다.

그것은 마치 인간 세상이라는 우리를 구경하던 거인이 겉면에다 살짝 구멍을 내고 눈동자를 갖다댄 것만 같은 느낌이었다.

눈동자는 무언가를 찾는 듯이 여기저기를 굴렀다.

아무리 현실 세상에서는 절대 생각할 수 없는 비상식적인 일이 비일비재하게 벌어지는 세상이라지만. 전혀 납득이 가지 않는 상황에 아무 생각도 나지 않는다.

그때 눈동자가 지호 등이 있는 지점에 멈춘다.

순간, 깊은 적막이 내려앉았다.

숨이 턱 하고 막힌다.

어디선가 보이지 않는 손이 이쪽을 내리칠 것만 같다.

'날…… 보고 있어.'

지호는 본능적으로 저 눈동자가 자신을 쳐다본다는 사실을 알아차렸다.

왜인지는 모른다.

그냥 착각일 수도 있다.

하지만 본능이 말한다. 저 녀석은 널 발견했노라고.

심장이 간질간질하다. 몸속을 개미 떼가 지나면서 깨물

어 대는 것처럼 근육과 뼈마디가 아픈 것 같다.

눈동자는 한동안 지호를 쳐다보다가 다시 다른 쪽으로 시선을 돌린다. 그러다 무언가를 발견했는지 눈자위가 살짝 감긴다.

그것은 마치 웃는 것처럼 보였다.

—여……기……에……있……었……구……나.

그 순간, 영혼을 강타하는 목소리!

마치 작살에 꽂힌 생선처럼 몸이 쭈뼛 세워진다. 손발이 찌르르 떨린다. 식은땀으로 상의가 흥건하게 젖어 버린다.

"왜 그러세요?"

이나은이 지호의 이상 상태를 깨닫고 조심스레 묻는다. 그녀도 저 정체를 알 수 없는 눈동자 때문에 숨을 죽이고 있지만, 지금 지호의 상태는 누가 봐도 이상하다.

"목소리, 못 들었어?"

"무슨 목소리를 말씀하시나요?"

"저 목소리……!"

지호는 눈동자를 가리키며 묻다가 의아해하는 이나은의 표정을 보고 깨달았다.

'못 들었어! 나만 들었던 거야.'

하지만 눈동자는 자신을 보긴 했어도 다른 사람에게 말을 걸었다.

그렇다면 누굴까?

'오공! 저건 오공을 찾고 있었어!'

그제야 손오공이 했던 말이 떠오른다.

"말했잖아? 너 강호 구경시켜 주기 전에 먼저 볼 일이 있었다고."

그 말이 이거였나.

'오공, 도대체 그 할 일이란 게 어떤 겁니까? 제발 사람이 상식적인 선에서, 납득이 되는 선에서 끝내십쇼. 심장이 떨어질 것 같지 않습니까?'

속으로 투덜거리지만 여전히 충격과 긴장은 가시질 않는다. 손오공이 여태 싸워 왔던 존재가 저런 것이라고 생각해 본다면 대단하다 못해 끔찍하다.

눈동자는 그 뒤로도 한참이나 손오공이 있으리라 되는 곳을 내려다보다가 서서히 감기기 시작했다.

스르르.

마치 곤히 잠에 들기 위해서 눈을 비비는 것처럼 눈꺼풀이 파르르 떨리면서 서서히 감긴다. 하지만 살짝 휘어진 눈매는 재미나다는 듯이 웃는다.

—기…… 대…… 하…… 마.

눈동자는 그 말을 끝으로 완전히 감겼다. 그리고 잔잔하게 뿌려졌던 해무리가 확 하고 흩어지면서 다시 세상이 밝아진다.

마치 지금까지 보았던 것들이 모두 거짓이라고 말하듯이 무겁던 공기도 사라진다. 숲의 상쾌한 바람이 빈자리를 대신 채우면서 새가 다시 지저귀기 시작한다.

하지만 여전히 정체를 알 수 없는 위화감은 지호의 몸에 진하게 여운으로 남는다.

"정말…… 저건 뭐였을까요……?"

이나은이 떨리는 목소리로 묻는다.

지호가 침을 삼키며 반문한다.

"정말 몰라? 저게 무엇인지. 혹시 이 세상에는 흔하게 벌어지는 기상 현상이라든가."

"웬만한 학자보다 책을 많이 읽었다고 자부하지만 저런 건 들어 본 적도 본 적도 없어요."

그러다 눈동자를 살짝 좁힌다.

"그런데 그대는 마치 '이곳'의 사람이 아닌 것처럼 말씀을 하시는군요."

"음? 내가 그런 말을 했나? 하하하하. 말실수였나 보지. 착각이야, 착각."

지호는 게슴츠레 자신을 쳐다보는 이나은의 눈길을 넘겨

버리고 아래쪽으로 시선을 돌렸다.

"그보다 저게 무엇인지는 저쪽에 계신 손님이 알고 있는 것 같은데?"

지호와 이나은은 팽도산을 봤다.

팽도산은 아예 넋이 나간 사람처럼 알 수 없는 말을 중얼거렸다.

"하하! 하하하하! 저게 진짜였어? 정말? 말도 안 돼! 상식적으로 가능하겠냐고! 하지만 진짜잖아? 봤잖아? 그럼 노친네가 노망이 난 게 아니었어? 아니면 내가 미친 건가? 도대체 어떻게 돌아가는 거지?"

그러다 얼굴을 잔뜩 일그러뜨린다.

"제기랄! 좋아! 믿어 주지! 까짓것! 신이 진짜로 있다면 충실하게 따라 주겠다 이거야. 하하하! 하하하하하!"

무언가를 다짐했는지 일그러진 얼굴이 잔뜩 펴지면서 웃기 시작한다. 하늘을 보며 광소를 터뜨린다. 두 눈가엔 광기가 잔뜩 퍼졌다.

도왕이 태감과 손을 잡고 질주광마를 생포해 오라는 말을 들었을 때까지만 해도 왜 굳이 이렇게까지 내시 따위에게 휘둘려야 하는지 도통 이해하질 못했다.

그래도 명령이 있으니 질주광마에 대해 눈치를 챈 듯한

이나은의 뒤를 밟은 것인데.

이렇게 직접 신을 영접하게 되니 알 것 같다.

신은 정말 있었다!

이제야 알겠다.

아버지는 그동안 나이를 먹어 노망이 난 게 아니다. 언제나 자신만만하게 말했던 것처럼 더 높은 곳을 보고 있었다.

신의 사자(使者)가 되려 하고 있었다.

그리고 신의 선택을 받은 우리 오호문은……!

"하하하하하하하! 좋아! 좋고말고!"

두 눈은 이미 붉게 충혈됐다. 개기일식이 일어나기 전에 자신만만한 패기로 가득하던 눈이 아니다. 개기일식이 그에게 어떤 계기를 준 것이 분명했다.

"모두 나오라!"

스스슥.

숲 곳곳에서 무사들이 모습을 드러내기 시작한다. 한 손에는 칼을, 눈에는 광기를 심은 자들이. 지호의 감각에 잡힌 숫자만 해도 일백 명.

그들도 모두 팽도산과 같은 눈이 되었다. 무언가 홀린 듯이 초점이 맞질 않는다. 광기로 희번덕이는 모습이 광신도를 연상케 한다.

"모두 보았겠지? 우리의 신을."

"보았습니다."

"보았습니다."

모두가 이구동성으로 대답한다.

"그렇다면 모두 신을 위해 죽어라. 성전(聖戰)의 시작을 우리 붉은 늑대가 장식하는 것이다."

"신을 위해!"

"신을 위해!"

팟! 파바밧!

칼을 든 무사들이 일제히 달리기 시작한다. 두 눈에 광기를 띤 오호문도들은 정말 말한 것처럼 죽음 따윈 두려워하지 않는 듯 지호와 이나은에게 달려들었다.

지호의 인상이 팍 찡그려진다.

"도대체 어떻게 돌아가는 거야?"

개기일식이 일어나 이상한 눈동자가 손오공을 찾아 대질 않나, 갑자기 팽도산은 혼자서 미친놈처럼 주절주절 미친 듯이 떠들어 대더니 신을 만났다면서 살기를 피운다.

지호는 여기에 대해서 설명을 좀 해 보라는 듯이 이나은을 쳐다봤다.

하지만 직관력이 뛰어난 이나은도 이번 일은 상식적으로 납득 가지 않는 점이 너무 많아 고개를 저었다.

"결국 오공한테 캐묻는 수밖엔 없나?"

보아하니 손오공, 개기일식, 오호문, 대장군가까지. 뭔가 일이 복잡하게 꼬인 것 같다. 모든 명확한 사실을 알고 있는 건 한 명밖엔 없다.

하지만 그러기 위해서는,

"일단 길부터 뚫어야겠지."

지호는 어느새 나무줄기를 박차면서 직각으로 올라오는 무사들과 나뭇가지 위를 날듯이 달려오는 녀석들을 보면서 길게 숨을 골랐다.

화안금정이 더욱 요요하게 빛난다.

허락 없이 버드나무 같이 얇은 이나은의 허리를 감으며 말한다.

"꽉 잡아."

"무슨…… 꺄아아아악!"

이나은이 뭐라고 대답하기도 전에,

쾅!

지호는 앉아 있던 나뭇가지가 부러질 정도로 세게 박차면서 허공을 길게 찢었다.

쐐애애애애애—액!

'대, 대체 무슨 생각으로!'

이나은은 떨어질까 싶어 지호에게 찰싹 달라붙어 떨리는 눈동자로 지호를 쳐다봤다.

그라는 존재는 생각한 걸 훨씬 뛰어넘는다.

단지 기합만으로 사패에 해당한다는 오호문도들을 일거에 쓰러뜨린 자. 게다가 그들과 충돌하는 것을 전혀 두려워하지 않는다.

하지만 지호만큼이나 상대 역시 절대 만만치 않다. 아니, 오히려 동원한 전력이 예상을 초월한다.

붉은 늑대가 누군가!

오호문은 오호(五虎), 다섯 호랑이가 뭉친 집단이다.

여기서 말하는 호랑이란, 강한 짐승을 의미하는 바.

각각 적색, 백색, 흑색, 황색, 청색으로 구성된 짐승들은 다섯 무력 부대를 상징한다.

이중 붉은 늑대, 적랑은 다섯 짐승 중에서도 가장 강하기로 명성이 자자하다.

오로지 가주인 도왕의 명령만을 수행하며 최전선과 사선만을 골라 뛰어다니는 늑대들. 그들이 지나는 자리에는 언제나 피 냄새가 자욱하고 피바람이 불어닥친다.

개개인이 모두 일류로 구성된 고수들이며 그들이 단합을 이뤘을 때는 배나 되는 실력을 자랑한다. 단체로 나타나면 다른 사패들도 한 수를 접는다고 할 정도다.

그런 이들이, 일백 명 전부 한 곳에 나타났다.

오로지 질주광마 하나를 잡겠다는 일념으로.

만약 다른 사람들이 들었으면 어이가 없다는 반응을 보이리라.

닭을 잡는 데 소 잡는 칼을 쓰다니?

아무리 질주광마가 제나라를 혼란케 만든 마인이라고 할지라도 사패의 입장에서 보면 얼마든지 제거할 수 있는 하찮은 자에 지나지 않는다.

그만큼 사패가 가진 전력은 대단한 것이며 황실에서도 결코 그들을 무시하지 못한다. 사패의 전력, 그 자체만 따진다면 황도를 수호하는 어림군에 비할 수 있으니.

'대체 질주광마가 저들에게 어떤 존재이기에……!'

오호문이 마인 하나 때려잡자고 붉은 늑대를 동원했다고 생각하기는 힘들다.

그렇다면 배후가 있겠지.

'태감!'

태감이 도왕에게 넌지시 질주광마에 대한 이야기를 했다면 충분히 이해가 된다.

한평생 황궁에서 벗어난 적이 없는 태감이 어째서 일면식도 없는 질주광마에 대해 그렇게 집착을 하는지는 알 수 없지만, 질주광마가 보였던 행동 중에 무언가가 그를 자극했다면 충분히 가능한 일이다.

붉은 늑대라면 완벽히 질주광마를 제압할 수 있을 거라

고 여겼으리라.

그리고 그것은 보통 이의 상식선에서 당연한 일이다.

하지만,

'이 사람은…… 논외야.'

그녀가 일인군단을 잡기 위해 만든 전술을 일거에 부숴 버린 자가 아닌가!

콰콰콰콰콰—쾅!

지호는 놈들과 맞닥뜨린 순간, 왼손으로 이나은을 더욱 안쪽으로 바짝 당기면서 가볍게 말아 쥔 주먹을 허공에다 잇달아 내질렀다.

샛노란 뇌전이 터져 나간다. 대기가 타오른다. 폭발이 계속 이어지면서 선두에 있던 무사들을 덮친다.

콰지직!

눈부신 도기(刀氣)로 가득 찼던 녀석들의 칼이, 붉은 늑대가 수많은 전선을 누비며 적들을 공포로 몰아넣었던 이빨이 천둥에 흔들리며,

와장창!

이어진 뇌전이 칼을 완전히 깨 버린다. 마치 유리가 깨지듯이 칼 조각이 우수수 떨어졌다.

붉은 늑대의 얼굴에 경악이 어렸을 때,

퍼퍼퍼펑!

뇌벽세가 고스란히 놈들을 덮쳤다.

"컥!"

"크헉!"

무사들은 일제히 피를 토했다.

뇌전은 천지간에 존재하는 가장 강력한 힘. 당연히 뇌벽세는 오행공 중에서 위력만 따진다면 단연 선두를 차지한다.

무사들이 받은 충격은 마치 전력으로 질주하던 마차에 정면으로 부딪친 것과 똑같다. 육신이 이대로 부서지는 게 아닐까 싶을 정도로 엄청난 고통이 전신을 강타하고, 의식은 그대로 나가 버린다.

우수수 쏟아지는 칼 조각과 함께 무너진 열 명이나 되는 무사들도 같이 정신을 잃고 쓰러진다.

붉은 늑대들은 재빨리 눈짓으로 의사를 교환했다.

수많은 사선을 넘나든 그들은 눈빛만으로도 생각을 교환할 정도다.

스스슷!

그래서 내린 선택은 분산이다. 남은 무사들이 크게 좌우로 나뉘면서 뱅그르르 둥근 호를 그린다. 지호와 이나은을 안쪽에 가둬서 상대하겠다는 의사 표시다. 또한, 강한 일격이 터져도 피해를 최소화하겠다는 생각이다.

하지만 녀석들이 뿔뿔이 흩어진다면,

"요격해 버리면 그만이지."

지호는 기운을 뇌벽세에서 화염륜으로 전환, 마치 붉은 뱀처럼 손목을 휘감는 불꽃을 손에 한껏 담았다. 커다란 뱀은 다섯 개의 새끼로 나뉘면서 각 손가락 끝에 똬리를 틀어 둥근 환이 되었다.

그것을 한꺼번에 터뜨린다.

피피피피핏!

탄지(彈指)다. 화염을 응축시킨 구슬은 마치 탄알처럼 쏘아져 눈 깜짝할 사이에 붉은 늑대들을 관통했다.

퍼퍼퍼퍼퍽!

"으아악!"

"이, 이건……!"

탄지는 녀석들의 검을 쥔 오른쪽 어깨와 손목을 관통하거나, 검면의 정중앙을 적중했다. 화안금정의 집중력은 아주 대단해서 단 한 발도 빗나가지 않는 신기에 가까운 사격술을 자랑했다.

무사들은 저마다 어깨와 손목을 틀어쥐며 마치 보이지 않는 손에 의해 뒷덜미를 잡힌 사람처럼 추락했다. 탄지 자체가 가진 충격도 대단해서 벌어진 일이었다.

만약 목젖이나 미간 같은 치명적인 약점을 노렸다면 더

확실했을 것이다.

그러나 지호는 고의적으로 살인을 피했다. 손오공에게 의해 숱하게 굴렀어도 아직 살인에 대한 거부감은 강하다.

물론 추락하다가 머리부터 떨어지거나, 공격에 잘못 휩쓸려 죽는 경우까지는 신경 쓰지 않는다. 지금 당장은 자신과 품에 안은 이나은의 안전이 더 중요하니.

다행인 점은, 지호가 제압이 가능할 정도로 실력 차이가 아주 크다는 점이었다.

탄지를 쉴 새 없이 터뜨리니 더 이상 거리를 둔다는 계획도 수포로 돌아간다.

결국 지호의 앞은 텅 비어 버린다.

그 틈을 절대 놓치지 않았다.

쐐애애애애—액!

전력을 다해 유수행을 펼친다. 바로 눈앞에서 지호가 통과하는 것을 보게 된 붉은 늑대들이 허겁지겁 뒤를 밟는다.

하지만 그들은 이를 악물어야 했다.

'뭐가 이리 빨라!'

'대체 인간이 어떻게 된 거지?'

지호의 속도는 웬만해서는 뒤따르는 시늉도 할 수 없을 정도로 빨랐다. 결국 붉은 늑대들은 눈에 핏대가 설 정도로 다리를 놀렸다. 공력과 체력이 급속도로 메마른다.

"녀석이 이 숲을 통과하게 해서는 안 된다! 절대로!"

팽도산의 악 바친 명령이 이어진다.

이곳을 통과하면 지호와 이나은을 완전히 놓치고 만다. 그때는 오호문이 칼을 겨누고 있다는 사실을 알 테니 대장군가에 깊숙하게 숨어 버릴 터.

지금처럼 둘이서 따로 떨어질 호기는 절대 없다. 있다고 하더라도 그땐 이미 대장군가가 가진 모든 정치력을 이용해 오호문을 위기로 몰아넣은 후일 것이다.

과연 그때 가서도 태감이 오호문을 비호해 줄까?

정답은 '아니' 다.

태감이나 오호문이나 서로를 필요에 의해서 이용하는 관계밖에 되지 않으니.

결국 남은 것은 사각지대를 노리는 공격밖엔 없다. 정면에서 부딪치면 뇌벽세에, 거리를 벌리면 탄지에 속속들이 당해 버리니 어쩔 수 없는 선택이다.

하지만 지호는 그 점에 대한 대비도 이미 해 뒀다.

도망치는 데 꼬리를 달고 갈 수는 없는 노릇. 다행히 흩어졌던 녀석들이 뒤를 밟느라 다시 뭉치는 게 보인다. 전력을 다해 달리니 전열도 자연스레 흐트러진다.

'지금!'

탁!

달리다 말고 갑자기 오른발에 공력을 한껏 담아 땅을 내려찍는다.

콰아앙!

땅이 깊숙하게 내려앉으면서 모래 기둥이 오 미터 넘게 치솟는다. 대신에 영원히 이어질 것 같던 관성이 거짓말처럼 뚝 멈춘다.

"무슨 짓을……!"

"멈춰라! 모두 멈춰라! 놈이 뭔가를 하려고 한다!"

팽도산이 기겁을 하며 정지 명령을 내린다.

한창 속도를 내는 데 혈안이던 붉은 늑대들 역시 재빨리 정지하려 하지만 가속도가 붙은 몸이 쉽사리 따라 주질 않는다. 더구나 뒤에서 바로 따라오던 이들도 있으니!

결국 우왕좌왕하며 전열만 더 헝클어지는 그때,

고오오오오오오!

엄청난 기압이 지호를 중심으로 휘몰아치기 시작한다.

파직! 파지지직!

화염륜이 뇌벽세로 전환되며 샛노란 뇌기(雷氣)가 주먹 끝에서부터 시작되어 팔뚝을 따라 쭉 이어진다.

지호는 이를 악물었다. 팔뚝과 이마 위로 혈관이 금방이라도 터질 것처럼 튀어 오른다.

앞으로 쏟아지려던 힘을 강제로 틀어 버렸으니 끔찍한

고통이 다리를 따라 찌르르 올라온다. 하지만 지호는 몸을 최대한 반대쪽으로 비틀면서 그 모든 충격파를 오른손으로 전달시켰다.

전사경이다. 권격을 이용한 여러 기술 중에서 가장 기본이 된다며 손오공이 가르쳐 준 기예!

파직, 파지직, 하고 일어나던 뇌기는 마치 실타래가 엉키듯이 서로 연결되더니 커다랗고 빽빽한 노란 거미줄이 되어 버린다.

지호는 그것을 전사경으로 한데 모으며 터뜨렸다.

콰아아아아—앙!

공간이 부서져 나간다. 엄청난 충격파에 대기가 떠밀리면서 붉은 늑대를 그대로 떠밀어 버린다.

콰드드드드득!

떠밀린 대기 안쪽으로 기압이 몰리면서 와류를 그린다. 노란빛으로 물든 소용돌이가 공간을 수없이 할퀴어 대고 열풍을 수없이 토해 낸다.

그리고 그것은 회오리바람이 되어 세상을 찢어발긴다.

콰르르르르르르르르릉!

회오리바람은 붉은 늑대를 그대로 강타, 뇌전을 수없이 뿌려 댔다.

쿠릉! 쿠르르릉! 쿠르르르릉!

붉은 늑대는 비명조차 지르지 못했다. 아니, 질러 댔지만 뇌벽세가 일으키는 엄청난 천둥소리에 갇혀 그들의 비명은 전혀 밖으로 새어 나오지 못했다.

탈출 따윈 불가능하다.

회오리바람이 만들어 내는 감옥은 그들의 방향 감각을 모두 헝클어 놓고, 위에서 폭격처럼 쏟아지는 뇌전은 잇달아 그들의 몸을 때리면서 숨 쉴 틈을 주지 않는다.

콰르르르르르르르!

결국 뇌벽세는 수십 명이나 되는 붉은 늑대들을 일거에 쓰러뜨린 뒤에도 한참을 이어졌다.

대지를 할퀴고, 찢고, 뒤집고, 태워 버리길 수십 차례.

영원히 이어질 것 같던 회오리바람도 서서히 사그라지기 시작한다. 뇌전도 조금씩 횟수와 위력이 줄어들면서 결국 회오리바람도 완전히 사라졌다.

"……."

"……."

요란한 포성이 울리고 나면 마치 음소거 버튼을 누른 것처럼 조용해지듯, 뇌벽세가 한바탕 휘몰아치고 지난 자리에는 아무 소리도 없었다.

이나은은 여전히 지호의 품에 안겨 소리 없는 경악을 내뱉고, 실력이 부족해 붉은 늑대들보다 한 발자국 물러선 탓에 뇌벽세의 범위에서 겨우 빠져나올 수 있었던 팽도산 역시 소리 없는 아우성을 지른다.

그들은 뇌벽세가 지난 자리를 한참이나 바라본다.

새카맣게 타 버린 붉은 늑대들은 바닥에 쓰러져 바들바들 떤다. 새카맣게 그을린 땅 위로 노란 불똥이 타닥타닥 튀어 오른다.

바들바들…… 그런데도 신기한 점은 그들 모두가 몸을 떨고 있단 점이다. 모두 미약하게나마 숨이 붙어 있었다.

이나은은 헛바람을 들이켰다. 저렇게 무지막지한 힘을 선보이고도 다들 살아 있다고?

물론 받은 피해가 너무 크니 생존할 확률은 극히 적다. 설사 살아남는다고 해도 두 번 다시는 검을 쥘 수 없을 것이다. 이미 폐인이 되어 버렸다.

그렇다 해도 믿기지가 않는다. 힘을 조절했다는 뜻이니. 전력이 아니란 뜻이다.

'십군 급이라고? 아냐. 이 사람은 팔왕 급이야……!'

드넓은 강호에는 수십만 명이 넘는 무인들이 산다.

당연히 그 숫자만큼이나 내로라하는 강자는 아주 많고, 심산유곡을 뒤져 알려지지 않은 은거고수며 기인이사까지 합친다면 모래알처럼 숱할 것이다.

하지만 그중에서도 손에 꼽히는 강자는 있는 법이니.

호사가들은 말한다.

당금 강호의 꼭대기에는 단 여덟 명만의 왕이 존재하노라고.

팔왕(八王).

검, 도, 창, 권으로 이뤄지는 네 개의 병기를 극한까지 단련했다는 네 명과 동, 서, 남, 북에서 제일을 자랑한다는 네 명. 이렇게 총 여덟 명이다.

하지만 단언컨대, 거기에 한 명을 더 추가해야 한다.

지호는 그만큼이나 강하다.

'어쩌면 도왕까지도……!'

눈꺼풀이 파르르 떨린다. 눈동자가 흔들린다.

웬만한 일에는 전혀 끄떡도 하지 않는 그녀지만, 오늘 하루 동안 이 사람 때문에 얼마나 많이 놀라는지 헤아릴 수조차 없다.

고개를 들어 지호를 쳐다본다.

그런데 지호는 이런 대단한 일을 해냈어도 그다지 자랑스러워하는 투가 아니다. 도리어 난감하다는 듯이 검지로 볼을 긁적인다.

"아, 힘 조절이 실패했나?"

"……."

이나은은 더 이상 아무 생각도 나지 않았다.

그때 지호가 고개를 돌려 이나은을 쳐다본다. 이나은은 순간 자신도 모르게 시선을 옆으로 홱 돌렸다. 이상하게 눈을 마주치기가 어렵다.

지호가 무서워졌다거나 그런 게 아니다.

그저 이상하게 가슴이 뛸 뿐이다. 얼굴이 붉어진다.

여태 장난기 가득한 모습만 보다가 진지한 옆모습을 보게 되니 심장이 떨린다.

"저 사람, 어떻게 하는 게 좋을까?"

지호는 검지로 팽도산을 가리켰다. 팽도산은 아예 넋이 나가 버린 채로 다리에 힘이 풀려 바닥에 주저앉았다.

"무슨…… 말씀이신가요?"

"뭔가 알고 있는 눈치잖아? 그쪽을 노린 것도 그렇고, 날 노린 것도 그렇고. 아까 전에 봤던 이상 현상도 그렇고. 뭔가 심문이라도 해야 하지 않을까?"

"아."

이나은은 그제야 아차 싶었다. 여태 얼이 빠져 있어 그녀답지 않게 머리가 제대로 돌아가질 않았다. 하지만 이제는 다시 대장군가의 여호장으로 돌아와야 한다.

"내려…… 주시겠어요?"

"음."

그런데 지호는 빤히 그녀를 쳐다보기만 할 뿐 바로 내려

주질 않는다.

"왜 그러시죠?"

"아니. 이렇게 계속 안고 싶어서."

"……!"

쿵!

순간, 심장이 덜컥 내려앉는다.

이나은은 전혀 생각지도 못한 말에 눈이 휘둥그레진다. 얼굴도 살짝 빨갛게 달아올랐다. 자기도 모르게 지호와 눈을 마주치지 못하고 고개를 홱 돌린다.

"흐흐흐흐."

"……?"

갑자기 지호가 이상한 웃음을 흘려 댄다.

왜 그런가 싶어 고개를 돌려 보니 지호가 씩 웃는다.

"역시 그쪽도 얼굴이 달라지네. 아까 전의 복수였어."

"내, 내려 주세욧!"

아무래도 처음에 자신의 얼굴을 빤히 구경하고 있던 걸 모른 척했던 때를 말하는 모양이다.

이나은은 금방이라도 터질 것처럼 얼굴이 붉게 달아오른 채로 앙칼진 소리를 내뱉었다. 평상시 그녀라면 절대 보일 수 없는 행동이다.

어떻게든 빠져나오려고 발버둥을 쳐 대지만, 지호는 그

녀를 꼭 끌어안은 자세를 풀지 않았다. 오히려 떨어지지 않도록 오른팔로 무릎 아래를 받친다.

덕분에 공주님 안기가 되어서 이나은은 어쩔 수 없이 지호를 쳐다봐야만 했다. 덕분에 시간이 갈수록 이나은의 얼굴만 계속 빨개진다. 이대론 정수리 위로 김이 샐 것 같다.

"이거 놓으라니까욧!"

"싫은데?"

"자, 장난치지 말고……!"

"진짜야. 싫어. 그냥 잠깐만 이러고 있으면 안 될까?"

"……!"

"그래. 이렇게만 잠시만."

"……."

지호는 가만히 눈웃음을 지었다.

'이 사람?'

그 순간, 이나은은 어딘지 모르게 저 웃음기 뒤에 진한 눈물이 흐르는 것 같다는 생각이 들었다.

'정말 널 잊을 순 없는 걸까, 소연아?'

십대 중반부터 이십대 초반까지. 청춘이라 할 수 있는 시기의 대부분을 같이 보냈던 첫사랑이다. 당연히 쉽사리 잊히지 않는다. 더구나 그녀를 꼭 닮은, 아니, 똑같이 생긴 사람이 품에 안겨 있다면 더더욱.

도플갱어? 평행 차원? 어느 것이든 좋다. 그냥 아주 천만 분의 일 확률로 닮은 것이라도 좋다.

그냥 이렇게 같이 있는 것만으로도 좋다.

잠시만.

아주 잠시만 이렇게 있자.

"미안."

지호는 이나은을 조심스레 내려 주었다.

이나은은 그제야 두근거리는 가슴을 진정시킬 수 있었다. 그래도 여전히 얼굴색은 붉다. 바람이 뜨거운 볼을 식혀 주길 바라며 딱딱하게 대답한다.

"누군갈 떠올리신 건가요?"

지호는 대답 없이 웃는다.

이나은은 아주 잠깐 궁금했다. 과연 이런 사람의 마음을 흔들 수 있는 사람은 누굴까 하고. 그녀가 여태 지켜봤던 지호는 장난기가 가득하면서도 단단한 의지를 지녀 어떤 벽이든 부수고 나가는 사내였으니.

아주 잠깐 그 여자가 부럽다는 생각과 시샘이 같이 떠올랐다가 사라진다.

이나은은 복잡한 머릿속을 털어 버렸다. 어차피 자신과

는 오래 볼 사람이 아니다. 하물며 대장군가의 여식으로서 아주 잠깐의 감정에 휘둘려선 안 된다.

더구나 지금은 해야 할 일이 있잖은가.

"일단 심문부터 들도록 하죠. 이 사람이 뭘 숨기고 있는지 저도 알고 싶으니까요."

두 사람은 여전히 넋이 나가 버린 팽도산을 쳐다봤다.

9장

강림

심문은 생각보다 쉽게 끝났다.

팽도산은 전혀 숨길 생각이 없는 듯 구구절절 알고 있는 사실을 모두 이야기했다. 신의 선택을 받은 붉은 늑대가 별다른 공격도 하지 못하고 패배를 하고 말았으니 아예 넋이 나가 버렸다.

덕분에 지호는 몇 가지 사실을 알았다.

'대장군과 태감의 파벌이 오랫동안 대립을 해 왔고, 여기서 대장군이 태감의 비리와 약점을 캐내던 와중에 태감이 이상하게 나를 의식하는 낌새가 보여 소연을 닮은 이 여자를 보냈다, 이건가? 태감에서는 나를 찾기 위해서 오호

문을 움직였고?'

지호는 인상을 팍 찡그렸다.

"정치 싸움에 갑자기 내가 부상됐단 거잖아? 내가 뭘 했다고?"

"많죠."

이나은이 덤덤하게 대답한다.

"뭘 했다고? 그야 몇 개 소란을 피우긴 했……."

"소란 수준이 아닙니다. 논밭 갈아엎고, 문파 몇 개 부수고, 탈옥을 하고, 관아 폭동을 일으키고, 오호문의 붉은 늑대를 때려눕힌 게 그냥 소란으로 끝날까요?"

"……."

내, 내가 저렇게 사고를 많이 쳤나? 지호는 자기도 모르게 식은땀을 흘렸다. 직접 이렇게 들으니까 민폐도 이런 민폐가 따로 없다. 꼭 손오공을 보는 것 같다.

'손오공이라니. 사람이 할 말이 있지. 그런 인간을 닮을 수는 없잖아!'

지호는 주먹을 꽉 쥐면서 부르르 떨다가 의문이 들어 고개를 갸웃거린다.

"그런 거라고 해도 딱히 태감인가 하는 사람의 눈에 들 이유는 없잖아?"

"이건 단순히 제 추측이긴 합니다만."

"응? 뭐 아는 거라도 있어?"

이나은은 무겁게 고개를 끄덕인다.

"근래 태감이 정체를 알 수 없는 방사와 도사를 궁으로 초빙해서 제사를 지낸다는 첩보가 있었어요. 만약 태감이 근래 심취한 종교가 봤을 때……."

말끝을 살짝 흐린다. 뭐라고 말해야 할지 몰라 하는 눈치다. 그러고 보니 여태 통성명도 하지 않았다.

"손지호."

"전 이나은이에요."

이름도 얼굴만큼 예쁘네. 기억해 둬야지.

"여하튼 손 공자가 보였던 무공이 종교 쪽을 자극을 했었다면 말이 되지 않을까요?"

"음."

지호는 이제야 가닥이 잡히는 것 같았다.

'결국 모든 소동의 원인은 오공이구만.'

개기일식을 일으키며 나타났던 눈동자를 보면서 팽도산은 '신'이라고 했다. 그리고 그 '신'이란 존재는 손오공과 어떤 연관이 있는 것 같다. 그렇다면 '신'을 모시는 종교가 지호에 대한 보고를 듣고 눈엣가시로 여겨도 전혀 이상하지 않다.

"뭔가 짚이는 게 있으신 모양이군요. 역시 손 공자의 사문 내력과 관련이 있는 건가요? 백발 괴인은 손 공자를 찾으러 온 스승일 테죠."

어? 이 여자, 혹시 관심법이라도 익혔나?

"어떻게 알았어?"

"짐작일 뿐이에요. 하지만 얼추 맞나 보군요."

귀신이다, 이 여자. 지호는 처음으로 이나은이 조금 무서워졌다.

'그럼 일단 오공부터 찾아야겠지?'

지호는 과연 찾을 수 있을까 싶었지만 눈동자가 봤던 장소를 떠올리니 얼추 방향과 위치는 알 것 같았다.

"그럼 난 이만 여기서 헤어져야겠네."

"예?"

이나은이 놀란 얼굴이 된다.

지호는 피식 웃었다.

"왜 그렇게 놀라? 대장군가라고 했나? 하여튼 병사들이 곧 이쪽으로 올 것 아냐. 그러니까 미리 몸 빼야지. 그리고 여기 뒤처리도 부탁할게."

"하지만 태감과 오호문이 언제 노릴지 모르잖아요? 그러니 당분간 저희가 보호를……."

"그쪽이 봤을 땐 내가 보호가 필요할 것 같아?"

"그건 아니지만……."

"그리고 날 찾아왔던 사람, 엄청 세. 아마 태감이나 오호문이 전부 달려들어도 끄떡없을 거니까 걱정 마."

사실 이대로 떠나려니 조금 안타깝다. 하지만 그는 아주 잠깐 옛 추억에 잠겼을 뿐, 더 이상 첫사랑을 이나은에 투영해서는 안 된다는 걸 깨달았다.

'두 사람은 전혀 다른 사람이야.'

이왕에 떠날 거면 멋있게 묵묵히 떠나는 게 좋겠지? 거기다 떠나는 자리에 화염륜으로 붉은 연기가 맴돌게끔 만들어 주면 인상도 강하게 남을 테고.

휘리릭.

발끝을 따라 붉은 화염이 꽈배기를 그리며 올라온다.

"그럼."

"저……!"

이나은이 무슨 말을 하려 했지만 지호는 이미 허공으로 몸을 날려 사라지고 있었다.

지호가 사라진 자리.

이나은이 잠시 뭔가를 가만히 고민하고 있을 무렵에 호군위영들이 나타났다.

"아가씨! 아가씨!"

"괜찮으십니까, 여호장?"

"여기 있어."

"아가씨!"

호군위영은 이나은을 발견하고 반색하며 달려오다가 뒤늦게 숲에 벌어진 광경을 보고 하나같이 기겁했다.

"대체 무슨 일이 있었던 겁니까?"

"다치신 곳은 없습니까?"

십여 그루의 나무가 기둥째로 뽑혀 부러지고 곳곳에 격전을 치른 흔적이 남아 있었다. 거기다 바닥에 널브러진 자들은 오호문이 자랑하는 붉은 늑대였다.

이나은은 얼굴이 시퍼렇게 변한 천 무장을 보며 무뚝뚝하게 대답했다.

"보는 그대로야."

"그럼 이들이……?"

"나를 기습했고, 손 공자…… 그러니까 파옥투마가 구해줬어."

천 무장은 지호가 도와줬다는 사실보다 오호문의 습격 사실이 더 충격적이었다.

"이, 이런 천인공노할 놈들을 봤나!"

"천 무장."

"예!"

"여기 있는 자들은 전부 황명을 수행하던 관리인 나를

해하려 했던 자들이니 모두 포박해서 관아로 압송해. 그리고 즉시 관군을 움직여 오호문을 에워싸. 명분은 반역. 저항한다면 화포의 발포를 허가할 것이되, 투항한다면 혈을 짚고 역시나 관아로 압송. 이들과 태감의 연결 고리는 그때 본관이 직접 추문할 것이야."

오호문과의 충돌. 대장군가로서도 부담이 될 수밖에 없는 사안이다. 그런데도 이나은은 승부수를 던졌다. 이것이 태감을 속박할 호기임을 깨달았다.

"알겠습니다!"

호군위영이 일사불란하게 움직이기 시작했다.

* * *

쉭! 쉬쉬쉭!

지호는 전력을 다해 유수행을 펼쳤다. 다른 사람들의 이목에 띄지 않도록 조심스레 건물 지붕 위를 날아다니면서 방향을 가늠했다.

'눈동자가 보던 방향은 이쪽이었어. 그리고…… 오공의 기운도 느껴져.'

아무리 지호의 감각이 예민해졌다고 한들, 손오공이 작정을 하고 숨고자 하면 기척도 느낄 수 없다.

하지만 지금은 상당히 거리가 떨어져 있는데도 불구하고 너무나 잘 느껴진다. 아니, 마치 자신이 여기 있다는 것을 과시라도 하듯이 존재감을 맘껏 발산한다.

손오공의 기세는 마을 단위를 넘어서서 현 단위 전체를 뒤덮고 있었다.

감각이 예민한 사람들은 길을 지나가다가도 고개를 들며 주변을 두리번거리거나 아파하는 기색이 역력했고, 동물 따위는 이상 현상을 보였다.

크르릉, 컹컹!

개들은 하나같이 하늘을 보며 으르렁거리고,

키아아아!

고양이는 털과 꼬리를 잔뜩 세우면서 주변을 경계한다. 새장에 갇힌 닭과 오리들은 마구잡이로 날뛰어 다니고, 땅에 숨어 있던 뱀과 개구리들이 수십 마리씩 떼를 지어 밖으로 쏟아져 나오며, 하늘을 날던 새들은 떼죽음을 당하기도 했다.

"이, 이게 대체 무슨 일이야?"

"아까 전에 일식도 그렇고…… 하늘이 노하시기라도 하셨나?"

사람들은 동물들을 좋게 달래면서도 걱정 가득한 얼굴로 태양을 쳐다봤다.

아까 전에 정체를 알 수 없는 먹구름에 뜯어먹힌 것이 거짓말이라는 듯, 파충류를 닮은 스산한 눈동자가 떴던 것이 꿈이라는 듯, 하늘은 평범하기 이를 데 없지만 뭔가 알 수 없는 무거운 분위기가 그들 사이로 감돌았다.

'대체 뭘 하고 있는 겁니까?'

지호는 마을 곳곳을 지나면서 몇 번씩이고 보는 광경에 손오공이 있으면 묻고 싶은 게 잔뜩 생겼다.

지금 벌어지는 일들은, 상식선에서 납득이 가는 것들이 절대 아니다.

그때 저 멀리 손오공의 기운이 강하게 풍기는 장소가 눈에 들어오기 시작했다.

'저기다!'

마치 작은 성이라고 해도 믿을 만큼 으리으리한 규모다. 성곽처럼 쭉 둘러싼 담장 너머로 하늘을 찌를 듯이 높게 선 전각들이 무수히 많이 보인다.

특히 대문의 위에 걸린 현판이 가장 먼저 눈에 들어왔다.

종천도회 오호집문

바로 오호문의 장원이었다.

쾅! 콰콰쾅!

장원에 가까워질수록 안쪽에서 벌어지는 거친 폭음이 더 잘 들려온다.

우르르!

높다란 담장 너머로 건물이 먼지를 일으키며 마치 도미노처럼 차례대로 기울어지는 모습도 보인다. 그것참, 요란하게 일을 벌여 대고 있구만. 아니, 정확하게는 일방적인 구타겠지?

지호는 가만히 담장 앞에서 머리와 양어깨를 짚어 명복을 빌어 주고는, 전혀 망설이는 기색 없이 가장 요란스러운 곳으로 단번에 들어섰다. 이왕이면 화려하게!

마당 한가운데에 거칠게 착지하면서 화염륜으로 거센 불꽃을 휘날린다.

콰—아—앙!

지반이 무너지면서 부서진 돌조각이 허공으로 팝콘처럼 튀어 오른다. 그사이로 멋지게 일갈한다.

"덤벼라, 이놈들!"

"……."

그러자 무수히 쏟아지는 시선들.

'어, 어라? 내가 실수를 했나?'

지호의 등 뒤로 식은땀이 흐른다.

하늘을 쳐다보고 있던 오백 명도 넘는 무사들이 시퍼런 살기를 띠며 지호를 쳐다본다. 당장이라도 죽일 듯한 눈빛으로.

그가 상대했던 붉은 늑대들만큼이나 강한 기세를 자랑하는 자들이다. 하필이면 착지한다고 착지한 곳이 오호문이 자랑한다는 다섯 호랑이 중에 네 곳이 뭉쳐 있는 곳, 그것도 한가운데였던 것이다.

이미 상당한 격전이 있었던지 장원 내부는 거의 초토화가 되다시피 했다.

멀쩡하게 생긴 전각은 하나도 없이 기둥이나 반석이 부서져 다 기울어지다시피 하고, 마당 곳곳엔 구덩이가 파이고 그을음이 남아 거친 격전이 있었음을 말해 주었다.

탄내와 피 냄새도 자욱하게 남아 있다.

지호는 잠깐 움찔거렸다. 붉은 늑대들을 때려눕히긴 했지만 이렇게 죽은 시체들을 보는 건 처음이다. 거기다 너무 끔찍하게 당했다.

하지만 곧 아무렇지 않게 마음을 다스릴 수 있었다. 충격이 클 줄 알았지만 생각보다 무덤덤했다.

이것도 손오공의 영향 때문인 걸까, 아니면 어느 정도 무림에 익숙해져 버려서 그런 걸까? 스스로도 잘 이해가 되지 않았다.

다행히 녀석들은 노려보기만 할 뿐 공격할 의사는 없어 보였다. 다른 무언가를 경계하는 걸까. 쉽게 제자리를 옮기지 않는다.

'그보다 오공은 어디 있지?'

녀석들이 움직이지 않는다고 해도 무슨 일이 있을지 모르기 때문에 감각을 곤두세우면서 손오공을 찾는다. 분명 이곳에 있는 건 확실하다. 이렇게나 막대한 존재감을 과시하고 있으니까.

하지만 어디에도 보이질 않는다.

그때 저기 한쪽 구석, 담장에 등을 기댄 채로 숨을 격하게 몰아쉬는 교룡이 보였다.

"헉…… 헉……."

교룡의 안색은 창백했다. 거칠게 숨을 토한다. 잔뜩 뒤집어쓴 피 중엔 오호문도들의 것도 있지만, 본인의 것도 많은 것 같았다.

지호는 수백 개나 되는 살벌한 시선에도 아랑곳하지 않고 당당히 중앙을 가로지르는 담력을 보이면서 교룡에게 다가갔다.

"여기서 혼자서 뭐해요?"

옥실에서 실컷 두들겨 맞던 양아치에게 존대를 하려니 뭔가 어색했지만, 교룡은 별 개의치 않는다는 투였다.

"뭐냐? 너냐?"

교룡은 고개를 슬쩍 들더니 땅이 꺼져라 한숨을 내쉬었

다. 내가 어쩌다 이런 꼴이 된 건지, 이게 전부 다 네놈들 때문이야, 끙 하고 앓는 모습이 역력하다.

"보면 모르겠냐. 다쳐서 쉬고 있지."

"오공 다음으로 세다면서요?"

교룡은 인상을 팍 찡그리며 이를 바득바득 갈았다.

"막내 녀석이 던지지만 않았어도……!"

'모르모트였구만.'

지호는 대충 그림이 그려졌다. '신'이 등장하니 거기다가 실력 확인을 해 본다고 교룡의 뒷덜미를 잡고 냅다 그 앞으로 던져 버렸겠지.

"그래서 복날 얻어터진 개 꼴로 있는 겁니까?"

교룡의 한쪽 눈썹이 휜다.

"너 말하는 뽄새가 막내를 좀 많이 닮았다?"

"아직 못 들었어요? 저 오공의 환생인데?"

"그래도 굳이 그런 건 닮지 말지? 내가 아직도 옥실에서 너한테 두들겨 맞던 만만한 놈으로 보이냐?"

"제 전생한테 두들겨 맞는 만만한 놈으로 보이는데요."

"……."

교룡은 저 새끼를 어떻게 죽이지? 라는 얼굴로 쳐다봤다. 하지만 지금 상태로는 그럴 기력도 없어 보인다.

"다른 두 사람은요?"

"너 저게 안 보이……!"

교룡이 뭐라고 말하려는 순간,

쐐애애애애애—액!

갑자기 아무런 경고도 없이, 길쭉하고 새하얀 빛무리가 세상을 쪼갤 듯이 구름을 가르며 툭 떨어졌다.

지호는 반사적으로 발로 땅을 밟아 순간적으로 생긴 마찰열을 팽창시켰다. 붉은 뱀 다섯 마리가 서로 엉키면서 허공에다 반구 모양의 막을 형성했다.

콰콰콰쾅!

먼지가 자욱하게 인다.

지호는 콜록, 콜록, 기침을 하면서 손을 흔들어 바람을 모두 치우며 위로 고개를 들었다.

"저건 또 뭐야?"

수백 명에 달하는 오호문도들의 중심. 노인이 마치 학처럼 고고하게 서 있었다. 한 손에 자신의 키만큼이나 길쭉한 칼을 든 채로.

칼날을 따라 하얀 빛무리가 맴돈다. 방금 전에 지호를 노렸던 공격과 같은 색이었다.

노인은 인상을 잔뜩 일그러뜨리며 이쪽을 노려봤다.

"킬킬킬. 뭐라더라? 이곳의 주인이라던가?"

대답은 교룡이 대신했다.

지호는 대강 누군지 알 것 같았다.

"도왕인가 하는 그 사람이요?"

"나야 이름 따윈 모르지. 그런데 너, 저놈한테 미안할 짓이라도 했냐? 왜 저렇게 원수처럼 노려봐?"

"이게 전부 오공과 교룡 때문이잖습니까?"

"내가 뭘?"

"교룡이 여기 다 때려 부쉈으니 당연히 집 주인이 화나죠."

"그래서 뭐?"

교룡이 빤히 지호를 쳐다본다. 뭘 어쩔 건데?

지호는 자기도 모르게 욱했다. 하여간 손오공이고 교룡이고 간에 이 형제들은 인간이 못 돼. 자기반성이 하나도 없어.

어지르는 사람 따로 있고 치우는 사람 따로 있다더니 딱 그 꼴이다.

에휴, 어쩔 수 없지. 지호는 땅이 꺼져라 한숨을 내쉬다가 비딱하게 고개를 꼬며 도왕을 노려봤다.

"너는, 누구냐?"

"그렇게 묻는 당신은 누군데? 이름을 묻기 전에 자신의 이름부터 밝혀야 하는 거 아냐?"

"감히……!"

도왕의 한쪽 눈썹이 꿈틀거린다. 그를 중심으로 막대한 기운이 회오리치기 시작한다. 더불어 문주가 무시를 당한

데에 대한 오호문도들의 분노까지 더해진다.

수백 개의 칼날이 당장이라도 난도질을 할 것만 같다.

웬만한 중소 문파 한둘쯤은 쉽게 짓밟을 수 있는 호랑이가 넷. 거기다 강호에서 손꼽힌다는 고수까지 더해졌으니 기세에 눌려 죽어도 이상하지 않을 테지만,

"이봐, 영감. 시퍼렇게 어린놈으로서 딱 하나만 경고할까?"

지호는 콧방귀를 끼며 송곳니를 훤히 드러냈다.

"젊은 놈에게 대접을 받고 싶거든, 그만한 자세부터 갖춰. 나이만 자랑거리인 추한 짓 하지 말고."

고오오오!

도왕의 기세가 더욱 폭풍처럼 휘몰아친다. 입고 있는 옷이 기풍에 펄럭인다. 커다란 칼을 따라 흐르는 빛무리가 더 큰 광채를 드러낸다.

"왜? 한 대라도 치시게?"

지호는 고개를 외로 꼬며 다리를 어깨 너비만큼 벌렸다. 겉으로는 태연한 척하지만 속은 바짝 긴장한다.

이쪽을 노려보는 네 마리의 호랑이 따윈 무섭지 않다. 인원이 많다고 하더라도 천 명이나 되는 손오공의 분신에 둘러싸였던 적도 있으니. 이미 지호는 숫자의 관념에 구애를 받지 않은 지 오래다.

하지만 도왕은 다르다.

말로는 태연하게 되받아쳤지만, 녀석은 진짜다.

강하다.

단지 기세를 맞부딪치는 것만으로도 살갗이 바늘로 찌른 것처럼 따끔거리고 등골이 서늘하다.

하지만…… 그만큼 싸워 보고 싶다.

웃음이 절로 나온다.

노래를 다시 하기 위해서 시작한 무공이었건만. 지금은 본말전도가 되어서 무인이나 가질 법한 호승심을 가지기 시작한다.

탈옥을 감행하고 붉은 늑대를 상대할 때까지만 해도 느끼지 못했던 감정이 전신을 가득 메운다. 보이지 않는 무언가가 심장을 자꾸만 간질인다.

파직, 파지직!

자세를 갖추자, 지호를 따라 샛노란 뇌전이 흐르기 시작했다. 도왕이 처음 그랬을 때처럼 이상한 빛무리를 날리면 바로 뇌벽세를 터뜨릴 생각이었다.

지호와 도왕, 둘 사이로 팽팽한 긴장이 흐른다.

노란 기풍과 하얀 기풍이 서로 맞물리면서 소용돌이를 그린다. 먼지가 사방으로 퍼지면서 장원을 메운다. 전력을 다한 기세 때문에 딛고 있던 땅이 흔들린다.

쿠쿠쿠……!

푸른 이리, 하얀 매, 검은 여우, 노란 원숭이. 그들은 칼을 쥐면서도 입 안이 바싹 메말라 갔다.

천지 분간을 못하는 애송이인 줄로만 알았던 녀석이 사실상 그들이 존경하는 문주와 기세 다툼을 벌일 수 있을 정도의 고수라는 것을 깨달은 순간, 마치 세상에 그들만 제외가 된 것 같았다.

분명 머릿수는 그들이 훨씬 많건만. 그들은 이곳에 절대 허락되지 않은 불청객이었다.

당장이라도 부딪칠 것 같은 일촉즉발의 순간, 갑자기 둘 사이로 무언가가 끼어들었다.

"모두 멈춰라."

갑자기 하늘에서 엄청난 목소리가 터지며 메아리처럼 곳곳으로 울려 퍼진다. 내공이 약한 네 호랑이는 바닥에 무릎을 꿇는다.

지호와 도왕 사이로 팽팽하게 대치하던 기세도 무언가의 개입으로 깨지고 말았다.

지호는 인상을 잔뜩 찡그리며 고개를 돌렸다.

"이건 또 뭐야?"

도왕만 해도 짜증 나 죽겠구만 또 뭐가 나타나는 건지!

땅바닥 곳곳에 위치한 수많은 그림자가 엿가락처럼 쭉

늘어나더니 도왕 앞으로 몰려든다. 그것은 마치 수만 마리의 벌 떼가 몰려오는 것처럼 위이이잉, 이상한 소리를 내면서 한 지점에 뭉쳤다.

그림자는 마치 꽈배기처럼 꼬이며 위로 솟구쳤다. 그것은 곧 사람이 되어 도왕 앞에 섰다.

머리끝부터 발끝까지 새카만 붕대로 몸을 칭칭 감고 있어 남자인지 여자인지 확인이 불가능하다. 겉으로 드러난 것은 오로지 왼쪽 눈뿐.

그 눈동자조차 흰자위와 검은자위가 바뀌어 섬뜩한 느낌을 자랑한다.

끼아아아아!

호흡을 할 때마다 먹구름을 닮은 탁하고 음산한 잿빛 안개가 스멀스멀 흘러나온다.

마치 죽은 망령과 원혼들이 주변을 맴돌고 있는 것처럼 스산한 기운이 주변을 맴돌고, 어디서 들리는지 모를 귀곡성이 메아리처럼 퍼져 나간다.

'강해.'

지호는 주먹을 꽉 쥐었다. 도왕만 하더라도 승부를 장담하기가 어렵건만. 그와 비슷한 실력을 지닌 자가 또 나타나다니.

도왕이 사람을 짓누르는 패기를 자랑한다면, 이 자는 심장을 떨리게 만드는 공포를 자아낸다. 서로 상반된 기세를 자랑한다.

"방해하지 마라, 흑왕."

도왕은 당장이라도 빛무리에 싸인 칼의 방향을 돌릴 수 있다는 식으로 으르렁거렸다.

사람들이 보았으면 놀랐으리라.

팔왕 중 세상에 거의 모습을 드러내지 않으며 성별도 나이도 신원도 확인되지 않는다는 자. 고비 사막에서만 조용히 지낸다는 사람이 어째서 여기에 나타나고 만 것인지!

그, 혹은 그녀가 음산한 목소리로 말했다.

"방해를 하는 건 내가 아닌 너다."

이 나라의 사람이 아닌 듯 발음이 어딘가 어눌하다. 하지만 의미는 명백하게 전달되고 있어 도왕의 심기를 건드렸다.

"뭣이?"

"지금부터 의식을 시작해야 한다. 그것을 막을 셈인가? 신께서 눈을 뜨신 지금? 주인이 그걸 허락하리라 생각하는가?"

"……제기랄!"

도왕은 욕지거리를 내뱉는다. '신'과 '주인'이라는 말에 기세를 안쪽으로 갈무리하면서 지호를 노려봤다. 운 좋게 살아남았구나, 하는 눈빛으로.

지호로서는 대체 무슨 일이 벌어지는지 전혀 알 수 없는 상황에 자기들끼리 북이고 장구를 다 쳐 대니 짜증이 치밀었다.

더구나 손오공이 어디에 있는지 전혀 알 수 없는 이런 상황에서!

'대체 이 양반은 어디서 뭘 하고 있는 거야!'

그 순간,

두근!

갑자기 심장이 울린다. 등골을 따라 오한이 스쳤다.

두근! 두근! 두근!

다시 심장이 미친 듯이 뛰기 시작한다.

마치 그때와 느낌이 똑같았다.

개기일식이 일어났을 때.

신의 눈동자와 눈이 마주쳤을 때!

"저대로 둬서는 안 돼! 애송아, 놈들을 막아라!"

그때 교룡이 다급하게 소리쳤다.

팟!

지호는 반사적으로 몸을 날렸다. 이대로 저 둘을 놔둔다면 무언가 큰일이 벌어질 것 같다는 생각이 강하게 들었다.

"막아라."

도왕의 싸늘한 명령과 함께 네 호랑이가 달리기 시작한

다. 그중 가장 강한 푸른 이리가 우측을, 다음가는 하얀 매가 좌측을 맡아 전면에서 지호를 맞이한다. 검은 여우와 노란 원숭이는 자리를 떠나 측면으로 돌기 시작했다.

"비켜, 이 새끼들아!"

지호는 푸른 이리와 부딪치자마자 한껏 끌어 모았던 뇌벽세를 단번에 터뜨렸다.

콰르르르릉! 쿠르르르르!

붉은 늑대를 전멸시켰을 때와 마찬가지로 뇌기를 잔뜩 머금은 회오리바람이 거칠게 일어나 놈들을 후려치기 시작한다.

반면에 옆으로 빗겨나 공격 범위에서 벗어나는 데 성공한 하얀 매는 이름처럼 날렵한 모습을 보였다. 먹이를 낚아채려는 매가 되어 재빠르게 옆구리와 허리, 허벅지를 연타로 베어 간다.

지호는 금강포로 몸을 단단하게 만들어 놈들의 공격을 일일이 튕겨 냈다.

따다다다당!

동시에 팽이처럼 몸을 뱅그르르 돌리며 녀석들의 틈바구니 속으로 들어간다. 콰릉, 콰릉, 주먹을 뻗을 때마다 화염륜이 작렬하면서 녀석들이 튕겨 난다.

지호는 양 떼 사이를 누비는 늑대가 되었다.

감각을 활성화시켜 사각지대를 노려 오는 공격을 팔뚝으로 막아 내고 무릎으로 눈앞에 있는 자의 명치를 찍으며, 손날을 바짝 세워 목을 그어 버린다.

오호문이 자랑하는 호랑이들은 더 크고 무서운 호랑이를 만나 죽을 운명이 되었다. 하지만 절대 밀리지 않겠다는 듯이 악착같이 달려든다.

삽시간에 지호는 수많은 피를 흠뻑 뒤집어쓴 몰골이 되고 말았다.

현실의 가치관에 의해 살인만큼은 최대한 하지 않으려 했지만, 지금 지호의 머리에는 그런 것을 가릴 생각이 전혀 들지 않았다.

오로지 앞으로 달려가야 한다는 생각만이 머릿속을 가득 메운다.

위험하다.

저대로 놈들을 둬서는 안 된다.

도왕과 흑왕, 두 사람이 지금부터 하려는 뭔가가 '신'과 관련되어 이 세상에 큰 재앙이 되리라는, 아니, 정확하게는 자신과 손오공에게 재해가 될 것 같다는 생각이 강하게 들었다.

흑왕은 붕대에 감긴 검지를 입가에 대며 정체를 알 수 없는 말을 자꾸만 외워 대고, 도왕은 칼에다 공력을 불어 넣으면서 무언가를 찾고 있었다.

둥. 둥. 둥.

마치 북채로 북을 세게 두들기는 것 같은 소리가 장원 가득히 퍼지기 시작한다. 동시에 대기가 떨리기 시작했다. 아니, 정확하게는 하늘이 떨렸다.

마치 원래 있는 하늘에다 새로운 하늘을 덧칠한 것처럼 어떤 부위가 굴절된다. 볼록한 형태를 띤 그것은 잔잔한 파문을 자꾸만 그려 내면서 크기를 더해 가며 금방이라도 아래로 떨어질 것 같았다.

하늘이…… 분리되고 있었다.

아니, 떨어지고 있었다.

키아아아! 흑왕을 둘러싸고 있던 망령과 원혼의 소리도 합창을 하듯이 커지고, 굴절되고 분리된 부위에서는 스스스, 검은 먹구름이 잔뜩 퍼져 나오면서 어둠이 하늘을 다시 물들였다.

개기일식이 다시 찾아오고 있었다!

그리고 그곳에서 미약하게 퍼져 나오는 천둥소리.

콰…… 콰…… 콰…….

'일식은 끝난 게 아니었어! 태양은 여전히 사라진 그대로야. 하지만 손오공이 여태 아무것도 아닌 것처럼 가리고 있었어!'

어떻게 그런 게 가능한지는 모른다. 태양이 사라지고 어둠이 내려앉은 세상에다 임시로나마 가짜 해를 만들고 빛을 내리는 게 가능하다니.

그야말로 신이나 가능할 일이 아닌가!

하지만 그것을 해낸 주체가 손오공이라면 전혀 이상하지가 않다. 가능할 것 같다는 생각이 강하게 든다.

손오공은 그렇게 가짜 태양을 임시로 만들어 놓고선 그 너머에서 진짜 태양을 되찾기 위해서 '신'과 싸우고 있었다.

지호도 봤던 그 눈동자와!

하지만 그런 수고를 도왕과 흑왕이 다시 무너뜨리려 하고 있었다.

"하계와 천계를 잇는 결계가…… 무너진다!"

도왕의 입가에 웃음꽃이 잔뜩 피어난다.

지호는 더욱 조바심이 들었다.

'막아야 해!'

이를 악물며 공력을 있는 힘껏 끌어 올린다.

쾅! 쾅! 쾅!

발에 강하게 힘을 준다. 그때마다 땅이 계속 내려앉으며 지호를 쭉쭉 밀어내지만, 수백 명이나 되는 인파를 감당하기엔 역부족이다.

녀석들 역시 지금이 가장 중요하단 것을 잘 알고 있는 듯

악착같이 막아선다. 자신의 남은 공력은 물론 생명력까지 쏟아 내며 지호를 저지하려 한다.

그야말로 신에 미친 광신도들이 아닌가!

결국 시간이 지체될 만큼 지체된 순간,

"이미 늦었느니라."

이쪽을 보고 있던 도왕의 입꼬리가 비웃음을 던지며 하늘을 향해 칼을 높이 들었다. 그리고 크게 허공에다 십(十)자를 그었다.

그리고 결계가 부서졌다.

쿠쿠쿠쿠쿠쿠쿠쿠!

임시로 만든 하늘은 네 등분이 된 채로 툭 떨어져 유리 파편처럼 깨져 사라지고, 그 뒤를 따라 연극이 끝났다는 것을 알리는 장막처럼 어둠이 깊게 내려와 가짜 태양을 삼킨다.

그리고 온전한 하늘이 다시 드러났을 때. 해도 달도 별도 없는 무저갱 같은 칠흑빛의 하늘이 세상에 드러났을 때.

크아아아아아아!

지호도 본 적이 있던 괴기스러운 붉은 눈을 가진 '무언가'가 길게 포효를 내지르며 이 세상에 강림했다.

* * *

그것은 아주 컸다. 신이라고 불러도 될 만큼.

얼마나 높은 걸까. 성이 아닐까 싶을 정도로 크던 건물들이 녀석에 비하면 장난감으로 보일 만큼 크다. 현실 세상에서 봤을 때도 너무 크다고 생각했던 주상복합 아파트쯤은 될 것 같다.

또한 그것은 형체를 알아보기 힘들었다.

짙은 먹구름으로 이뤄진 그것은 전체적으로 사람의 형상을 띠고 있으나 사람이라 하긴 힘들었다. 무릎까지 내려올 만큼 비정상적으로 긴 오른팔이 두 개나 된다. 반대로 하나밖에 없는 왼팔은 너무나 짧아 팔뚝까지만 있는 게 아닌가 싶을 정도다.

머리가 있어야 할 자리에는 마치 샴쌍둥이처럼 크고 작은 머리통이 달라붙어 앞을 보지 못한다. 전신이 밤하늘처럼 칠흑빛으로 이뤄져 있어 윤곽만 드러나 있는데, 큰 머리통의 한쪽 부분에는 유일하게 세로로 쪼개진 눈이 달려 세상을 오시한다.

태양을 삼키고 나서 나타났던 그 눈이다.

'저게 대체 뭐야……!'

지호는 침을 꼴깍 삼켰다. 다리가 후들후들 떨리고 몸이 쭈뼛 세워진다.

절대 드러나서는 안 되는 것.

일반 사람들의 상식을 훨씬, 아니, 아주 까마득하게 초월하는 존재의 등장이다. 저것은 손오공이란 존재가 주는 여파와는 그 궤를 달리한다.

"아아아!"

"신께서 마침내……!"

"이 땅에 강림을 이루셨도다!"

한창 지호와 싸움박질을 하던 네 호랑이는 신을 보면서 감격에 젖어 몸을 부르르 떨었다. 드디어 모시던 신과 영접했다는 희열이 그들을 가득 채운다.

그들의 의식엔 더 이상 지호 따윈 없었다.

저마다 들고 있던 칼을 땅바닥에다 내버리며 바짝 몸을 엎드린다. 머리를 조아리며 자신들이 모시는 신에 대한 최대한의 예의를 선보였다.

상처를 가득 입어 기식이 엄엄한 자도 머리를 숙인다. 팔이 떨어져 고통에 찬 비명을 지르던 자도 기쁨을 맘껏 누리고, 다리가 터져 나간 자도 엉기적엉기적 기어 절을 올린다. 심지어 이미 죽은 자들도 고개를 조아리는 것 같았다.

광신의 물결이 장원을 가득 메운다.

여기서 지호가 개입할 곳은 어디에도 없다.

'미쳤어. 다들!'

지호의 안색이 저절로 굳어진다.

그때 저 멀리서 클클클, 웃음소리가 터졌다. 하지만 웃음과 반대편에 있는 교룡은 짜증이 가득 섞인 얼굴이었다.

"니미! 결국 일이 터지고 말았네. 막내가 이것도 못 막았냐면서 화를 낼 텐데. 이걸 어쩐다?"

교룡은 다른 것보다도 손오공에게 시달릴 생각을 하니 짜증이 가득한 얼굴이었다.

"저건…… 대체 뭡니까?"

지호는 금방이라도 치밀어 오를 것 같은 공포를 목 언저리에서 꾹 누르며 물었다.

"나후."

"나후?"

"그래. 해와 달을 잡아먹는 신이지."

교룡이 차갑게 웃는다. 송곳니가 드러나도록.

"보다시피 우리와는 아주 오랫동안 악연을 거듭해 온 놈이기도 하고. 그런데 저 빌어먹을 것들이 또 깨워 버린 거야. 머리만 아플 일이지."

그 순간,

스스스!

허수아비처럼 영원히 서 있을 것 같던 거인, 나후가 움직이기 시작한다. 붉고, 기괴하며, 파충류처럼 차갑던 눈동자가 크게 깜빡이며 발치에 있던 자신의 충실한 종들을 내려다본다.

"신을 뵈옵니다."

"신을 뵙습니다."

신의 눈동자와 마주한 도왕과 흑왕은 감격에 젖어 몸을 부르르 떨더니 무릎을 땅에다 찍으며 고개를 숙인다. 충심에서 흘러나오는 경배다.

하지만 나후에게 있어 그의 기준으로 봤을 때 한낱 날파리로밖에 여겨지지 않을 만큼 아주 작은 자들은 전혀 신경을 쓸 것들이 아니다. 그를 향해 절을 올리는 다른 광신도들도 마찬가지다.

그가 찾는 것은 다른 것이다.

태양만큼이나 큰 눈동자가 데구루루 구른다. 무언가를 찾기 위해서 하나밖에 없는 눈동자가 돌아갈 때마다 장원 저변에는 정체를 알 수 없는 기운이 흐른다.

그때 녀석이 움직이기 시작했다.

쿠쿠쿠!

척 보기에도 움직이는 게 버거울 정도로 큰 오른팔 하나가 움직이기 시작한다. 느릿하지만 묵직해서 대기가 떨린다. 구름이 확 흩어지더니 앞으로 날아든다.

콰아아아아아앙!

나후는 아래쪽 기둥만 살짝 무너져 비교적 온전한 형체

를 유지하고 있던 가주전을 날려 버렸다. 얼마나 센지 부서진 조각 따위가 사방으로 튄다.

"피, 피해라!"

바짝 엎드리고 있던 자들은 어쩌지 못하고 그대로 짓뭉개져 죽어 버린다.

하지만 개미 하나둘쯤 죽는다고 한들 그런 걸 신경 쓸 사람은 어디에도 없다. 나후도 마찬가지였다. 그는 우르르 무너지는 가주전보다 그 위로 튀어 오르는 무언가를 보고 있었다.

"이 개 같은 새끼들이 진짜! 좀 조용히 넘어가려고 했더니 감히 이딴 식으로 엿을 먹여?"

빛 한 점 없는 어두컴컴한 하늘. 오로지 그만이 유일하게 보석처럼 반짝거린다.

허리춤까지 내려오는 기다란 백발이 바람에 나부껴 융단처럼 아름답게 깔리고 금색 눈동자는 사라져 버린 별을 모두 끌어모아 담은 것처럼 멀리서도 보일 정도로 선명하다.

마치 하늘에서 신장이 내려오면 이러할까.

하지만 아름다운 모습과 다르게 얼굴은 흉신악살처럼 일그러져 도왕과 흑왕을 노려본다. 감히 자신이 고생을 하면서 깔아 둔 것을 망쳐 버리고 말았으니!

'열 받았네.'

지호는 저렇게 화가 머리끝까지 치민 손오공은 처음 봤다.

하지만 손오공의 분노는 두 원흉에게 닿지 못했다.

나후가 다시 움직이기 시작했다. 또 다른 오른팔이 채찍처럼 날아온다. 역시나 대기가 떠밀리면서 단숨에 손오공의 눈앞까지 치닫는다.

손오공은 이를 악물며 다른 어느 때보다 화안금정을 요란하게 틔웠다.

"좋아. 이렇게 된 이상 나도 이판사판이라고!"

손오공은 자신보다도 훨씬 큰 주먹을 향해 일권을 날렸다. 누가 봐도 승산이 없는 모습이다.

하지만,

콰콰콰콰콰쾅!

터져 나가는 것은 손오공이 아니었다. 도리어 나후의 오른팔이었다. 주먹이 일그러진다 싶더니 폭죽처럼 터져 버린다. 녀석을 구성하고 있던 먹구름이 갈기갈기 찢어져 흩어진다.

손오공은 거기서 그치지 않았다.

콰아아아아아아—앙!

허공을 발로 박찬다 싶더니 천둥보다도 더 큰 굉음을 동반하며 단숨에 나후의 얼굴로 치닫는다. 아무것도 달려 있지 않은 작은 얼굴 쪽이다.

나후가 본능적으로 몸을 뒤로 물리며 가주전을 때렸던

팔을 반대로 꺾어 손오공 쪽으로 날린다.

하지만 그 행동은 이어지지 못했다.

갑자기 하늘에서 무언가가 수직으로 툭 떨어지더니 그대로 팔뚝을 잘라 버렸다.

파아아아아!

주먹이 그랬던 것처럼 본체에서 분리된 팔뚝도 허공으로 튀었다가 먹구름이 되어 사라진다.

그 아래에는 사타왕이 앉아 있었다. 거친 격전을 벌이고 온 것인지 피를 잔뜩 뒤집어쓴 몰골로 거칠게 숨을 토했다. 하아, 하아, 단내를 내뿜을 때마다 사자 갈기처럼 멋지던 머리카락도 부스스하게 흔들린다.

사타왕은 이를 악물며 금방이라도 무너질 것 같은 몸을 뒤로 돌렸다. 피로 가려진 한쪽 눈을 강하게 감았다 뜨며 손오공을 올려다본다.

팔 하나를 자신이 잘라 버렸으니, 나머지는 네가 알아서 하라는 눈빛을 보낸다.

그것을 모를 손오공이 아니다.

손오공은 허공에서 몸을 뒤틀면서 그대로 작은 머리통을 후려 찼다.

콰르르르르르르르릉!

역시나 폭죽처럼 터져 나가면서 충격파가 나후를 덮친

다. 나후는 마치 술에 취한 사람처럼 비틀거리면서 뒤로 물러나기 시작하고, 이에 손오공은 더 빠르게 달라붙어 일격을 날렸다.

콰콰콰콰콰콰—쾅!

왼쪽 어깨가 날아가면서 비정상적으로 달렸던 왼팔도 같이 떨어져 사라진다. 보는 것만으로도 소름이 돋는 뇌전이 마구잡이로 튀었다.

'뇌벽세라고? 저게?'

지호는 자신이 펼칠 수 있는 뇌벽세와는 전혀 비교가 불가능한 기예에 입을 쩍 벌리고 말았다.

그 뒤에도 손오공은 잇달아 주먹을 날렸다.

쾅! 쾅! 쾅! 콰아아아앙!

화룡이 위로 솟구쳐 괴롭다며 몸부림을 치다가 사라지고, 물벼락이 나후의 가슴팍을 길게 찢는다.

과거 손오공이 지호에게 보여 주었던 근두운처럼 불, 물, 얼음, 벼락, 세상을 이루는 모든 재해들이 한데 끌어모아져 전시된 것처럼 마구잡이로 쏟아진다.

그때마다 나후를 구성하던 먹구름도 계속 터져 나간다. 가슴팍이, 옆구리가, 허리춤이, 골반이 날아간다. 나후의 상반신은 곳곳에 구멍이 남아 너덜너덜해졌다.

충격파가 터질 때마다 나후는 저항 한 번 하지 못하고 주춤주춤 뒷걸음질만 해 댄다.

덕분에 장원의 지반에는 크기를 잴 수조차 없는 족적이 계속 남고, 건물이 그대로 짓밟히며, 연못과 해자가 으스러지고, 담장이 무너졌다.

압도적이다.

저렇게 큰 신을 상대로 이만한 위용이라니.

광신도들은 전부 얼이 빠진 채로 자신들이 모시는 신이 패퇴하는 것을 지켜보기만 했다. 그곳에 자신들이 개입할 여지는 어디에도 없었다.

'이길 수 있어!'

지호의 눈에 희망이 가득 찬다. 절대 이길 수 없을 것 같던 싸움이다. 제아무리 손오공이라고 해도 과연 가능할까 싶었던 싸움이 일방적인 승리로 돌아가고 있었다.

콰콰콰콰콰콰콰콰!

그때 손오공이 전력을 다해 힘껏 터뜨린 일격이 허벅지를 그대로 날려 버리며 나후의 몸이 한쪽으로 기우뚱 기울어졌다.

팟!

손오공은 끝을 내려는 심산인지 마지막 하나 남은 머리, 신의 눈동자를 달고 있는 곳을 향해 직각으로 솟구쳐 올랐다.

파직, 파지지지직!

그를 중심으로 샛노란 뇌전과 시뻘건 화염이 수없이 튀어 오른다. 뇌벽세와 화염륜이 쉴 새 없이 서로 헝클어지면서 더 크고 환하게 빛을 뿜어낸다.

'저거면 끝난다!'

지호는 손오공이 최후의 공세를 준비한다는 사실을 깨닫고 주먹을 불끈 쥐었다.

하지만,

"……위험하군."

"예?"

교룡이 중얼거린 말에 그를 돌아봤다.

바로 그때, 아무것도 없던 나후의 머리 오른쪽 부근에 길게 쭉 선이 그어지더니 좌우로 갈라지면서 또 다른 눈이 드러났다.

기존의 붉은 눈과는 전혀 다른, 시리도록 차가운 푸른 눈이었다.

그리고 역시나 아무것도 없던 입 부근이 잔뜩 벌어지면서 톱니처럼 자글자글한 이빨이 훤히 드러났다. 목청껏 소리를 지른다.

카아아아아아아!

엄청난 포효와 함께 발생한 음파에 떠밀려 손오공을 감

싸던 뇌전과 화염이 흐트러진다. 그사이 쩍 벌린 아가리 사이로 매서운 맹독을 품은 먹구름이 잔뜩 뿜어지며 손오공을 강타했다.

콰앙! 콰콰콰콰쾅!

손오공은 그대로 나가떨어져 전각 하나를 지붕부터 바닥까지 뚫고 처박혔다.

우르르.

결국 건물이 떨리더니 그대로 폭삭 무너졌다. 손오공은 직접 제 손으로 무너진 건물 잔해를 밀면서 몸을 일으켰다. 맹독 때문에 살갗이 지글지글 녹아내리는 흉한 몰골이 되어 제대로 눈도 뜨지 못한다.

"제기랄! 정신을 못 차리고 비실비실거릴 때 끝냈어야 했는데……! 하여간 방해하는 새끼들만 잔뜩 모여서는!"

으드득!

먼지투성이가 되어도 손오공의 위용은 사라지지 않는다. 하지만 이미 가짜 해를 만들면서 피로해진 그로서는 나후를 상대하면서 너무 많은 공력을 소모하고 말았다.

반면에 나후를 구성하던 기운은 다시금 짙어지고 있으니.

먹구름이 다시 뭉게뭉게 피어나 구멍 난 부위를 수복하고, 날아갔던 팔이 다시 자라난다. 짧았던 팔은 고무줄처럼 쭉쭉 늘어나 오른팔만큼 늘어났다가, 좌우로 찢겨 분열을 시작했다.

두두두둑! 두둑! 두두둑!

머리도 마찬가지로 샴쌍둥이처럼 붙어 있던 작은 머리통이 다시 생겨난다. 어깨가 더 넓어지고 일부가 뒤로 돌아간다. 그 옆으로 또 다른 머리가 하나 더 생겨 총 세 개가 되어 버린다. 마치 자가 증식을 하는 세포처럼.

세 개의 머리. 여섯 개의 팔.

그리고 해와 달을 담은 듯한 두 개의 눈.

이제야 비로소 원래의 모습, 삼두육비(三頭六臂)의 괴물이 된 나후는 기나긴 잠에서 깨어나, 아주 오래전에 자신을 봉인했던 원수와 제대로 시선을 마주했다.

손오공은 이를 악물며 다시 몸을 날리려 했지만,

"어?"

발이 땅에 단단히 붙들린 채 꿈쩍도 할 수 없었다.

손오공은 나후를 올려다봤다.

"내게…… 무슨 짓을 한 거냐?"

—별것 없다.

길고 가늘게 떨어지던 목소리는 더 이상 없다. 강림을 위한 의식이 모두 끝나 천계에서의 하강(下降)이 완성된 나후는, 이제 어엿한 신이었다.

콰아아!

붉고 푸른 두 개의 눈이 더 크게 벌어진다. 해와 달만큼이나 크지만, 그 속에는 오로지 손오공만을 담는다.

—예전에 네놈이 내게 했던 것과 똑같은 것일 뿐.

"무슨……!"

손오공이 놀라 소리를 지르려는 그때,

끼아아아아아아!

갑자기 곳곳에 퍼진 망령과 원혼들이 괴성을 질러 대기 시작했다.

흑왕은 그 중심에 서서 뜻을 알 수 없는 말을 계속 웅얼댔다. 그럴수록 망령과 원혼의 숫자는 계속 기하급수적으로 늘어나더니 거대한 줄기를 이루며 손오공의 주변을 뱅그르르 맴돌았다.

그리고 땅 위로 불쑥 솟아 올라오는 그림자에 고스란히 녹아들면서 단단한 끈이 되었다.

촤르르르르륵!

헤아릴 수도 없이 많은 그림자는 붕대처럼 손오공의 발목과 손목을 몇 겹이나 둘둘 감아 댔다. 마치 육신을 옥죄는 쇠사슬처럼 팽팽해져 그를 단단히 붙든다.

"놔! 이거 못 놔?"

손오공은 어떻게든 그림자 사슬을 떨쳐 내고자 했지만 절대 끊어지지 않았다. 나후의 기운이 고스란히 녹아 손오공을 속박하는 것이다.

아등바등 움직이며 저항하지만 그림자 사슬만 더 팽팽해질 뿐이다.

거기다 더 많은 그림자가 아지랑이처럼 올라와 사슬 위를 덧대면서 시간이 갈수록 움직이는 폭도 계속 줄어들었다.

손오공은 처음으로 위기감을 느꼈다.

이대로는 정말 위험해질 수 있다는 생각.

구백 년 전 나후를 봉인시킬 때에도 느끼지 못했던 위기감이 본능을 자극했다.

"둘째 형! 넷째 형! 앉아서 그만 구경하고 이것 좀 어떻게 해 봐!"

자존심이 너무 세서 제 입으로는 죽어도 남의 도움을 빌지 못하는 손오공이지만, 지금은 정말 어쩔 수가 없었다.

팟! 파밧!

걸을 정도까지는 회복한 교룡과 어느 정도 기력을 되찾은 사타왕이 재빨리 뛰기 시작한다. 보통 때라면 짓궂은 농담이라도 던지겠지만 그들도 그럴 겨를이 없었다.

하지만,

—나의 신도들이 행하던 의식이 하나만 있었다고 생각하느냐?

"……!"

"……!"

의식이 강림만 위한 게 아니란 뜻이다.

강림 의식을 주관했던 것은 흑왕. 그렇다면 한 녀석이 남는다!

교룡과 사타왕은 아차 하는 표정으로 고개를 도왕 쪽으로 돌렸다.

도왕이 차갑게 웃었다.

"이미 말하지 않았는가. 늦었다고."

그가 손을 높이 들어 아래로 내린다.

"전원, 자결하라."

그 말이 끝나기 무섭게 아직 살아 있던 네 호랑이 소속의 무사들이 일제히 품에서 단도를 꺼내 역수로 쥐며 제 목을 겨누더니,

푹! 푸푸푹!

일말의 주저도 없이 그대로 내리찍었다.

쿠륵, 쿠륵, 녀석들은 입 밖으로 쉴 새 없이 피를 게워내면서도 웃고 있었다. 신을 위해 제 육신과 영혼을 모두 바친 데에 대한 기쁨이다.

"기뻐하라. 그대들은 이로써 신의 권좌, 그 옆에 설 수 있는 영광을 얻었음이니."

가장 크게 기뻐하는 사람은 도왕이었다. 그는 평생을 들

여 키운 수하들이 죽어 나자빠져 가는 상황에서도 웃고 있었다.

얼마나 고대했던 순간인가!

지난 수십 년간 바로 이 날만을 위해 문파를 일구었고 지금의 자리에 올랐다.

드디어 신의 위업을 세상에 오롯이 드러낼 수 있게 되었으니, 신의 사업을 위한 밑거름이 될 수 있었으니, 어찌 기쁘지 않을 텐가!

이 상황을 모두 지켜보던 지호에게는 너무 큰 충격으로만 다가왔다.

이제는 이 세상에 어느 정도 적응을 했다고 생각했건만. 아직 그가 본 것은 일부에 불과했다.

'미쳤어! 다들 미쳤다고!'

지호의 손발이 떨리는 사이, 교룡과 사타왕은 손오공에게 닿았다.

"인신 공양이라니! 저 미친놈들이……!"

"제길! 늦었나!"

두 사람은 전력을 다해 그림자 사슬을 내려쳤으나,

휘리리릭!

도리어 그들의 뒤쪽 그림자에서 사슬이 올라오며 다리를 칭칭 감아 버렸다. 둘의 주먹은 아슬아슬하게 손오공의 사슬에 닿을 듯 닿지 못하고 재차 올라오는 그림자 사슬에 묶이고 말았다.

그림자 사슬은 마치 먹이를 탐하는 뱀처럼 단숨에 두 사람의 몸을 타고 올라와 턱 밑까지 포박했다.

구하러 왔다가 도리어 자기들이 묶이고 말다니. 두 의형을 바라보는 손오공의 시선엔 한심함이 가득 섞였다.

"멍청하기는……! 하여간 저 멍청이들을 여태 형으로 모시고 다녔으니 이 꼴이 나지!"

"야! 우리도 너 구하려다가 이렇게 된 거거든? 그러게 날 그냥 가만히 내버려 두지 왜 이딴 데 끌고 온 거야!"

"닥쳐! 그러게 진즉에 잘하던가!"

손오공은 징징대던 교룡을 윽박질렀다.

사타왕이 우울하게 묻는다.

"오공, 이걸 풀 방법은 없나?"

"몰라, 나도 그딴 거! 알면 이러고 있겠어?"

세 사람이 티격태격 하는 동안, 나후가 선고를 내렸다.

—내게 깃들어라. 동주의 세 마왕이여.

손오공, 교룡, 사타왕. 셋은 서서히 땅 밑으로, 아니, 그림자 속으로 녹아내리기 시작했다. 그림자는 전부 나후로 이어진 바. 이대로는 나후가 부리는 망령 속에 뒤섞여 격(格)이 타락해 버릴 수 있었다.

"제기랄! 진짜 이러다가 끝장이라고!"

"나후가 이 정도로 이를 갈 줄이야……!"

교룡과 사타왕은 봉인에서 풀려나 신으로서의 권능을 되찾을 뿐만 아니라, 자신과 형제들을 녹여 힘을 강화하기까지 하려는 나후의 철두철미한 계획에 치를 떨었다.

그만큼 지난 구백 년 동안 봉인되어 있어야만 했던 원한이 사무쳤던 것일까?

그때 손오공이 담담한 눈길로 시선을 돌렸다.

지호가 그곳에 서 있었다.

* * *

'여긴 정상이 아니야.'

지호는 이를 악물었다.

신. 나후. 손오공. 동주칠마왕. 사이비. 인신공양. 오호문. 도왕. 흑왕. 지호의 눈에는 이제 그 모든 것들이 비정상적으로 보였다.

그가 발을 붙일 구석 따윈 어디에도 없다.

붙이고 싶은 마음까지 싹 날려 버린다.

엄두조차 내지 못하게 공포를 단단히 각인시킨다.

머릿속이 새하얗다. 아무 생각도 나지 않는다. 그냥 이

자리에서 도망치고 싶다는 생각이 들지만, 몸은 얼음장처럼 굳어 꿈쩍도 않는다. 움직일 기력조차 없다.

『야.』

그때 머릿속으로 목소리가 파고든다. 공황 상태에 빠졌던 정신을 강제로 깨워 버린다. 흐리멍덩하던 지호의 눈동자에 처음으로 초점이 잡힌다.

저 멀리 손오공이 이쪽을 보고 있었다.

『뭐하냐? 노냐? 어서 이거 안 풀어?』

지호는 자기도 모르게 한 발 주춤 물러섰다.

자신으로서는 안 된다고, 자신이 끼어들 구석 따윈 없다고, 자신이 할 수 있는 일은 없다고 항변을 하려고 했지만,

『집에 가기 싫어?』

"……!"

뒤를 잇는 한 마디가 망치처럼 지호의 뒤통수를 세게 후려쳤다.

정신이 번쩍 들었다.

손오공이 한쪽 입술을 말아 올린다. 냉소를 던진다.

『너, 고작 이것밖에는 안 되는 놈이었냐? 어디 가서 손오공의 환생이라고 떠벌리지 마라. 쪽팔리니까.』

"……."

이 몸은 그대의 과거. 그대는 이 몸의 미래. 그대와 이 몸은 거울에 비친 허상이며 동전의 양면이고 또한 그림자일지니.

손오공을 만나기 전에 보았던 회고록이 떠오르고,

"너는, 나. 또 나는, 너."

손오공이 처음 만났을 때 했던 말이 떠오르며,

"바로 네 전생이니라."

당신이 누구냐는 질문에 손오공이 웃으면서 했던 말이 다시 떠오른다.

그래.

잠시 잊고 있었지만, 지호와 손오공은 다르지 않다.

같은 영혼을 공유하며 성격까지 쏙 빼닮았다.

다른 점이라고는 사는 시간대, 사는 세상, 산 세월뿐.

그 외에는 전부 똑같다.

지호가 곧 손오공이다.

그런데 손오공이 고작 무섭다면서 이런 일에 쓰러질 것

같은가?

"제기라아아아아아알!"

콰아아아아아아—앙!

지호는 이를 악물며 땅을 세게 박찼다. 내공이 얼마나 소모되는지는 전혀 신경 쓰지 않고 마구잡이로 남용하며 단숨에 쇄도한다.

손오공이 아닌, 도왕에게로.

"무슨……!"

지호가 달려들 줄은 전혀 생각지도 못한 도왕은 화들짝 놀라 뒤늦게 칼을 뽑으려 했다.

하지만 지호로서는 당연한 일이었다.

지금 손오공을 속박하고 있는 것은 나후가 아니다. 손오공 등을 나후에게로 귀의시키는 의식에 집중하는 도왕이었다.

쐐애애애애애액!

대기를 찢어발기는 엄청난 파공성과 함께 멀리서도 선명히 보일 정도로 진한 궤적을 그린다. 지호는 도왕이 칼을 완전히 뽑기도 전에 도착, 금강포로 단단해진 팔꿈치로 전력을 다해 녀석의 명치를 찍었다.

쾅!

"컥!"

도왕이 피 화살을 토한다. 단 일격이었지만 늑골이 모조리 부서진다. 뾰족한 뼈들이 내장을 찌르기 시작한다. 혈관과 근육도 뭉개졌다.

그리고 이어지는 연타(連打)!

콰콰콰쾅!

도왕은 단숨에 실 끊어진 연이 되어 튕겨 났다. 지붕을 뚫고 비스듬하게 아래로, 충격파와 함께 밀려난 그의 몸뚱이는 건물을 세 채나 부서뜨린 후에야 땅에 겨우 처박힐 수가 있었다.

"쿨럭!"

도왕은 피투성이가 되어 피를 잔뜩 게워 냈다. 땅을 짚어 일어나려 했지만, 이미 체내의 뼈란 뼈는 모두 으스러지고 근육도 죄다 망가져 몸에 힘이 들어가지 않았다.

휘이이이……!

그리고 그를 둘러싸던 모든 의식이 붕괴되면서 팽팽하던 그림자 사슬도 아주 잠깐 느슨해졌다.

손오공 등은 기회를 놓치지 않았다.

비록 대부분의 힘이 그림자 속으로 빨려 들어가 남아 있는 힘이 일 할도 되지 않는다지만, 그것만 하더라도 어느 정도 기력을 되찾기엔 충분했다.

콰콰쾅!

세 사람은 전력을 다해 그림자 사슬을 찢고 탈출을 시도했다.

달아나는 방향도 전부 다르다.

사타왕은 북쪽으로, 교룡은 남쪽으로, 손오공은 지호가 있는 곳으로.

지호는 힘없이 추락하는 손오공을 받아 챘다. 언제나 위풍당당하던 손오공이 축 늘어진다. 마지막 남은 힘은 사슬을 부수는 데 다 써 버린 것이다.

"꼬락서니하고는. 이게 뭡니까?"

"뭐 인마?"

"앞으로 인마, 애송이, 새끼, 이딴 말하지 마십쇼. 오공은 그런 놈한테 도움 받은 겁니다."

"집에 가기 싫은가 보네?"

"협박할 게 그렇게 없습니까? 좀 참신한 거 없어요?"

"하! 이 새끼 좀 보게?"

"그딴 말 쓰지 말라니까."

둘이 사소한 일로 투닥거리는 사이,

쿠쿠쿠쿠쿠!

나후가 다시 움직이기 시작했다. 교룡과 사타왕 쪽에는 눈길도 주지 않는다. 오로지 지호와 손오공만을 바라보며 다가온다.

도망치려 해도 손바닥만 내려치면 잡힐 거리다.

'크긴 더럽게 크네. 젠장!'

지호는 나후를 정면으로 맞닥뜨리게 되자 침을 꼴깍 삼켰다.

손오공이 피식 웃는다.

"왜? 쫄리냐?"

"안 그래도 오공을 왜 구했나 후회하고 있는 참입니다."

"어쭈?"

"그러니까 그만 건드리세요. 확 버릴 수도 있으니까. 그보다 이제 어쩔 겁니까?"

"뭘?"

"무슨 생각이 있으니 절 충동질시킨 거잖아요?"

"없다면?"

"그렇게 생각 없는 사람이었습니까?"

지호는 손오공을 빤히 쳐다봤다.

나후에게 포박되었던 이유.

그냥 잡힌 것이 아니지 않느냐고 묻는다.

지호가 아는 손오공은 겉으로는 기분파에 제멋대로 사는 것처럼 보이지만, 실상은 그 속에 무수히 많은 계산을 반복하면서 살아가는 사람이었다.

행동 하나하나에 의미를 담는 사람이 과연 그렇게 쉽게

나후에게 잡혔을까?

손오공은 고개를 절레절레 흔들었다.

"하여간 날 너무 잘 알아도 이게 피곤하다니까."

그러더니 위를 올려다보며 씩 웃는다. 식은땀이 이마에 송골송골 맺혀 지친 기색이 역력하지만 여전히 여유를 잃지 않는다. 송곳니가 훤히 드러난다.

"이봐, 나후."

나후는 걸음을 잠깐 멈추고 손오공을 응시했다.

"이만 끝내자."

한 마디와 함께,

파아아아아!

곳곳에 실선이 그어지며 나후의 팔다리가 몸체에서 분리되어 떨어지기 시작했다.

마치 부분 조립을 잘못해서 부품이 떨어지는 장난감 인형처럼 오른팔은 두 개, 왼팔은 세 개가 전부 말끔히 잘려 나간다. 새로 돋아났던 머리 하나도 목에서 굴러 떨어져 퍼석 하고 모래알처럼 흩어져 사라진다.

—무슨…… 짓을 한 것이냐!

나후는 무너지는 몸을 어떻게든 부지해 보려고 노력했지만 이상하게 몸을 구성하고 있는 기운은 걷잡을 수 없이 가닥가닥 끊어지고 있었다.

"너네 어머니는 남들이 주는 거 함부로 먹지 말라고 말씀 안 해 주시디?"

손오공은 거칠게 숨을 토하는 상황에서도 깐족대는 여유를 잃지 않았다.

지호가 슬쩍 묻는다.

"신한테도 엄마가 있어요?"

"있겠냐? 재 엄마 없어."

"……불쌍하네요."

지호가 어이없다는 듯이 웃는 동안, 손오공은 하얀 머리를 뒤로 길게 쓸어 넘기며 차가운 웃음을 띤 채로 나후를 다시 올려다보았다.

"너에게 깃든 내 힘에다 장난질 좀 쳐 봤지. 아마 물과 기름처럼 섞는 데 한참 걸릴걸?"

—네 이놈……! 손오공……!

나후는 무언가를 말하고 싶어 하는 눈치였지만 마지막 남았던 다리와 다른 머리 하나도 부서지면서 목소리가 끊어지기 시작했다.

마치 노이즈가 잡힌 텔레비전처럼 녀석을 이루고 있던 형상 자체가 서로 어긋나기 시작한다.

겨우 떴던 오른쪽의 푸른 눈은 다시 감겨 사라진다. 몸뚱아리도 쓸려오는 바람에 흩어져 사라지다가 결국 왼쪽의 붉은 눈만이 남는다.

—난…… 다…… 시…… 돌…… 아…… 하…… 지…… 넌…… 끝…… 났…… 생…… 명…… 다…… 할……!

치직, 치지직, 선명하게 들리던 목소리는 무언가에 흔들려 드문드문 먹혀서 정확한 내용을 알아듣기 힘들었다.

"거참, 쫑알쫑알 시끄럽네."

손오공은 귀찮다는 듯 새끼손가락으로 귓구멍을 후벼 파면서 짜증 섞인 말투로 소리쳤다.

"썩 꺼져, 잡귀야!"

그 말과 함께,

파아아—아!

마치 파도에 휩쓸린 모래성처럼 나후를 겨우 구성하고 있던 부분들이 고운 입자가 되어 사라져 버렸다. 마지막까지 남아 있던 붉은 눈은 끝까지 손오공을 노려보다가 지그시 감겼다.

그때 무언가가 하늘 위로 올랐다. 흑왕이 날렵한 기세로 나후의 눈이 있는 곳까지 도착해 손을 뻗는다. 그의 팔을 칭칭 감고 있던 까만 붕대가 사르르 풀려나면서 단숨에 나후의 눈을 감싸 안는다.

"애송아!"

"알고 있어요!"

손오공을 비롯한 세 사람은 나후와의 격전으로 인해 힘이 모두 소진되어 움직일 수조차 없다. 지호는 흑왕이 수를 쓸 수 없게 전력을 다해 유수행을 펼쳤다.

하지만,

쐐애애애애액!

어느 정도 날아올랐을 때쯤에 갑자기 공간이 길게 찢어지는 소리와 함께 납작한 빛무리가 단숨에 지호의 허리를 갈라 왔다.

멸천도!

하늘을 부순다는 광오한 이름만큼이나 강렬한 빛무리다. 또 다른 이름도 불패(不敗), 단 한 번도 패배한 적이 없다는 뜻이다.

이미 지호도 한 번 겪어 봐서 느꼈지만 절대 무시할 수 있는 것이 아니었다.

그것도 공력을 한껏 불어담은 것이라면 더더욱!

저 아래에서 도왕은 이미 몸을 쉽게 움직일 수 없는 중상임에도 불구하고 오로지 지호를 잡겠다는 일념 하나로 두 눈에 살의를 번뜩이고 있었다.

결국 지호는 어쩔 수 없이 허공에서 몸을 뒤틀며 발끝에서 팽창한 불꽃으로 벽을 세워 멸천도에 맞대응해야만 했다.

콰콰쾅!

그사이에 흑왕은 나후의 핵(核)이 되는 눈을 완전히 그림자 속으로 숨기고 붕대를 회수하는 데 성공했다. 그러곤 허공에서 크게 재주를 넘으면서 여전히 멸천도를 막는 데 급급한 지호 쪽으로 쇄도했다.

"제천대성의 후예, 여기서 제거한다."

재앙의 씨앗이 될 수 있는 건 사전에 제거해야 한다. 손오공의 전인이라고 예측되던 질주광마의 등장에 촉각을 곤두세웠던 것도 모두 그 때문이었다.

거기다 가능하다면 힘이 다 빠진 동주의 세 마왕들도 이 자리에서……!

휘리리릭!

어깨 부위까지 감고 있던 붕대가 길게 풀려나면서 단숨에 허공을 후려쳤다.

지호는 왼손으로 화염륜을 세워 멸천도를 막는 한편, 오른손으로는 뇌벽세를 일으켜 붕대를 튕겨 냈다.

콰콰쾅!

도왕과 흑왕, 졸지에 두 명의 왕을 동시에 상대하게 된 지호는 이를 악물었다.

*　　*　　*

나후가 사라지면서 태양이 다시 태어나기 시작했다.

빛이 내려오면서 어둠은 거짓말처럼 물로 씻은 듯이 사라지고, 푸른 하늘을 따라 구름이 둥둥 떠다녔다.

*　　*　　*

"해, 해가 뜬다!"

누군가 크게 내뱉은 외침에 이나은을 비롯한 호군위영은 일제히 고개를 들었다. 짙게 깔렸던 어둠 때문에 쉽게 움직이지 못하고 얼마나 노심초사 마음을 졸였던가.

주변에 있는 현에 연통을 넣어 대장군가의 이름으로 토벌군을 빠르게 조직하고 이곳으로 올 때까지. 그들은 도저히 상식으로 설명이 불가능한 일을 직접 목격하고 크게 기함을 하고 말았다.

태양을 씹어 먹으며 일식을 일으켰던 '신'이 다시 나타나고 말았다!

그것도 오롯이 모습을 드러낸 채로.

더구나 그 신이 오호문의 장원에서 일어났다는 사실을 알게 되었을 때는 어떻게 말을 할 수가 없었다.

태감과 오호문은 대체 뭘 하고 있는 걸까?

그들이 믿는 종교란 건 정체가 무엇인가?

저 '신' 은 진짜 신인가?

하지만 이나은은 보았다.

호군위영과 토벌군도 목격했다.

전설 속에서나 나올 법한 '하늘을 떠받치는 자' 만큼이나 큰 존재에 맞서서 신을 부숴 버린 자를.

융단처럼 아름다운 백발을 길게 늘어뜨린 채, 별을 담은 것 같은 금색 눈을 번뜩이던 자.

그것은 삼두육비가 되어 난리를 피우던 신으로부터 승리를 거두었을 뿐만 아니라, 신을 구성하고 있던 요소들을 모두 해체시켜 버렸다.

'그 사람이야. 손 공자와 함께 있던 사람!'

이나은은 이제야 조금 납득이 갔다.

어째서 태감이 그토록 얼굴도 모르는 질주광마에 대해서 민감하게 반응을 했는지. 왜 오호문이 직접 나서서 그를 제거하려 했는지.

그들이 신실하게 믿는 신과 위용을 겨룰 수 있는 자라면. 그의 후예라면. 진실로 그들의 종교를 무너뜨릴 수 있으리란 위협을 느꼈을 테니.

이 세상에서 빛을 앗아가고 어둠만을 내려 주었던 신은 이제 부서졌다. 해가 다시 뜨고 빛이 내려왔다.

다시 밤은 올 테지만, 개기 일식 때와는 다르다. 그때는 달이 있을 테니까!

"아가씨!"

천 무장이 다급히 외친다.

이나은은 무겁게 고개를 끄덕이며 소리쳤다.

"하늘이 우리를 돕고 계신다! 전원 역적, 오호문을 토벌하라!"

와아아아아!

호군위영을 비롯한 토벌군은 일제히 하늘을 향해 소리를 질렀다.

장원 안으로 기마병과 중갑보병이 차례대로 들어선다. 그들의 얼굴엔 자신감이 가득 묻어 있으면서도 한편으로는 긴장감이 잘 벼린 날처럼 서 있었다.

오호문은 강호를 상징하는 사패 중 하나다. 아무리 제나라가 중원을 삼분(三分)하는 대국이라 할지라도, 사패와 척을 지는 것은 부담이 될 수밖에 없다. 자칫 오호문이 충성을 바친 문파들을 데리고 반란이라도 일으킨다면 일이 복잡해진다.

더구나 오호문의 영향력은 강호뿐만 아니라 조정에도 뻗혀 있는 바. 그들을 이용한다면 정국은 매우 어지러워진다.

무력으로나, 권력으로나, 절대 이렇게 쉽게 칠 수 있는 곳이 아니다.

하지만 이나은은 대장군가의 권력으로 모든 우려와 반발을 찍어 눌렀다. 대장군의 적극적인 지지 아래에 근방에 있는 모든 병력을 한데 규합시켰다.

그리고 황실의 재가도 없으면서 단번에 들이닥쳤다.

오호문이 어떻게 저항할 새도 없이 제압해서는, 선조치 후보고의 형태로 태감을 한데 묶어 버릴 심산이었다.

천 무장은 이로써 황제의 눈과 귀를 가리고 조정을 멋대로 농락하는 태감과 환관 일파들을 일거에 쓸어버릴 수 있을 거라고 생각했다.

하지만,

"이, 이게 뭐지?"

기세등등하게 장원으로 들어서다 말고 얼굴이 황당함으로 젖어 버린다. 그만큼 천 무장을 맞은 건 어이가 없다 못해 상식적으로 이해가 가지 않는 장면이었다.

언제나 위풍당당하게 다니던 오호문 무사들이, 수백 명이나 되던 무사들이 죄다 바닥에 널브러져 있다. 하늘을 찌를 듯이 높게 서 있던 마천루들은 모조리 무너져 온전한 걸 찾기가 힘들다.

신과 백발의 사내가 격전을 벌인 탓에 외부에서도 온전한 건물을 찾기란 힘들 것이라 예상은 했지만, 이 정도로 심각할 줄은 몰랐다.

무엇보다 생존자가 전무하지 않은가.

천 무장은 병사들을 풀어 어떻게 된 건지 확인했다.

곧 이어지는 보고들.

"여, 여기에 푸른 이리의 주검이 있습니다!"

"하얀 매도 있습니다!"

"검은 여우들이……!"

"노란 원숭이도 전멸했습니다!"

"어, 어떻게 그런 일이?"

청견, 백응, 흑호, 황원. 붉은 늑대인 적랑과 마찬가지로 오호문을 상징하는 무력 부대다. 그들이 전멸을 했다는 소식은 충격으로 다가왔다.

"손 공자는? 손 공자는 어디로 갔지?"

여태 담담히 있던 이나은이 묻는다.

곧 대답이 돌아왔다.

"가주전과 집도헌이 있는 곳입니다! 한데, 그곳에……!"

"왜? 무슨 일이지?"

"도왕 및 흑왕이라 추정되는 자와 대치중입니다!"

"뭐?"

이나은도 전혀 뜻밖이었던지 재빨리 말을 몰아 그쪽으로 이동했다.

장원의 가장 중심에 위치한 심처(深處).

원래는 연못 위에 누각이 놓여 운치가 넘쳐야 할 곳은 더 이상 형체를 알아보기가 힘들 정도로 엉망이었다.

'여기야. 여기서 신이 나타났어.'

이나은은 이곳에서 가장 큰 격전이 치러졌음을 한눈에 알아봤다. 다른 곳에 벌어진 흔적들은 이곳의 연장선에 불과하다.

그렇다는 건 '신'과 관련된 무언가가 여기서 시작됐다고 봐야겠지.

그리고 그 위.

쾅! 쾅! 콰콰콰콰쾅!

하늘 곳곳에서 화염과 뇌전이 터져 나가고,

콰르르르르르! 우르르르르르!

그 뒤를 따라 충격파가 울리면서 대기가 떨린다. 지반이 충격에 흔들리고, 그나마 남아 있던 전각도 모조리 무너져 내린다.

지호는 마치 하늘을 날아다니는 것이 아닌가 착각이 들 정도로 폐허 더미 위를 질주하며 흑왕과 싸움을 벌이고 있었다.

촤라라락! 휘리리릭!

흑왕은 오른팔과 왼팔, 두 개의 붕대를 활짝 펼쳐 마구잡이로 지호를 난타한다. 그때마다 일어나는 칼바람은 대지를 할퀴고 공간을 찢어발기며 지호를 덮쳐 가지만, 지호는 화염륜과 뇌벽세를 적절히 사용하며 튕겨 낸다. 그러면서 유수행을 힘껏 펼쳐 최대한 간격을 좁히려 한다. 그럴 때면 흑왕은 날렵한 동작으로 몸을 뒤로 쭉쭉 물렸다.

눈에 보이지 않을 정도로 매섭게 움직이는 붕대와 쉴 새 없이 터져 나가는 화염과 뇌전은 장원을 착실하게 초토화시켜 나간다.

그때 부상을 입어 한쪽 구석에 박혀 있는 도왕은 간간히 칼을 휘둘러 지호의 사각지대를 노린다. 도왕의 멸천도는 공간 제약을 벗어나 상정한 적을 벤다고 알려진 바.

빛무리가 번쩍일 때마다 지호는 흑왕을 거의 따라잡았다가도 몸을 최대한 비튼다. 그럼 흑왕은 다시 반격을 꾀해 칼바람을 아래로 내려친다.

콰콰콰콰쾅!

"크윽!"

금강포로 팔을 교차해 칼바람을 막아 낸 지호의 얼굴엔 낭패감이 어린다. 치고 빠지고를 계속하는 두 사람의 유격전술을 계속 대응했다가는 내공과 체력이 남아나질 않을 것 같다. 다른 타개책을 찾아야 한다는 생각에 방도를 모색하지만 그럴 겨를이 없다.

이들은 절대 생각할 여유를 주지 않는다.

쉭!

그때 흐트러진 칼바람 사이로 흑왕이 나타나 그대로 발을 높이 들어 지호의 정수리를 내려찍었다.

콰쾅!

주르륵, 지호의 몸이 뒤로 미끄러진다. 그가 지나간 자리로 고랑이 3미터나 넘게 남았다. 입가를 따라 피를 흘리지만, 왼손에 뇌전을 응집시켜 터뜨려 반격을 꾀하는 걸 잊지 않는다.

콰르르르르릉!

흑왕은 왼쪽 다리를 감싸고 있던 붕대가 모두 타 버리고 살갗이 화상으로 짓뭉개지는 부상을 입은 채로 물러서야만 했다.

"후우…… 후우……!"

"하아…… 하아……!"

한 치도 물러서지 않는 팽팽한 접전.

지호와 흑왕은 서로를 노려보면서 거칠게 단내를 토해 낸다. 저 멀리서 복부를 감싼 도왕은 칼을 움켜쥐면서 재차 공격할 기회만을 엿본다.

도무지 끝이 보이지 않을 것 같다.

'괴물이다, 이들은!'

다시 숨통이 트인 호군위영들은 더 놀란 눈으로 지호를

쳐다봤다. 붉은 늑대를 격파했다는 건 알지만, 그 신위 중 일부를 직접 목격하게 되니 눈빛이 달라진다.

그들은 신이 나타났을 때와는 또 다른 광경에 넋이 빠졌다. 어느 누구도 개입할 생각 따윈 하지 않는다. 아니, 못한다.

신이 나타났던 것은 인간의 범주를 까마득하게 초월해 벌어지는 일이었으나, 지금 지호가 벌이는 싸움은 인간의 한계에 다다른 자들이 보이는 싸움이었으니.

하지만 호군위영과 다르게 이나은은 전투가 아닌 다른 것에 정신이 팔려 있었다. 그녀는 누군가를 찾고 있었다.

'저기 있다!'

얼마 가지 않아 이나은은 찾던 사람을 발견할 수 있었다. 그런데 어떻게 된 조합인지 사자 갈기처럼 머리를 한 이상한 사내와 분명 지호가 파옥 사건을 터뜨릴 당시에 같이 있었던 교룡이라는 사내도 같이 있었다.

백발 괴인, 손오공도 그녀의 시선을 느꼈는지 고개를 돌리더니 씩 웃으며 손을 흔들었다.

「이게 누구야? 날 귀찮게 하던 아가씨잖아?」

10장

금고아

이나은의 눈초리가 파르르 떨린다.

'심어(心語)야. 이게 정말 가능할 줄이야……!'

무인이 어느 정도 경지에 이르러 기를 다루는 솜씨가 능숙해지면 특정 상대에게 파장을 실어 보내 비밀리에 목소리를 전달할 수 있다. 이것을 전음이라고 한다.

하지만 그조차 벗어나면 전음도 필요 없어진다.

마음으로 의지를 전달하는 것이 가능해진다.

그것이 바로 심어.

인간의 껍질을 벗어던져 신의 권좌를 노린다는, 전설 속에서나 나올 선인들이나 가능할 일을 겪고 있었다.

하지만 이미 여기까지 온 마당에 무엇이 나타난다고 한들 불가능할까.

이나은은 마음을 굳게 먹고 손오공이 있는 쪽으로 다가갔다.

교룡과 사타왕은 갑작스러운 기척에 이게 뭔가 싶은 표정으로 그녀를 돌아봤다. 그녀와 면식이 있는 교룡은 낯을 살짝 구기면서 슬쩍 고개를 옆으로 돌렸다.

이나은이 손오공을 향해 예를 갖춘다.

“감사합니다.”

손오공이 재미나다는 듯이 웃는다.

“뭐가?”

“세상을 구해 주신 것을요.”

사타왕이 기분 좋게 웃었다.

“푸하하하하하! 이렇게 들으니 우리가 엄청 대단한 일을 한 것 같은데? 우리 형제들이 언제 세상을 구할 정도로 열혈이었나?”

손오공이 사타왕을 슬쩍 보면서 피식 웃는다.

“뭐 잘못 생각한가 본데, 나 그렇게 좋은 놈 아냐. 눈엣가시였던 놈이 기어 나오려고 하니 손을 봤던 것뿐이고. 딱히 내가 졌어도 이 세상엔 별 차이 없었을걸?”

“그래도 감사드려요.”

"하하하하하하! 그것참, 이상한 아가씨네. 날 골탕 먹일 땐 언제고. 왜 이제 와서 고맙다고 그래?"

"그땐 손 공자가 죄를 뒤집어씌운 거였죠."

"그건 맞지만. 키키킥."

손오공은 기분 좋게 웃으며 물었다.

"그래. 내게 부탁할 거라도 있나?"

이나은의 몸이 움찔거린다. 비록 웃고는 있지만, 손오공의 말 속에 숨은 뾰족한 가시를 읽었다. 허튼수작을 부리면 안 된다는 경고의 표시다.

이런 사람은 에둘러서 상대하면 안 된다. 직진으로. 정면으로 부딪쳐야 된다.

"추후 이번 일에 대해 황궁에서 증언을……."

"불가."

"그렇다면 자세한 내막이라도……."

"불가."

"하면 성함이라도……."

"불가."

손오공은 웃는 얼굴 그대로 전부 '불가'를 외쳤다. 설득이나 거래 따윈 절대 없다는 완고한 표시다.

이나은이 살짝 아랫입술을 깨물자, 사타왕이 입술을 삐죽 내밀며 툴툴거린다.

"막내, 그러지 말고 좀 도와줘. 이렇게 예쁜 아가씨가 부탁을 하는구먼. 흐흐흐."

"그럼 넷째 형이 갈래?"

"내가? 귀찮게 왜?"

"나도 그래서 안 간다는 거야."

"아, 그렇다면야."

이해가 가는구먼, 음음! 사타왕은 턱을 짚으며 뭔가를 깨달았다는 듯이 고개를 끄덕인다.

이나은은 이 기묘한 조합에서 살짝 위화감을 느꼈다. 절대 어울리지 않을 것들을 강제로 섞어 놓은 느낌이다. 그런데도 막내라는 손오공을 중심으로 어떻게든 돌아간다.

"그래도 여기까지 접근한 것이 가상하니 하나만 가르쳐 줄까?"

이나은은 짓궂게 웃는 손오공을 보면서 침을 삼켰다.

"무엇…… 인가요?"

"그 괴물은 아직 죽지 않았어."

"……!"

"따지자면 승부를 아직 못 봤다고 봐야겠지. 나후는 아직 정신이 덜 깨서, 나는 방해가 있어서. 아마 조만간에 녀석은 다시 나타날 거야."

주먹을 꽉 쥔 이나은의 주먹이 땀으로 축축하게 젖는다.

태양을 삼켜 먹던 그 괴물이 다시 나타날 거라고? 아직 전부 끝나지 않았단 말이야?

긴장에 잔뜩 젖는다. 이나은의 떨리는 눈동자를 본 손오공의 짓궂은 미소가 더 짙어진다.

"자, 그럼 여기까지."

손오공의 시선이 뒤쪽으로 향한다. 이나은의 고개도 저절로 그쪽으로 향했다.

그곳엔 지호가 한창 격전을 벌이는 중이었다.

쾅! 콰콰콰쾅!

여전히 흑왕이 뿌리는 칼바람과 도왕의 멸천도에 번번이 가로막혀서는, 고전을 면치 못하는 중이었다.

"야! 이제 따분해 죽겠다. 끝내라, 좀."

그냥 투덜거리듯이 내뱉은 말인데도 불구하고 신기하게 목소리가 곳곳에 울려 퍼진다. 호군위영의 머리가 일제히 이쪽으로 쏠린다. 토벌군은 전부 황당하다는 표정이 되었다.

한창 싸움에 몰두하고 있던 지호는 짜증이 났다.

"제기랄! 그럼 가만히 구경만 하고 있지 말고 좀 도와주든가요!"

"너도 이 나이쯤 되어 봐. 조금만 운동해도 삭신이 쑤신다. 에구구구."

손오공은 노인네처럼 주먹으로 등을 두들겼다.

개뿔이! 지호는 욕지거리를 한 바가지나 퍼붓고 싶었지만 후환이 두려워서 하지 못했다. 대신에 이 짜증을 여기다가 다 털어 버리고 싶었다.

하지만 흑왕과 도왕의 합공이 너무 절묘하다. 승기를 잡기가 너무 힘들다.

그렇다면……!

'부순다!'

손오공을 닮은 화안금정이 번뜩이며,

콰아아아아아앙!

단숨에 앞으로 쇄도한다. 탄환처럼 쏘아지며 멸천도를 덮쳐 간다. 오른손을 따라 두 개의 기운이 서로 맞물리면서 튀어 올랐다. 샛노란 뇌전과 시뻘건 화염이!

콰르르르르르르릉!

뇌전은 돌풍을 갈가리 찢어 버리고, 화염은 빛무리를 단숨에 부숴 버렸다. 그것으로도 모자라 후폭풍이 도신(刀身)을 뒤흔들면서 충격파가 고스란히 도왕에게로 전달되었다.

"쿠웨에에에에엑!"

가뜩이나 내상으로 속이 진탕이 되었는데도 불구하고 억지로 공력을 쥐어짜던 도왕은, 그대로 바닥을 짚으며 피를 한 바가지나 토했다. 기맥이 뒤집어지고 혈도가 망가진다.

단전에도 금이 잔뜩 갔다.

충격파는 잇달아 흑왕까지 덮친다.

흑왕이 뿌려 대던 칼바람은 무참하게 박살 나고, 그를 둘러싸던 망령과 원혼의 잿빛 안개는 모두 불살라졌으며, 그를 갑옷처럼 보호하던 붕대는 모조리 찢겨 나갔다.

붕대가 모조리 찢겨 나 뽀얀 피부가 드러난다. 상처로 얼룩져 피투성이가 된 흑왕이 비틀거리는 사이, 지호는 더더욱 바짝 붙이면서 정권을 내질렀다.

콰드드드드드득!

"쿨럭!"

흑왕이 피 화살을 잔뜩 토하며 허공으로 튕겨 오른다. 그는 막바지에 가까스로 정신을 차려 재주를 넘으며 자세를 바로잡았다. 결국 도왕이 있는 곳까지 주르륵 밀려났다.

그러자 기다렸다는 듯이 토벌군이 일제히 흑왕과 도왕 주변을 뻥 에워싼다. 어디로도 빠져나갈 수 없이 촘촘하게 방어막을 갖추면서도 절대 긴장의 끈을 놓치지 않는다. 아무리 상처를 입었다고 하더라도 이들은 강호에서 손꼽히는 고수들. 방심을 하는 순간 목이 달아날 수 있었다.

이나은이 앞으로 나선다.

"지금부터 그대들을 이번 사건의 주요 용의자 신분으로 추포하도록 하겠다. 이의는 받아들이지 않을 것이며, 저항할

시에 즉각 사살할 것이다. 당장 무기를 버리고 투항하라."

한쪽만 드러난 흑왕의 왼쪽 눈이 잔뜩 인상을 찡그린다. 아무리 주변을 둘러봐도 탈출을 할 구석 따윈 없다. 억지로 무리를 한다면 길을 낼 수는 있을 것이나, 지호가 이곳으로 다가오고 있었다.

파직, 파지직!

지호가 걸을 때마다 뇌기가 튀어 오르고, 걷는 자리엔 시커먼 그을음이 남는다. 그는 계속해서 두 사람을 제압할 기회를 엿보았다.

"크크크큭……! 미치겠군! 이제 어쩔 거냐?"

도왕은 짜증 가득 섞인 얼굴로 고개를 들었다. 손등으로 입가를 훔치는 그의 두 눈은 광기로 번뜩였다.

흑왕의 고요한 눈동자가 그에게로 향한다.

"방법은 있다."

"뭐? 한 놈이 놈들을 막고 길을 터 주는 거? 아니면 어깨를 나란히 하고 달리기라도 하자는 거냐? 키키키킥!"

"네가 죽으면 된다."

"무슨…… 컥!"

흑왕은 별안간 손날을 바짝 세우더니 그대로 도왕의 왼쪽 가슴팍을 찔러 심장을 뽑았다.

도왕의 눈꺼풀이 파르르 떨린다. 어째서?

“신께서는 아직 잠들어 계실 뿐이다. 새로운 의식을 위해서는 그만한 공물이 필요하다. 네 수하들과 같이 권좌의 곁에 서라.”

“개 같은……!”

도왕은 그 말을 끝으로 고꾸라졌다.

갑자기 동료를 시해할 줄은 생각도 못 했던 지호와 호군위영 등이 움찔거리는 사이, 흑왕은 입가를 감싸고 있던 붕대를 풀어 입가에 심장을 가져갔다.

우드득! 드득!

심장은 사람의 생명이 깃든 곳. 그것을 먹는다는 의미는 그 사람의 정수는 물론 영혼까지 섭취한다는 의미다. 하물며 현재 흑왕에게 깃든 것은 신인 나후. 도왕과 같은 고수의 생명력이라면 어느 정도 기력을 되찾기엔 충분하고도 남는다.

휘리리릭!

흑왕이 딛고 있던 그림자에서 까만 아지랑이가 올라온다. 그것은 마치 망울을 터뜨리려는 꽃봉오리처럼 흑왕을 크게 감싸 안았다.

“불신자들은 듣거라.”

“어딜 가려고!”

지호가 재빨리 뇌벽세를 잇달아 터뜨렸지만, 어느새 흑

왕을 둘러싼 잿빛 안개는 다시 두꺼워지며 뇌기를 모두 흩뜨려 버렸다. 다가가는 것도 불가능했다. 마치 보이지 않는 장막이 그들 앞을 가로막는 것 같았다.

스스스.

"얼마 지나지 않아 말세가 도래할 것이니, 신의 믿음을 저버리는 자들에겐 신벌이 따를 것이다."

그 말을 끝으로 흑왕은 그림자 속으로 녹아 사라졌다.

잿빛 장막이 사라지자 호군위영이 다급히 안쪽으로 뛰어든다. 하지만 이미 흑왕의 흔적은 찾아볼 수도 없었다.

"제길!"

지호는 애꿎은 돌멩이를 발로 차며 화를 삭여야 했다.

* * *

호군위영은 곧장 마무리 작업에 착수했다.

주검을 수습하는 한편, 폐허 곳곳을 뒤져 혹여 남아 있을지 모르는 단서와 증거를 모으는 데 집중했다. 다행히 곳곳에 숨은 비밀 창고나 금고를 찾는 데 성공했다.

이후 호군위영은 말머리를 돌려 관아로 복귀했다.

그렇게 다사다난했던 하루가 저물었다.

“과연 이것으로 태감의 발목을 옭아맬 수 있을까요?”

천 무장이 긴장한 얼굴로 묻는다.

이나은은 대답 없이 탁상 위에 올린 책자를 두들겼다.

툭. 툭.

기름을 먹인 등잔이 춤추는 무희처럼 흔들리면서 겨우 제목을 비춘다.

절교신서(截教神書)

무너진 가옥과 집도헌에서 발견한 서책이다. 내용은 절교라는 이름의 종교에 가입할 수 있는 방법과 교리, 그리고 신을 모시는 규율 등이 망라되어 있다.

태감과 도왕은 어떤 종교에 가입되어 있다. 그것이 만약 나후라는 신을 모시는 곳이며 이름이 절교라면 말이 된다. 대장군가로서는 아주 중요한 단서가 된 셈이다.

그 외에도 다 무너진 집도헌에서 발굴한 건 많았다. 대부분의 서류와 책자는 소각되었지만, 다행히 튼튼한 철함에 보관되어 있는 것이 있었다.

이것을 강제로 열어 상당수의 증거를 확보할 수 있었다. 특히 가장 찾고 싶어 했던 장부를 발견한 순간 자신도 모르게 쾌재를 외쳤다. 드디어 음지로 숨은 태감의 자금원을 캐

낼 수 있는 바탕을 확보한 것이다.

처음 이것을 찾아냈을 때는 곧장 태감을 칠 생각이었다. 신의 존재를 목격하고 오호문까지 처치한 이상 미룰 이유가 없었다.

하지만 깊게 고민할수록 생각이 조금씩 바뀌었다.

"우리는 아직 이 절교라는 곳이 어떤 곳인지, 규모는 어느 정도인지, 신도는 얼마나 되는지, 황실과 조정 내에는 누가 가입되어 있는지 전혀 아는 바가 없어. 따지자면 이제야 겨우 실마리를 하나 얻었을 뿐이야. 다만, 짐작할 수 있는 사실은 그 범위가 우리가 상상하는 것 이상으로 아주 넓고 크다는 것."

책을 두들기던 손가락이 멈춘다.

"기회랍시고 치다가 도리어 우리가 역공을 당할 수 있어. 태감이 그렇게 어수룩하지는 않을 테니까."

태감은 지난 수십 년 동안 조정을 막후에서 좌지우지했던 자다. 그가 권좌에 앉은 동안에 바뀐 황제의 수만 해도 셋이나 되고, 조정의 대신들이 물갈이 된 횟수는 헤아릴 수조차 없다.

그나마 지금 황제가 십 년 가까이 집권을 할 수 있었던 것도 대장군가가 득세를 했기 때문이지, 그마저도 없었으면 이미 국성(國姓)이나 국명(國名)이 바뀌었을지도 모르는 일이다.

그런 자가 가입된 종교다. 그것도 주인이 아닌 일개 교도로 있는 종교.

황실의 명령에도 코웃음을 치는 도왕과 흑왕이 신실하게 따르는 것도 이미 보았던 바. 절교란 곳의 규모는 이미 나라의 태반을 먹어 치웠다고 해도 과언이 아니리라.

'확실히 그런 신이 진짜 존재한다면……!'

그들과 같은 최고 권력자들이 뭐가 아쉬워서 종교에 가입을 하냐는 생각이 들 수도 있지만, 따지고 보면 전혀 이상할 일도 아니다.

보통 종교는 신도들에게 사후 세계나 신의 은총과 같이 전혀 증명되지 않은 신비를 약속하며 현혹한다.

하지만 절교는 다르다.

그들이 모시는 신의 강림이라는, 눈으로 직접 목격이 가능한 이적을 보이지 않았던가!

더군다나 백발 괴인, 손오공이 했던 말도 떠오른다.

아직 나후는 끝나지 않았다는 말.

그것은 절교가 앞으로도 더 왕성하게 활동을 할 것이란 의미일 테니, 이미 개기일식까지 일어난 마당에 그들이 음지에서 양지로 나올 거란 것쯤은 쉽게 예상할 수 있는 수순이다.

결국 이것은 단순한 태감과의 권력 다툼이 아니다.

나라를 좀먹기 시작하는 사교(邪教)와의 전쟁이다.

하지만 당장 이나은이 이들에 대해 알고 있는 것은 너무나 적지 않은가.

무릇, 전쟁이란 상대를 알아야만 제대로 대적해 싸울 수 있는 것.

이제야 겨우 단서만 잡은 상태에서 잘못 덤볐다가는 큰일을 치르고 만다.

물론 방법이 없는 것은 아니다.

'백발의 선인…….'

신과도 싸웠던 손오공은 모든 것을 알고 있을 것이다. 하지만 도움을 받으려 해도 그가 먼저 딱 잘라 거부를 해 버렸다. 속세를 초월했을 그런 사람에게는 어떤 설득과 회유도 통하지 않는다.

협박? 대장군가가 하루아침에 날아갈 수 있다.

그렇다면 정말 방법이 전혀 없는 걸까?

'아니. 있어. 딱 한 사람.'

이나은은 무언가를 다짐한 듯 자리에서 일어나며 천 무장에게 물었다.

"손 공자는 지금 어디에 계시지?"

*　　*　　*

초승달이 뜬 밤.

관아는 이전에 있었던 파옥 사건이 마치 거짓말이었다는 듯이 한산했다. 아니, 정확하게는 한산해진 게 아니라 조용해졌다는 표현이 옳았다.

무너진 전각 대신에 지어진 임시 막사 사이로 난 길을 따라 사람들이 바쁘게 뛰어다닌다. 곳곳에 호롱불이 켜져 업무에 집중한다.

벌써 삼경(三更 새벽 1시)이 넘은 시각이니 이미 퇴청을 했어도 진즉에 했어야 하지만, 엄청나게 쌓인 업무가 그들을 야근의 늪으로 빠뜨리고 말았다.

파옥 사건을 정리하는 것은 물론, 개기일식 사건, 신의 등장, 오호문의 사건 등 정리를 해야 할 게 많았다.

죄수들을 정리하고, 다친 사람들을 의방으로 보내매, 숨이 붙은 오호문도들을 심문해야 한다.

절대 하루 만에 끝낼 수 있는 일들이 아니다.

특히 황제에게 올릴 장계를 작성하는 것은 상당히 수고스러운 작업을 필요로 하는지라, 머리를 쥐어 싸매는 사람들이 한둘이 아니었다.

물론 그런 건 관리들이나 할 일.

지호와 손오공에게는 전혀 다른 세상이었다.

어느 누구의 방해도 받지 않을 곳을 찾다가 관청 지붕에다 자리를 깐 두 사람은, 양반다리를 틀고 앉아 달빛을 안주 삼아 술잔을 주거니 받거니 했다.

또르르.

지호는 손오공이 기울이는 술병을 받으면서 인상을 팍 찡그렸다.

"그러니까 나후는 또다시 나타날 거란 말입니까?"

"응."

"그것도 더 강해져서요?"

"넌 잠을 덜 깨서 비실거리는 와중에 싸움이 붙었어. 제대로 싸울 수 있겠냐?"

"젠장!"

"나후는 잠깐 졸고 있을 뿐이야. 그러니 언젠가 다시 눈을 뜨게 될 거다. 다만, 한 번 호되게 당했으니 다음번에는 전혀 다른 방식으로 나타나려 하겠지."

지호는 술잔을 단번에 들이키고는, 이번엔 자신이 술병을 받아 손오공의 잔을 채웠다.

"그럼 뭡니까? 여태까지 헛고생했다는 거잖아요?"

"그러게 누가 방해하래? 놈들이 깨우기 전에 끝내려고 했는데 너 때문에 일이 다 꼬여 버렸잖아."

"니미!"

지호는 이게 전부 다 너 때문이라는 말에 달리 대꾸하지도 못하고 술만 연거푸 마셔야 했다.

누가 이렇게 일이 커질 줄 알았겠냐고. 그냥 손오공에게 엿을 먹이겠다는 생각으로 저질렀던 게 너무 크게 돌아오고 말았으니.

아무리 자신과는 전혀 관련이 없는 세상이라고 해도 너무 큰 민폐를 끼쳤다는 생각에 속이 타들어 간다.

손오공은 그런 지호를 보면서 실실 웃으며 술잔을 채워주기만 할 뿐, 다른 말은 하지 않았다.

사실 따지고 보면 절교의 발호는 예상되었던 바다.

지난 수백 년 동안, 아니, 천 년에 가까운 세월 동안 음지에 숨어 호시탐탐 밖으로 나올 기회만을 엿보던 작자들.

세상을 뒤엎을 만한 저력을 지니고 있음에도 불구하고 그들이 여태 나오지 못했던 데에는, 사실 그들의 숙적이 손오공이란 이유가 가장 컸다.

그러다 그들이 모시는 신, 나후를 찾았고 오랜 수고 끝에 드디어 봉인을 풀 방법을 찾았다.

드디어 양지로 나올 호기를 얻은 것이다.

지호가 딱히 방해를 하지 않았어도, 절교는 언젠가 세상에 나왔을 것이다.

다만, 그것이 조금 앞당겨졌을 뿐.

'넌 죽어도 모를걸? 내가 왜 하필 네놈을 이 시기에 소환했는지.'

낄낄낄, 손오공은 앞으로도 지호에게 말해 주지 못할 혼자만의 비밀을 떠올리면서 작게 웃어 댔다.

"지랄병도 아니고 갑자기 왜 웃어 대요? 우울해 죽겠는데."

"너 요즘 들어 자꾸 기어오른다?"

"아, 몰라요! 때리려면 때리시든가!"

지호는 배 째라는 식으로 뒤로 벌러덩 누워 버렸다.

손오공은 그런 지호를 구경하면서 다시 술잔을 기울인다. 입가는 웃지만, 생각은 절교에 미친다.

'문제는 놈들이 이제 내 몸 상태에 대해서 알았다는 건데. 앞으로 더 시끄러워질 거란 말이지.'

탁!

손오공은 다 마신 술잔을 바닥에 내려놓았다. 자작(自酌)을 하려고 술병을 기울이는데 나오는 게 없었다. 술병을 안쪽을 보니 텅 비었다.

"이런. 술이 다 떨어졌네."

"그래서요?"

"에구구구. 오늘 하루 종일 중노동을 해서 그런가. 삭신이 쑤시네.”

“그거 계속 써먹을 겁니까?”

“아마도?”

“젠장!”

지은 죄가 있다 보니 당최 할 말이 없다. 지호는 낯을 잔뜩 구기면서 술을 구하러 밑으로 내려갔다.

손오공이 피식 웃을 무렵, 지호의 자리로 두 그림자가 내려앉았다. 사타왕과 교룡이었다.

“여어! 여기서 뭐하냐?”

“아까 전에 꼬맹이가 어디 가더만. 술 마시고 있었어?”

“뭐야? 치사하게 우리 빼놓고 둘만 마시는 거냐?”

술이라면 사족을 못 쓰는 사타왕은 콧김을 마구 뿜으며 불만을 표출했다.

교룡은 심심한 입을 달랠 안주가 없나 두리번거렸지만 아무것도 없었다. 그래서 술병을 탈탈 털어 마지막 남은 한 방울을 먹고는 인상을 확 구겼다.

“독한 새끼! 화주로 병나발을 불어?”

화주는 50도가 훌쩍 넘는 독주다. 그걸 깡으로 마셨으니 지호도 손오공도 정상이 아닌 걸로만 보였다.

손오공이 심드렁하게 대답한다.

“형들이 갖고 올 줄 알았지. 뒤에 숨긴 거 안주 아냐?”

"하여간 귀신같기는!"

사타왕과 교룡도 대충 자리를 깔고 앉아 뒤에 숨겨 뒀던 과일이며 경단, 음식 따위를 대거 꺼냈다.

그때 부엌에 들러 손오공을 술독에 빠져 죽이겠다는 일념 하나로 술을 항아리째 들고 온 지호는 추가된 손님들을 보고 살짝 놀랐다.

"어라? 언제 오셨어요?"

"방금. 흐흐흐흐! 그나저나 꼬맹이가 우리 마음을 너무 잘 아는구나. 기특해. 아주 기특해."

사타왕이 눈을 반짝거리며 손을 비빈다. 입가로 침을 질질 흘리는 모습이 오늘 하루 죽자고 나설 모습으로만 보였다.

'이거 위험한 거 아냐?'

지호는 손오공을 잡으려다가 도리어 자신이 잡히는 게 아닌가 하는 두려움에 움찔 떨었지만, 남자가 되어서 술로 진다는 것도 있을 수 없는 일이라 호기롭게 술항아리를 툭 하고 내렸다. 술이 출렁거리며 밖으로 새어 나올 정도로 가득 차 있었다.

네 사람은 바가지로 술을 뜨면서 단숨에 순배를 몇 바퀴 돌았다.

웬만해서는 어디 가서 주량으로 달린다는 생각을 해 본

적이 없는 지호건만, 몇 번씩 연거푸 술이 들어가다 보니 자신이 술을 마시는지 술이 자신을 마시는 건지 도저히 정신을 못 차릴 지경이었다.

무슨 놈의 인간들이 술을 잠깐 쉬면 사람이 안 된다느니, 술이 식는다느니, 입이 심심하다느니, 한 잔을 비울 때마다 계속 잔을 채워 버리곤 다시 마시게 한다.

잔을 단번에 깔끔하게 비우지 않으면 강제로라도 먹일 태세다. 슬쩍 뒤로 잔을 몰래 비우려 하면 또 그걸 귀신같이 찾아내서는 벌주를 두 잔씩 먹이니 어디 당해 낼 재간이 있을까.

안주로 배를 채워 취기를 덜려고 해도 몇 번 젓가락질을 하니 모두 동나 버렸다.

빠져나올 좋은 핑곗거리가 생겼다고 생각해 안주를 가져오겠다고 말했지만,

"안주? 그냥 술을 안주 삼아. 어어! 도망치기냐? 빨리 마셔. 쭉쭉. 그래. 그렇게 들이켜. 옳지. 이제야 좀 맘에 드는구먼. 자, 두 번째 잔이다!"

사타왕은 켈켈거리면서 지호의 잔이 비기 무섭게 또다시 가득 채워 버렸다.

문제는 이 인간들은 콧잔등만 살짝 붉어질 뿐, 혀도 전혀 꼬부라지지 않는다는 점이었다.

'이, 이러다가 나 죽어!'

지호는 끊기려는 정신을 억지로 붙잡았다. 뭔가 시간을 벌도록 할 말이 없을까 머리를 굴리다가 물었다.

"그럼 이제 전 뭘 하죠?"

나후는 또다시 나타날 것이고, 거기서 지호가 할 수 있는 일은 한계가 있다. 아니, 오히려 따지자면 방해만 될 것 같다.

다행히 이번 질문은 유효했는지 술을 들이키는 기계처럼 서로 주거니 받거니 하던 인간들이 처음으로 마시는 걸 그만둔다.

사타왕은 흥, 하면서 코웃음을 치고, 교룡은 가만히 술잔을 뱅글뱅글 돌린다. 손오공은 술잔을 비우며 자리에다 탁 하고 놓았다.

"뭘 하긴."

입꼬리가 슬쩍 올라간다.

"집에 가야지."

"아."

순간, 지호는 알딸딸했던 정신이 확 깨는 것 같았다.

이쪽 세상에 너무 동화된 나머지 잠시 잊고 있었다.

자신은, 이방인이다.

"왜? 막상 가려니 섭섭하냐?"

지호는 술잔을 가만히 내려다보다가 뒷머리를 벅벅 긁었다.

"사실대로 말하자면 그러네요."

따지자면 이쪽 세상에 와서는 고생했던 기억밖에 없다.

손오공에게 강제로 불려서는 구르고, 또 구르다가, 탈출을 하고, 주화입마에 빠져서 사고를 치고, 전혀 생각지도 못했던 탈옥도 한 데다가, 신인지 뭔지 하는 전혀 이상한 것까지 봤다. 목숨을 걸고 싸움까지 했으니 어디 '조용히 여행을 하고 싶다' 던 기존의 생각은 발로 걷어차 버린 지 오래다.

그래도…… 뭔가 여운이 짙게 남는다.

무림.

손오공.

무미건조하고 따분하기만 하던 일상에 너무나 즐거운 자극이 되었고, 음악을 잃어 반쯤 폐인으로 살아가던 자신을 구해 주기도 한 세상이다.

하물며 상당한 기간을 머물면서 많은 사람과 인연을 맺기도 했다.

정을 두지 않았다면 그게 이상하다.

"그럼 얼마든지 와."

"예?"

지호가 화들짝 놀라 고개를 번쩍 들었다.

쏴아아아!

때마침 쌀쌀한 밤바람이 지붕을 타고 불었다. 기다란 백발이 허공에 길게 수놓아진다. 달빛보다 하얗고 별빛보다 반짝거리는 모습은, 그러면서 한 손에 술잔을 든 모습은, 마치 한 폭의 그림처럼 아름답다.

손오공의 미소가 짙어진다.

"뭘 놀라? 한 번 부르기가 어렵지, 두 번부턴 쉬워. 나, 손오공이야."

그래. 눈앞에 있는 사람은 다름 아닌 손오공이다.

해를 만들고, 신을 무너뜨린 사람.

그리고 자신의 전생.

"어떻게 오면 되는 겁니까?"

"손 내밀어 봐."

지호는 아무 생각 없이 손을 내밀었다. 그러자 손오공이 씩 웃으면서 금으로 된 이상한 둥근 테를 지호의 손바닥에 갖다 댔다.

"이게 뭡니…… 어?"

받은 것을 무심결에 손에 걸자, 테가 갑자기 줄어들더니 지호의 오른손 검지에 딱 알맞게 되었다. 금으로 된 예쁘장한 반지가 만들어졌다.

"이게 뭐예요?"

"금고아."

"금고아? 설마 석가여래가 옛날에 오공의 머리에다 씌웠다는 그거요?"

천둥벌거숭이처럼 날뛰는 손오공을 잡기 위해 석가여래가 머리에다 씌웠다는 관(冠)이 금고아다. 손오공이 말을 안 들을 때마다 금고아가 줄어드는 주문을 외워 다스렸다지.

손오공은 당연하다는 듯이 고개를 끄덕였다.

"맞아."

지호는 술이 확 깨는 것 같았다.

"이런 미친!"

반지를 손에서 빼려고 했지만 꿈쩍도 하지 않았다. 마치 살갗에 눌어붙은 것 같다.

"왜 그래? 예쁘기만 하구만. 봐. 나도 하고 있어."

손오공은 장난스럽게 웃으며 자신의 오른손도 내보였다. 그의 검지에도 똑같은 반지가 끼워져 있었다. 무려 커플링이다.

지호는 등골이 오싹해졌다. 엉덩이를 슬쩍 뺀다.

"이, 이거 뭐냐. 호, 혹시 절 소유하겠다거나 하는 그, 그런 건 아니죠?"

손오공은 인상을 팍 찡그렸다.

"술 잘 마시다 말고 또 뭔 개 같은 소리야? 네가 걱정하는 거랑 다르게 이건 주문을 외워도 줄어들거나 할 일 전혀 없으니까 걱정 마."

"그럼 이건 왜 주신 건데요?"

손오공이 어이가 없다는 얼굴이 됐다.

"네가 달라며?"

"뭘요?"

"동승신주와 남섬부주를 오갈 수 있는 방법."

"아."

지호는 그제야 안심이 되었다.

손오공은 별 미친놈을 다 보겠다는 표정으로 지호를 쳐다보면서 술잔을 넘겼다.

"이 두 개는 내가 원래 남섬부주에 갔을 때에 꼈던 걸 나눠 만든 거라 항상 서로 공명(共鳴)을 한다. 그러니 어디에서나, 심지어 세상이 달라도 서로가 있는 곳으로 오고 갈 수 있으니 심심할 때면 이리로 넘어와."

오오. 신기하다. 지호는 반짝거리는 눈으로 금고아를 가만히 구경했다. 책에서나 보던 보물을 실제로 보게 되니 신기하기만 하다.

근두운은 무공. 금고아는 반지.

참 재미나다 싶었다.

그러다 한 가지가 더 떠올랐다.

손오공을 가리킬 때면 항상 떠오르는 게 있잖아?

"그런데 오공."

"왜?"

"여의봉은 어디에 있습니까?"

"여의봉이라."

손오공이 술잔을 들며 가볍게 웃는다.

"여의봉? 젠장. 술맛 떨어지게."

"낄낄낄. 왜 그래? 오랜만에 들으니 반갑지 않아?"

교룡은 짜증 난다는 듯이 투덜거리고, 사타왕은 재미나다는 듯이 하늘을 보며 웃음을 터뜨렸다.

지호는 무슨 반응이 이렇게 서로 제각각인지 궁금할 지경이었다.

손오공이 입을 열었다.

"그건 이제 없다."

"어디 있는데요?"

"나도 몰라."

"예?"

"남섬부주에서 일을 끝내고 이쪽으로 다시 건너오면서 두고 왔거든."

"어? 그 말은?"

손오공의 미소가 짙어진다. 고개를 끄덕인다.

"아마 너희 세상 어딘가에서 구르고 있겠지?"

지호의 눈이 커진다.

여의봉이 현실 세상에 있다고? 왜? 손오공이 가장 아끼는 보물이 아니었어?

손오공은 지호가 물으리란 걸 예상했는지 손을 들어 입을 막았다.

"묻지는 마라. 궁금하면 네가 저쪽에서 찾아 보던가."

지호의 심장이 두근거린다. 이유는 몰라도 여의봉에 별달리 미련을 두지 않아 하는 눈치다. 그렇다면 내가 직접 찾으면 가져도 된다는 뜻이겠지?

천 년도 넘게 지난 걸 어떻게 찾나 싶기도 했지만, 정말 궁금하기도 했다.

'어떻게 생겼을까?'

손오공이 용궁의 기둥을 허물어 만들었다는 여의봉.

아주 오랜 옛날에 중국 고대의 임금, 우가 물길을 다스리기 위해서 썼다는 신진철로 만든 보물이며, 길이를 자유자재로 늘였다 줄였다 할 수 있고, 무게도 엄청나 수많은 요괴들을 때려잡기도 했던, 손오공의 상징.

손오공은 재미난 장난감을 찾은 아이처럼 흥분하는지호

를 보면서 계속 웃기만 했다.

"좋아. 그럼 이 자리는 그만 파하도록 하고. 어쩔래? 그럼 지금 보내 줄까?"

지호는 그러겠다고 말을 하려다가 아래쪽에서 느껴지는 기척에 아래를 내려다보다 살짝 웃었다.

"아뇨. 그 전에 잠깐 인사 좀 하고 와도 될까요?"

"누구한테?"

"으흐흐흐. 있어요. 그런 사람."

"……?"

* * *

'분명 여기에 있다고 했는데.'

이나은은 관청을 나와 주변을 두리번거렸다. 천 무장이 말해 주기로 지호와 손오공은 이 근방에서 자리를 깔고 술을 마시는 중이라고 했다.

그래서 아까 전부터 찾았지만 그림자도 보이지 않는다. 교룡과 사타왕이 누운 방에 면회라도 갔나 싶어 찾아가 봤지만 그 두 사람도 없었다.

바로 그때였다.

"여기서 뭐해?"

바로 뒤에서 속삭이듯이 들려온 말에 이나은은 자기도 모르게 화들짝 놀라 허리를 쭈뼛 세웠다. 고개를 홱 돌리니 지호가 방실방실 웃고 있었다.

"뭘 그렇게 놀라? 누가 보면 귀신이라도 나타난 줄 알겠다."

저만 아니라 다른 사람도 똑같이 반응할걸요! 이나은은 화를 내려다가 지호의 얼굴이 살짝 붉단 걸 알아차렸다.

"술 마셨어요?"

"응. 딱 한 잔."

살짝 혀가 구부러지는 게 한 잔 정도가 아닌데? 그렇다고 너무 많이 마셔 인사불성은 아닌 것 같았다. 딱 적당히 취기가 도는 상태. 기분이 좋아 보인다.

"일은 어때? 잘 마무리되고 있어?"

"이제부터 시작이에요. 저들의 입교서가 발견되었거든요. 찾던 장부도 찾았고. 이것으로 태감을 옭아맬 계획을 시작할 수 있을 것 같아요."

"축하해."

"전부 손 공자 덕분이었어요. 고마워요."

지호가 아니었다면 오호문의 습격에서 살아남지도 못했을 테고, 저들의 배후에 대한 단서도 얻지 못했을 것이다. 이나은에게 지호는 하늘이 내려 준 동아줄이었다.

"그 말 하려고 여기까지 온 거야?"

"아! 그게 아니라……."

이나은은 자신이 찾아온 용건을 말하려 했지만,

"자!"

지호가 상체를 숙여 이나은 앞에 볼을 슬쩍 내밀었다.

이나은이 영문을 몰라 눈을 끔뻑거린다.

"예?"

"이거 해 주려고 온 거 아니었어?"

이나은은 그제야 말뜻을 알아차리고 얼굴이 빨갛게 달아올랐다.

"이, 이게 무슨……!"

"소설 같은 거 보면 여주인공이 도움 받으면 남자 주인공한테 잘만 해 주더만. 빨리."

역시 이 사람, 도무지 종잡을 수가 없다. 시도 때도 없이 생각지도 못한 방식으로 훅 치고 들어온다.

이나은의 얼굴이 더 빨개진다. 지호가 품에 꼭 안았을 때가 떠올라 다시 가슴이 두근거렸다. 이대로 계속 거절해도 물러나지 않을 것 같다는 생각에 자기도 모르게 주변을 두리번거렸다.

그러다 자신이 평소와 다르게 딱 잘라 차갑게 거부하지 못하고 있단 사실을 깨달았다.

사실 생각해 보면, 지호는 장난기는 많아도 자신을 보는 눈길은 따뜻했다. 언제나 탐욕과 성욕으로 번들거리던 다른 남자들의 눈빛과는 달랐다.

더 깊게 따지자면, 처음 나타났을 때부터 그랬다.

악연이라고 할지라도 조금 이상했고, 낯설었으며, 신비로웠다.

'이 사람은 어떤 사람일까?'

문득 지호에 대해서 알고 싶다는 생각이 들었다.

좋아하는 색깔은 무엇인지, 좋아하는 음식은 무엇인지, 이상형은 어떻게 되는지, 취미는, 취향은, 특기는, 나이는, 사는 곳은, 살아온 환경은 어떤 곳인지까지도.

다행히 주변에 보는 눈은 없었다.

결국 이나은이 큰마음을 먹고 두 눈을 질끈 감으며 입술을 가져가려는 순간,

"야! 시간 다 됐다! 가자!"

눈을 뜨니 지호는 온데간데없이 사라진 상태였다.

고개를 번쩍 드니, 지호는 초승달이 걸린 지붕 위에 대롱대롱 매달려 있었다. 손오공의 손에 뒷덜미가 잡힌 채로.

"자, 잠깐만요! 기다려 달라고 했잖아요!"

"싫어."

"왜요!"

"나도 할 일 많아."

"오 분만! 아니, 일 분만! 아니, 십 초만이라도……!"

"시끄러!"

그 말을 끝으로 두 사람은 달빛 속으로 사라졌다.

이나은은 가슴 앞에 두 손을 꼭 모은 채 우두커니 그 자리에 서서 초승달을 바라보며 중얼거렸다.

"손 공자, 당신은 대체 어떤 사람인가요……?"

나타났을 때처럼 사라지는 것도 순식간이다.

그가 남긴 체취가, 아직도 이 자리에 진하게 남아 있는 것 같았다.

* * *

지호는 허공에 대롱대롱 매달린 채로 소리를 꽥꽥 질러댔다.

"대체 왜 이러는 건데요!"

"누구는 더위 먹은 개새끼, 아니, 원숭이 새끼처럼 빨빨 돌아다니는 동안에 어느 세상에 사는 손 모 씨는 계집질이나 하고 다닌 게 얄미워서 그런 건 절대 아니야."

"맞구만!"

"닥치고 꺼져."

"젠장! 아, 그래! 금고아! 금고아가 있잖아요? 그냥 제가 알아서 갈 테니까 그냥 신경 쓰지 마요!"

"그거 네가 저쪽으로 넘어간 뒤부터 가능해."

"그딴 게 어디 있어요!"

"여기 있지. 잘 가라."

지호는 발버둥치면서 소리쳤다.

"기필코 돌아오고 만다아아아아앗!"

손오공은 꼭 찌질한 삼류 악당 같은 대사를 내뱉는 지호의 미간을 검지로 찍었다.

툭!

지호는 그대로 의식을 잃었다.

파스스…….

"하여간 시끄럽기는."

손오공은 지호가 사라진 자리를 가만히 보면서 툴툴거렸다. 웅, 웅, 검지에 낀 금고아가 호응하듯이 살짝 울어 댄다.

그때 등 뒤로 교룡과 사타왕이 나타났다.

사타왕이 기분 좋게 껄껄 웃는다.

"고 녀석 참, 사라질 때까지 요란하게도 구는구만. 키울 맛 나겠어?"

"말 안 듣는 원숭이 새끼 키우는 기분이야."

"원숭이?"

"뒷말하면 맞는다?"

손오공이 주먹을 슬쩍 내밀자 사타왕은 재빨리 입을 다물며 꼬리를 말았다.

교룡은 스리슬쩍 발을 뒤로 뺐다.

"그럼 볼일은 다 본 것 같으니 난 이만……."

손오공이 짓궂게 웃으며 교룡의 어깨를 턱 하고 붙잡았다.

"어딜 가려고?"

교룡은 울상이 되었다.

"아, 또 왜! 하라는 거 다 했잖아! 나후도 잡았어. 심부름도 했어. 왜 잡는 건데!"

"아직 절교가 남았잖아?"

"제기랄! 내 평화가……!"

결국 끝까지 피하고 싶었던 결과가 나오고 말았다. 교룡은 아예 나라를 잃은 사람처럼 톡 건드리면 바로 펑펑 울 것 같았다.

절교.

나후를 비롯한 여러 신을 떠받드는 곳. 수많은 마왕(魔王)과 귀장(鬼將)들이 즐비한 그곳은 손오공을 비롯한 의형제들이 오랜 세월 지겨운 싸움을 해야 할 정도로 아주 질겼다.

하지만 이제는 악연의 종지부를 찍을 때였다.

손오공이 차갑게 말했다.

"형제들 전부 불러."

"오오오! 드디어 시작하는 거야? 이때만 기다렸다고!"

사타왕은 잔뜩 흥분한 기색을 감추지 않으며 땅을 쿵쿵 밟았다. 지반이 들썩거린다. 사자 갈기처럼 헝클어진 머리카락이 빳빳하게 일어나며 투기가 흘러나온다.

"뭘 어쩌게?"

교룡은 이미 다 포기한 눈치였다.

"어쩌긴 뭘 어째."

손오공이 씩 입꼬리를 말아 올린다. 벌어진 입술 사이로 송곳니가 흉측하게 번뜩였다. 두 눈이 화안금정으로 번뜩이고 있었다.

"전쟁을 시작해야지."

*　　*　　*

"어르신, 자꾸 이러시면 침을 못 놓아요."

"내 몸은 내가 잘 알아! 네가 뭘 안다고 그래!"

"그럼요. 어르신의 건강은 어르신이 잘 아시죠. 하지만 이따가 손자 분들도 오신다면서요? 그전에 어서 다 마시고 저랑 산책 나가요, 예? 손자 분들이랑 같이 돌아다니시려면 이 주변 지리를 아셔야 하잖아요.”

“저, 정말?”

“그럼요. 제가 언제 거짓말하는 거 보셨어요?”

의녀는 심술을 잔뜩 부리는 노인을 잘 타일렀다. 다른 의원과 의녀들도 두 손 두 발을 다 들게 만들었던 노인은 결국 순순히 약을 마셨다.

“어머! 도대체 어떻게 한 거야?”

“정말 아영 씨는 대단한 것 같아.”

의녀는 주변의 칭찬에도 가만히 웃기만 했다.

바로 그때 갑자기 창밖에서 종달새가 안으로 들어와 창가에서 짹짹 소리를 냈다.

“어머. 어디서 들어온 거지? 귀엽다.”

“길조인가 보네.”

의원들이 모두 신기해하는데, 유일하게 의녀만이 살짝 표정을 굳혔다.

그녀의 머릿속으로 익숙한 목소리가 울렸다.

『셋째 누나, 나 좀 도와줘야겠어.』

깡! 깡! 깡!

화롯불에서는 불꽃이 쉴 새 없이 뿜어지고, 후끈한 열기가 실내를 가득 메운다. 쇠를 두들기는 소리가 요란하게 울리면서 누군가가 고래고래 소리를 질러 댔다.

"야 이 새끼야! 그렇게 하는 게 아니라고 몇 번을 말해? 그러다 무기 다 망가뜨릴 일 있어?"

"하, 하지만 이대로는 기일 내에 납품이 힘들……!"

"기일이고 나발이고 제대로 안 된 걸 내놓으라고? 미쳤어? 지금 내 이름에 먹칠을 하려는 거냐?"

"아, 아닙니다! 다시 하겠습니다!"

형틀에 쇳물을 녹이고, 주물을 만들어 망치로 내려치는 등, 공방 내에서 쇠붙이를 만드는 대장장이들의 얼굴엔 땀이 쉴 새 없이 쏟아졌다.

하지만 여전히 장(長)은 마음에 들지 않는지 영 못 마땅한 얼굴로 있었다.

"이 새끼야! 그게 아니라고 몇 번을 말해! 너 같은 놈은 필요 없으니까, 꺼져!"

결국 처음부터 사고만 치던 대장장이는 간곡히 매달리는데도 불구하고 볼기짝을 걷어차이며 밖으로 쫓겨나야만 했다.

"난 왜 이렇게 잘 하는 게 없지?"

대장장이는 무릎을 가슴 앞에 모아 울적한 기분을 달랬다. 도대체 직장에서 잘리는 것만 몇 번째인지. 얼추 헤아려 봐도 벌써 열일곱 번째다.

서기 일을 맡았던 관청에서는 자료를 잘못 정리해서 쫓겨났고, 객잔에서는 그릇을 깨먹는다고 구박을 받고, 벽돌을 나르는 막노동에서는 비실거리다 몸살이 나서 쫓겨나고 말았다.

이대로 또 백수가 되었다며 집에 돌아갔다가는, 이혼하자며 소리를 지를 아내의 등쌀에 못 살 것 같았다.

이게 다 소심하고 허약해서 생긴 일이다.

"아, 우울하다……."

대장장이가 울먹거리며 무릎에 얼굴을 묻는데, 갑자기 정수리 위로 종달새 한 마리가 내려앉았다.

짹짹!

『여기서 뭐해?』

"으응? 호, 혹시 막내니?"

『또 잘렸어? 예나 지금이나 인간이 어떻게 똑같냐?』

"너무 아픈 데 찌르지 마…… 우울해진단 말이야."

눈가에 눈물이 글썽글썽한다.

종달새는 한숨을 푹 내쉬었다.

『됐고. 여기서 나와. 다섯째 형이 잘하는 거 시켜 줄 테니까.』

청년은 평상에 누워 세월아 네월아 바람을 만끽하며 끝이 구부러진 효자손으로 등을 벅벅 긁어 댔다.

머리맡에는 종달새 한 마리가 뛰어다니고 있었다.

짹!

"도와 달라고? 귀찮아."

짹짹! 짹!

"뭐? 미미 장의 조립 인형 한정판이 나왔다고? 그걸 네가 갖고 있다고?"

그 순간, 귀찮아하는 표정 일색이던 청년이 벌떡 일어났다. 눈이 반짝거린다. 잔뜩 흥분하는 기색에 종달새가 기겁을 할 지경이었다.

짹!

"좋아. 좀만 기다려, 미미 장!"

후다닥!

청년은 어디론가 쏜살같이 달려가기 시작했다.

* * *

그날, 동주칠마왕이 움직이기 시작했다.

11장

밴드 월

"헉!"

지호는 퍼뜩 눈을 떴다. 세상이 한 차례 일그러진다 싶더니 다시 원래대로 돌아온다.

가장 먼저 지호를 맞은 것은 못생긴 원숭이가 그려진 족자였다. 깜깜한 어둠 아래, 분명 환하게 뿌려지던 빛은 이제 조용히 사그라져 버렸다.

현실이다. 원래 세상으로 되돌아온 것이다.

"꿈……이었나?"

지호는 멍하니 중얼거린다. 분명 자신이 생생하게 겪은 일들이 지금도 떠오른다. 하지만 한편으로는 아주 머나먼 기억 속에 숨은 옛 추억 같이 느껴진다.

깼을 때 머릿속에 남은 꿈은 아주 옅게 남아 있다가 사라지는 경우가 허다하다. 이 꿈도 꼭 그럴 것 같이 느껴진다. 멍하고, 아련하고, 그립다.

하지만,

우우―웅!

오른쪽 아랫배가 따뜻해진다. 단전에서 기운이 확 하고 일어나 몸 곳곳으로 퍼져 정신을 깨운다.

내공이다.

이것이야말로 그가 지난 한 달 동안 겪었던 일들이 전부 꿈이 아닌 진짜 현실이었다는 증거다.

문득 예전에 손오공이 했던 말이 떠오른다.

"왜? 시간은 걱정 안 해도 돼. 닷새를 머무나 이 년을 머무나 저쪽 세상 시간은 하룻밤밖에 안 돼."

그러면서 덧붙인 한 마디.

"호접몽이란 거지."

'호접몽.'

장자(莊子)의 제물론에 나오는 말이다.

장자가 어느 날 꿈을 꿨는데 나비가 되어 있었다. 그런데 너무 즐겁게 논 나머지 자신이 인간이라는 사실을 모두 잊고 말았다. 다시 꿈에서 깼을 때야 인간이란 걸 깨달았다.

이에 장자는 '내가 장자인데 나비의 꿈을 꾼 것인지, 원래 나비인데 장자의 꿈을 꾸고 있는 것인지 모르겠다' 는 의문을 던진다.

지호 역시 마찬가지.

장자가 자신이 나비인지, 장자인지 모르겠다고 말했던 것처럼 정말 있었던 일이 맞는가 의심스러울 정도다.

정신을 차리고 나니 하나둘씩 저쪽에서 있었던 일들이 새록새록 떠오르기 시작한다.

손오공이 했던 말이 떠오른다.

뭐랬더라?

여자 꼬신 게 배 아프다고 했지?

"하여간 속은 밴댕이 소갈딱지 같아서는."

지호가 궁시렁거리며 중얼거릴 무렵,

"그래. 이 아비는 속이 밴댕이 소갈딱지만 해서 아들 새끼가 몰래 술 훔쳐 먹는 걸 참지 못하겠더구나."

"헉!"

갑자기 등 뒤쪽으로 싸늘한 살기가 피어오른다. 손오공

들에게 호되게 당해 이제 웬만한 일로는 눈 하나 깜빡하지 않는 지호도 깜짝 놀랄 만큼 대단한 오한이다.

삐거덕, 기름칠을 하지 않은 경첩처럼 지호는 목을 어색하게 뒤로 돌렸다.

식은땀이 줄줄 흐르는 시야 사이로 팔짱을 낀 채 도깨비처럼 무시무시하게 두 눈을 부릅뜬 아버지가 나타났다.

뒤편으로 할아버지가 미안하다는 듯이 고개를 절레절레 흔들었다.

그제야 뇌리 한편에 던져뒀던 기억이 떠오른다.

지호에게는 한 달 전이자, 이쪽 세상에서는 불과 몇 시간 전의 일에 불과한 기억이.

'그러고 보니 나 아버지 산삼주 훔쳐 먹고 걸려서 할아버지한테 피신 온 상태였지?'

등이 식은땀으로 축축하게 젖는다.

"아, 아버지?"

"유언은 그게 전부냐?"

"그게 아니라……!"

"감히 내 술을 훔쳐 먹는 중죄를 저지르고도 이런 곳에서 마음 편하게 잠이나 퍼 자고 있다니."

"일단 제 말부터 들어 보……!"

"대답은 듣지 않겠다!"

아버지는 사형을 선고했다.

쾅!

*　　　*　　　*

지호가 아버지에게 귓바퀴를 꼬집혀 질질 끌려왔을 때, 집에는 전혀 생각지도 못했던 선객이 있었다. 분명 부산에 간다고 했던 막내 동생이었다.

"넌 왜 여기 있냐?"

"그러는 큰오빠는?"

"나야 할아버지 창고에서 잡혔지."

"나도 터미널에서 잡혔어."

"큰소리치더니 꼴좋구나."

"큰오빠는 멍청해서 잡혔구나."

"이 년이?"

"이 놈이?"

서로를 노려보면서 으르렁거린다.

그때 별안간 안방에서 노호성이 떨어졌다.

"둘 다 뭘 잘했다고 떠들어? 똑바로 손 못 들어!"

"……."

"……."

지호와 지수는 조용히 입을 다물고 손을 들었다. 무릎을 꿇고 가만히 벽을 바라본다. 어렸을 때나 하던 자세를 지금 와서 하게 될 줄이야.

'내 팔자야.'

나이 스물다섯.

벌써 이십 대 중반에 들어선 나이지만, 아버지에게는 어린애로만 보이나 보다.

진짜 어린애는 이 녀석인데 말이지. 지호는 올해야 겨우 스무 살 성인이 된 지수를 한껏 째려봤다.

"넌 언제 철들래?"

"오빠가 할 말은 아니거든?"

"자꾸 까불면 클럽 일 몽땅 아버지께 일러바친다?"

지수가 콧방귀를 꼈다.

"해 봐."

"뭐?"

"해 보라고. 대신에 나도 가만히 안 있을 거야."

"네가 뭘 어쩔 건데?"

"오빠네 대학교 정문에다 대자보 붙일 거야."

"……?"

이게 무슨 소리를 하는 거야? 그런데 지수는 도리어 자신이 어이가 없다는 듯이 웃었다.

"머릿속에 지우개라도 들었어? 아니면 반 오십 되니까 벌써 치매라도 오는 거야? 시간 좀 지났다고 그새 소연 언니 일을 잊었나 봐?"

"……!"

순간, 지호의 얼굴이 딱딱하게 굳었다.

"고 여우 같은 계집이랑 정선으로 놀러가겠다고 아버지 캐비닛에서……."

"스탑!"

지호는 동생의 말허리를 자르면서 손을 내밀었다.

"휴전하자!"

"좋아!"

지호와 지수는 서로 눈을 바라보면서 악수를 나눴다. 대화는 나누지 않아도 둘 사이엔 깊은 공감대가 형성되었다. 서로가 서로의 약점을 잡고 있으니 절대 거론하지 말자는 뜻이다.

그렇게 화해 섞인 악수를 끝내고 고개를 돌리는 그때, 안경을 쓴 둘째 동생, 지성이 특유의 무심한 시선으로 두 사람을 바라보고 있었다.

지성은 잘 벼린 칼날처럼 날카로운 눈빛으로 안경을 고쳐 썼다.

"지, 지성아?"

"자, 작은 오빠?"

"지수는 클럽, 형은 정선이라고?"

"……."

"……."

지성은 대체 뭘 알았는지 가만히 고개를 끄덕이더니 자리에서 일어나 아버지 방으로 들어갔다.

저벅. 저벅.

잠시 후.

"이 놈들이이이이이이이이!"

아버지의 노호성이 집 안을 쩌렁쩌렁하게 울렸다.

* * *

지호는 헤드폰을 단단히 끼고서 대학교 정문을 통과했다. 오늘은 2시쯤에 수업이 있어서 평소보다 느긋하게 집을 나섰다.

단 한 달 만에 맛본 이쪽 세상의 공기는 확실히 저쪽 세상과는 확연하게 달랐다. 조금 탁하고 갑갑하다. 기류도 오염되어 있어서 내공이 잘 쌓이질 않는다.

그래도 이쪽 세상에서 태어났기 때문일까? 이쪽 세계는 이쪽 세계만의 맛이 있었다.

이렇게 좋은 노래도 들을 수 있고.

♩♬♬♪♬

귓가를 따라 시원한 노래가 흘러나온다.

평소에는 몇 번이고 반복 재생을 해서 귀에 딱지가 앉도록 듣던 노래지만, 지금은 전혀 귀에 들어오지 않았다.

"하여간 손지성, 이 자식을 진짜!"

이를 바득바득 갈지만 어떻게 복수를 할지 도통 좋은 생각이 떠오르진 않는다.

어렸을 때부터 공부보다는 음악을 듣거나 당구를 치는 등 잡기에 취미를 뒀던 지호나, 아이돌 콘서트를 보겠답시고 학교도 빠지는 등 사고만 치기 일쑤였던 지수와 다르게 지성은 착실한 동생이었다.

고등학교 성적 전국 상위 0.6%. 서울대 수시 합격이라는 무시무시한 기염을 토한 녀석은, 트레이드마크라 할 수 있는 시니컬한 눈빛과 무뚝뚝한 얼굴로 언제나 형과 동생의 심장을 갈기갈기 찢어 놓는다.

어제는 지수와 나눴던 대화를 아버지에게 쪼르르 달려가 간신배처럼 모조리 일러바쳐서 집안을 발칵 뒤집어 놓더니, 오늘 아침에도 사고를 치고 말았다.

저쪽 세상에서의 수련을 통해 몸이 달라진 건지, 기존에 입던 옷들이 전부 작아져 맞는 게 하나도 없었다.

결국 어쩔 수 없이 원래부터 키가 컸던 지성에게 빌리러 갔더니 하는 말이,

"형, 키 커졌네? 그래도 나보단 작지만."

……였다.

이게 어디 동생이 형한테 할 소리냐!

뻔뻔한 동생의 얼굴에서 손오공을 떠올린 지호는 주먹을 날릴 뻔한 걸 억지로 참아야 했다. 괜히 동생이 응급실에 실려 가는 꼴을 볼 수는 없으니까.

그래도 화를 꾹 참고 옷을 빌려 전신 거울 앞에 섰을 때 느꼈던 감정은, 뿌듯함이었다.

일단 키는 10센티미터 넘게 커졌다. 체형도 다시 잡히면서 어깨도 떡 벌어졌다. 예전에는 호리호리한 체구였다면 지금은 딱 각이 잡힌 탄탄한 상태.

단순히 목을 낫게 하기 위해 시작한 수련이었다지만, 외형적으로도 큰 변화가 있으니 기쁠 수밖에. 꼭 손오공이 준 선물처럼 느껴졌다.

'나중에 아울렛이라도 다녀와야겠지? 옷장 안에 아직 입지도 못한 비싼 옷들도 한가득인데. 그걸 다 버려야 하나?'

그럼 옷들을 위해서라도 다시 작아지겠냐고 묻는다면,

'그럴 리가. 이렇게 좋은 걸 어떻게 포기해? 흐흐흐!'

지호는 인생의 승리자가 된 행복을 맘껏 만끽했다.

그렇게 이런저런 생각을 하며 경상대 건물에 도착했을 때쯤이었다.

지잉. 지잉.

뒷주머니에 넣어 놨던 휴대폰이 살짝 떨린다. 꺼내서 확인한 순간, 들떴던 기분이 확 가라앉았다. 지호의 얼굴이 살짝 굳는다.

문자가 한 통 왔다. 발신인은 친한 동아리 후배, 서은영이다. 자신을 설득하러 직접 찾아와 눈물까지 흘렸던 아이.

[오빠, 오늘 동아리방 와 주시면 안 돼요?]

문득 동아리가 경연에 참여한다고 했던 말이 떠오른다.

'그러고 보니 지금이 한창 바쁠 시기지.'

동아리 회장을 지내면서 스케줄을 직접 관리했기 때문에 안다. 이번에 유명한 오디션 프로그램에 밴드가 참여하기로 결정했었기 때문에 지금이 한창 예선전으로 바쁠 때였다. 그래서 지호도 휴학계를 내려고 했었는데.

'어떻게 하지? 도와줘야 하나?'

이제 목은 말끔하게 나았다. 다시 노래를 부를 수 있다. 마이크를 손에 쥘 수 있고 스테이지에 설 수 있다.

하지만,

'내가 무슨 자격으로?'

지호는 밴드를 버렸다. 후배들을 위한 일이란 비겁한 변명을 둘러대면서 도망쳤다. 그런데 이제 와서 돌아가라고? 대체 무슨 낯짝으로?

하지만 도와주고 싶다는 생각이 강하게 든다.

아니, 정확하게는 다시 무대에 서고 싶다.

노래를 부르고 싶다.

휴대폰을 쥔 손길이 부르르 떨리기만 한다.

그때 갑자기 누군가가 등을 두들겼다.

탁!

"설마 했는데, 진짜 지호잖아?"

지호는 현실로 돌아왔다. 다급하게 휴대폰을 뒷주머니로 찔러 넣고 안색을 최대한 빠르게 바꾼다.

"야! 갑자기 키가 왜 이렇게 큰 거야? 뒷모습만 보고 너 아닌 줄 알았잖아."

우성이 지호를 위아래로 훑으며 깜짝 놀란다. 지호와 중학교 2학년 때 만나 대학교까지 줄곧 같은 학교를 다녀 악연 아닌 악연을 이어 가게 된 악우.

"뭐야? 너 얼굴이 왜 그래?"

"뭐가?"

"아니. 뭔가 좀 달라진 것 같아서."

지호는 마음을 차분하게 가라앉혔다. 친구가 나타나니 심란했던 마음이 조금 사라지는 것 같았다.

"그런데 진짜 왜 이렇게 키가 큰 거야? 혹시 깔창이라도 깔았어? 근육도 좀 붙은 것 같고."

우성은 지호의 팔뚝을 주물렀다.

지호는 기겁을 하면서 물러났다.

"남자 새끼가 어딜 만져! 됐고. 난 먼저 간다."

"야! 야! 진짜 어떻게 된 거냐니까!"

우성은 강의실로 걸어가는 지호의 뒤를 부리나케 쫓았다.

지호가 오늘 첫 수업으로 듣는 강의는 교양 수업으로 선택했던 '중국 문화의 이해와 탐방'이었다.

'한 달 만에 듣는 수업이라니. 조금 새롭네.'

지호는 남들이 알 듯 모를 듯한 미소를 지으면서 오늘 진도를 나갈 부분을 폈다가 살짝 놀랐다.

'대당서역기?'

대당서역기는 당나라 시절 승려 현장이 불교 경전을 구하기 위해 십 년이 넘는 시간 동안 직접 인도로 가는 여정을 기록한 일대기였다.

현장은 삼장 법사의 계명이다.

손오공이 이 세상에 와서 십 년 동안 했다던 일. 당연히 서유기의 모티브가 되는 사건이다.

저절로 내용에 눈길이 갈 수밖에 없었다.

"야. 사실대로 말해라."

하지만 옆에 앉은 우성이 집중을 깨뜨렸다. 저절로 비딱하게 고개를 외로 꼰다.

"뭘?"

"너 깔창 깔았지?"

"뭔 헛소리냐?"

"아니면 갑자기 이렇게 키가 클 리 없잖아!"

하여간 지겹기는. 또 이 소리냐. 대학 정문에서부터 강의실에 들어올 때까지 닭을 좇는 병아리처럼 쫄래쫄래 따라다니면서 녀석이 하는 말이라곤 이게 전부였다.

"아니라고. 믿어라, 좀. 신발이라도 보여 줘?"

지호는 툴툴대는 녀석이 시끄러워서 운동화를 벗어 안을 보여 줬다. 당연히 키높이 깔창 따윈 없다.

녀석이 눈에 띄게 당황한다.

"어? 뭐야? 아니야? 그럼 야, 약이라도 먹냐? 아닌데. 고작 약으로 이렇게 클 리가 없는데…… 그렇군! 너 수술했구나! 그거 뭐지, 무릎 연골이랑 정강이 뼈 잘게 부셔서 다시 조립한다는 그 수술!"

"생각하고는. 수술 받았으면 이렇게 걷을 수 있겠냐?"

"그럼? 뭐지? 진짜 약인가? 있으면 나도 좀 줘."

"마음대로 생각해라."

"좀 치사하게 굴지 말고!"

원래 어렸을 때부터 우성의 키가 조금 더 컸다. 그래서 매번 지호를 약 올릴 때마다 난쟁이라고 놀리더니, 이제 와서 역전되고 말았으니 분통이 터질 노릇인 거다. 지호로서는 한 달이 넘게 시간이 흐른 뒤지만, 우성으로서는 단 하루에 불과하니 마른하늘의 날벼락 같겠지.

하지만 지호는 칭얼거리는 우성을 상대하는 게 영 귀찮기만 했다.

지금은 수업 내용에 더 관심이 갔다.

"……그리해서 현장은 인도에 도착한 후 나란다 사원에서 시라바드라의 도움으로 불경의 여러 권위자들과 함께 경전 연구에 힘쓰게 된다. 이후 641년에 6백여 개나 되는 경전과 수많은 불상을 안고 귀국길에 올라, 힌두쿠시와 파미르 고원이라는 두 험로를 거쳐 드디어 645년 정월에 당나라의 도읍인 장안, 지금의 서안에 도착하게 되니, 조야에서 태종이 직접 나와 이들을 맞았다……."

나이가 지긋한 교수는 돋보기 안경을 고쳐 쓰며 설명을 계속 이어 나갔다.

"이처럼 태종 이세민의 적극적인 후원 아래에 그동안 오역투성이였던 기존 불경들을 새로 재해석해서 무려 74부 1,335권을 한역하게 된다. 여기서 우리가 눈여겨봐야 할 점은, 승려 현장이 자칫 백성들에게 어렵게만 여겨질 수 있는 경전의 교리를 보다 쉽게 이해할 수 있도록 민중에 퍼져 있는 용어와 민담 등의 단어를 많이 차용해 의역을 함으로써 중국 내에 자리를 잡는 데 큰 공헌을 했단 점이다. 덕분에 오늘날 극동에서 이뤄지는 대부분의 불경 연구는 바로 이러한 현장의 업적을 기반으로 한다. 자, 질문 있는 사람?"

교수는 학생들의 질문을 받아 대답을 해 주면서 당시 당나라부터 인도까지 이어지는 국제 정세를 바탕으로 불교를 간절히 바라게 된 계기에 대해서도 쉽게 풀어 설명했다.

옆자리에 앉은 우성을 비롯한 학생들은 또 시험에 나올 게 많아졌다며 인상을 잔뜩 찌푸렸지만, 지호만큼은 두 눈이 반짝거렸다.

'장안에서 감숙, 투르판을 거쳐서 키르키지스탄, 인도까지…… 참 먼 길도 갔구나. 대단해.'

지호는 삼장 법사를 호종했을 손오공을 떠올리면서 혀를 내둘렀다. 지금이야 비행기만 타면 몇 시간도 안 돼서 도착할 수 있는 장소들이지만, 당시만 해도 길이 제대로 닦이질 않고 유목민들이 우글거려 언제 목숨을 잃어도 이상하지 않던 위험천만한 곳이다.

하긴 신도 때려잡는 손오공에게 그깟 놈들이 뭐가 무섭겠냐만은.

'그런데 이 세상엔 손오공을 위협할 게 하나도 없을 텐데, 어째서 그렇게 오래 걸린 거지?'

삼장 법사가 천축에 도착하는 데만 걸린 시간이 5년. 하지만 손오공이 옆에 있었더라면 그보다 훨씬 단축시킬 수 있었을 것이다.

'나중에 가거든 물어봐야겠네.'

지호는 턱을 손으로 쓰다듬으면서 책 내용을 다시 살폈다.

삼장 법사의 자취를 따라가다 보면 왠지 손오공이 겪었을 일들이 떠오르는 것 같아 재미있다. 한편으로는 기록으로 남지 않아 현실에서는 전혀 알려지지 않은 비밀을 혼자서만 알고 있다는 사실이 재미있기도 했다.

"자, 그럼 오늘 수업은 여기까지."

그렇게 수업이 끝났다.

* * *

밴드 윌, 보컬 구함.

노래를 사랑하는 분들, 누구나 대환영!

이제는 다 낡아 버린 포스터가 덩그러니 남아 지호의 눈을 가득 메운다.

'어쩌지? 일단 오긴 왔는데.'

지호는 동아리방 앞을 계속 우왕좌왕했다.

이쪽 세상을 기준으로는 한 달 만이다.

그동안 후배들이 보낸 많은 문자를 보고도 무시했던 걸 떠올리면 오지 않는 게 맞다. 서은영이 와 달라고 부탁을 했다지만, 그렇다고 낯짝 두껍게 들어갈 수도 없는 노릇이다.

어쩌지, 어쩌지, 자꾸 갈팡질팡하는 그때, 갑자기 여학생이 뒤에서 조심스럽게 말을 걸었다.

"저기……."

"네?"

"들어가실 건가요?"

"아, 아뇨."

여학생은 동아리방 문을 가리켰다. 지호는 헐레벌떡 뒤로 물러서서 들어가라며 길을 내줬다. 여학생이 지호를 이상한 눈빛으로 쳐다보다가 지나가려는데 갑자기 문이 벌컥 열렸다.

"오! 언제 오나 싶었는데. 마침 왔네. 아까 전에 연락 줬던 신입생?"

"예. 연락드렸던 인문학부……."

"자질구레한 설명은 됐고. 어서 들어와. 어? 형?"

하동률은 기분 좋게 신입생을 안으로 들이려다 말고 멀찍이 뒤에서 엉거주춤하게 서 있는 지호를 발견하고 눈을 동그랗게 떴다.

여기서 지호가 할 수 있는 반응은 몇 개 없었다.

"아, 안녕?"

"캬아! 그러니까 말이야. 여기 계신 이분이 겉보기와 다르게 목소리가 아주 죽이거든!"

겉으로 보기엔 어떤데?

"지호 형이 보컬을 맡았을 때는 다들 껌뻑 죽었지. 공연만 뛰었다 하면 다른 밴드들은 어깨도 제대로 못 펴고 고개를 슬슬 숙이고 다녔단 말이야. 그런데 지금은 죄다 모가지를 빳빳하게 들고는!"

누가 들으면 조폭인 줄 알겠다?

"Y홀에서 공연했을 때는 붕붕 날아다녔어. 어떻게 그 고음을 내면서 뛰어다니는지. 덕분에 스피커에 연기가 다 나더라니까? 난 터지는 줄 알았어."

영화 찍냐? 그거 합선이었잖아!

"언제 한 번은 우연찮게 공연장에 놀러 왔던 기획사 실장이 끔뻑 넘어가서는 한 달을 넘게 쫄래쫄래 쫓아다녔단 말이야. 그런데 거기가 어딘지 알아? 놀라지나 마라. M사야. M사. 그래. 위글이 있는 거기! 대단하지 않냐?"

실장이 아니라 그냥 로드 매니저 아니었나?

"야, 그건 왜 빼? D사며 K사에서는 바로 데뷔 앨범을 만들자고 했었잖아. 하지만 발로 뻥 걷어차셨지."

그, 그건 좀 후회하는 중인데…….

지호를 앞에 두고서 후배들은 지호의 얼굴에다 마구 금칠을 하기에 바빴다. 과자를 한가득 펴 놓고 종이컵에 콜라를 따라 마시면서 고래고래 소리를 질러 댄다. 덕분에 지호는 쥐구멍에라도 들어가고 싶은 심정이었다.

'애, 애들아? 대체 왜 이러니?'

이곳에 앉기 전까지만 해도 많이 고민했다.

뭐라고 말을 해야 할까, 다시 받아 달라고 뻔뻔하게 굴까, 아니면 납작 엎드려야 할까, 미안하다는 말은 어떻게 해야 할까, 애들이 용서를 해 주지 않으면 어떻게 하면 좋을까, 갖은 생각으로 머리가 아플 정도였다.

하지만 후배들은 마치 아무 일도 없었다는 듯이 떠들어대기 바쁘다. 꼭 오랜만에 동아리에 놀러 온 졸업생을 맞이

한 것 같은 분위기다.

차라리 원망이나 하면 마음이라도 편할 텐데.

전혀 생각지도 못한 분위기 때문에 지호는 매번 뭐라고 말을 하고 싶어도 번번이 타이밍을 놓쳤다.

"여전히 시끄럽죠?"

그때 서은영이 지호의 종이컵에다 콜라를 따랐다. 속이 타들어 가 계속 벌컥벌컥 들이켰더니 벌써 다 마신 모양이었다.

"그러네."

"고마워요."

"응?"

"이번에는 제 문자를 무시하지 않으셨네요."

"……."

지금이 사과를 해야 할 기회가 아닐까? 지호가 뭐라고 말을 하려는데,

쾅!

갑자기 목이 터져라 떠들어 대던 하동률이 탁상을 세게 내리쳤다.

"하여간 그렇게 많은 러브콜을 받고도 뻥 걷어차신 대단한 분이 바로 이 형님이시다, 이거지!"

하동률이 손으로 지호를 가리킨다. 후배들의 시선도 저

절로 이쪽으로 쏟아진다.

특히 지호와 같이 방문을 서성이던 신입생은 어느새 눈을 반짝거리고 있었다. 마치 영웅이라도 만난 것 같은 눈빛이다.

"프로를 꿈꾸시면서 러브콜을 거절하신 이유가 있으세요?"

"그……."

지호가 뭐라고 답하려는데, 하동률이 손에 들고 있던 종이컵을 와락 구기면서 부르르 주먹을 떨었다.

"사람들 앞에서 당당히 이렇게 선언하셨지. '내 동생들과 함께하기 때문에 밴드 윌이 있는 겁니다. 동생들과 함께 하지 않는다면 제가 없는 것과 같은 것이니 어디에도 가지 않겠습니다!' 크으으으으! 죽이지 않아?"

으아아아아아! 손발이 오그라든다아아아아! 잊고 있었던 기억이 떠올랐다. 그때는 대체 무슨 약을 먹고 그딴 말을 외쳐 댔던 건지!

그냥 예의 바르게 거절하면 될 것을, 괜히 폼을 잡아서는! 결국 지금 와서 당시 일을 떠올리면 자다가도 이불을 발로 뻥뻥 차는 흑역사가 되고 말았다.

그런데 이깟 이야기가 뭐가 그렇게 좋은 건지 신입생의 눈이 더 초롱초롱해진다.

'얘는 도대체 왜 이래?'

그런데 서은영이 지호 옆에 착 달라붙어서는 갑자기 신입생을 노려본다.

'너는 또 왜 이러는 거고!'

하동률의 장엄한 서사시는 끝나지 않았다.

"거기다 한 마디를 덧붙이셨지. '그러니 제 재능을 높게 사신다면 저희 모두의 꿈을 사셔야 할 겁니……!'"

"그만해, 이 새끼야!"

지호는 더 이상 참지 못하고 얼굴이 뻘겋게 달아오른 채로 탁상을 내리치며 벌떡 일어났다.

그런데 주변에서 가만히 이야기를 듣고 있던 백동준과 박민상이 박수를 치면서 쾌재를 외쳤다.

"오오오! 드디어 성깔 더러운 지호 형이 돌아왔어!"

"동률 형이 지호 형에게 '흑역사 들추기'를 시전했다! 지호 형은 '포효'를 내질렀다!"

결국 지호는 폭발하고 말았다.

"백동준, 닥쳐! 박민상, 너 내가 게임 대사 입으로 말하는 거 쪽팔리니까 하지 말라고 그랬지? 오타쿠 짓은 집구석에 처박혀서 혼자서 해! 그리고 하동률, 너 이거 지금 일부러 이러는 거지? 뒈질래?"

"으흐흐흐."

"이히히히."

"키키키킥."

웃어 대는 후배들을 보는 순간, 지호는 꼭지가 돌았다.

"이것들이 지금 선배를 갖고 놀아?"

"……씨발."

지호는 벤치에 앉아 땅이 꺼져라 한숨을 내쉬었다. 담배 생각이 간절했다. 무공을 단련하면서 전부 잊었다고 생각했는데 오늘따라 왜 이렇게 당기냐.

결국 몇 달 만에 가진 동아리 회동은 요절복통 속에 처참하게 박살 나고 말았다. 후배들을 때려죽이려는 지호와 도망치는 후배들. 사과를 꺼낼 타이밍 따윈 어디에도 없었다.

그때 누가 차가운 무언가를 지호의 볼에 갖다 댔다. 화들짝 놀라 고개를 들자 서은영이 캔 커피를 흔들었다.

"받으세요."

"어? 어. 고마워."

지호가 서은영이 던진 캔 커피를 받은 사이, 그녀는 벤치 옆에 털썩 하고 앉았다.

"한 달 만에 돌아오시니까 어떠세요?"

"저놈들은 왜 여전히 저 모양이야? 하여간 저것들은 군대 보내야 돼."

"그러니까 선배랑 잘 어울리는 거겠죠?"

얘도 갑자기 날 공격하네? 다들 작정했나?

"다들 왜 이러는지 아시죠?"

"응. 알아."

지호는 캔 커피를 살짝 내려놓으며 살짝 웃었다. 아마 이렇게 시끌벅적하게 떠든 건 자신을 배려해서였을 것이다. 다시 돌아오는 걸 부담스러워하지 않도록.

그리고 그 이유는 아마도,

"알고…… 있었어?"

노래를 부르지 못한 원인을 알았기 때문이 아닐까?

서은영은 담담히 고개를 끄덕였다.

"예. 알고 있었어요."

지호는 뒷머리를 벅벅 긁었다.

"숨긴다고 숨겼는데. 어떻게 안 거야?"

"우성 선배가 말해 줬어요."

이 새끼가!

발끈하려는데, 서은영이 두둔했다.

"우성 선배께는 너무 화내지 마세요. 말씀하지 않으려던 걸 제가 억지로 캐물었던 거예요."

하아!

지호는 길게 한숨을 내쉬었다.

하지만 차라리 잘 되었다.

이참에 목이 다 나았다는 것을 말해 주자. 그리고 이제 다시 노래를 부를 수 있단 사실도……!

"그래서 선배께 부탁이 있어요."

"응?"

서은영은 지호에게 티켓을 두 장 내밀었다. '별빛 대축제' 라는 글자가 눈에 들어온다. 지호는 엉겁결에 그걸 받고 말았다.

"이번에 지역 축제 오프닝을 저희가 맡게 됐어요. 날짜는 오늘 밤 7시. 선배가 계시지 않아서 걱정되긴 하지만 지켜봐 주세요. 오늘 이걸 말씀드리고 싶었어요."

"저기……."

"그럼."

"내 말 좀……!"

서은영은 고개를 꾸벅 숙이더니 후다닥 동아리방으로 들어 가 버렸다. 뭐가 부끄러운지 양손으로 얼굴을 폭 묻으면서.

미처 목이 다 나았다는 걸 말할 기회를 놓쳐 버린 지호는 덩그러니 혼자 벤치에 남았다.

"이, 이게 아닌데?"

지금이라도 찾아가서 목이 다 나았다고 말할까? 내 말 좀 들으라고, 이 새끼들아! 라고 소리를 치면 귀를 좀 열려나?

그러다 지호는 티켓을 보면서 피식 웃었다.

"아니다. 한 번 지켜보는 것도 나쁘진 않겠지."

별빛 대축제. 지역 축제의 오프닝을 맡았단다. 다른 가수들도 많을 텐데 당당히 서막을 맡은 것이다. 지호는 전혀 모르는 일이었다. 그가 없는 동안 녀석들이 따낸 과실이란 뜻이다.

그렇다면 거기다 숟가락을 얹을 수는 없지. 목이 다 나았다는 건 이후에 말해도 늦지 않는다.

'목이 다 낫긴 했지만, 노래를 안 부른 지 너무 오래 되긴 했고.'

감을 되찾는 데도 시간이 걸릴 테니.

거기다 서은영이 준 티켓의 좌석은 꽤나 앞자리였다. 가족들에게 주어도 모자랄 텐데. 녀석들의 씀씀이가 보이는 것 같아 입가에 웃음이 번진다.

그나저나 두 장을 받았는데, 남은 하나는 어쩐다?

"아, 괜찮은 놈이 있네."

지호는 휴대폰을 꺼내 '차우성' 을 찾았다.

*　　*　　*

“야, 이 미친놈아! 나 이 뒤에 수업이 연달아서 두 개나 더 있다고!”

“시끄러. 날 이쪽으로 내몰았으면 너도 같이 책임져.”

“그건 네가 하도 찌질하게 구니까……!”

“반론 따윈 기각하겠다.”

지호는 딱 잘라 말하면서 우성의 뒷덜미를 질질 끌었다. 결국 우성은 울며 겨자 먹기로 지호와 함께 별빛 대축제가 벌어지는 공연장으로 이동해야 했다. 대중교통인 버스를 이용했다.

“내 학점…… 이번에 빠지면 F 확정인데……!”

“그러게 누가 평소에 술 퍼먹고 수업 빠지랬어? 다 자업자득이지. 아, 다 왔다.”

머리 위로 ‘이번 정류장은 코엑스 역입니다’ 라는 안내 방송이 흘러나온다. 지호는 내리기 전에 창밖으로 시선을 던졌다가 깜짝 놀랐다.

“그런데 사람이 왜 이렇게 많지?”

딱 봐도 중학생 내지 고등학생으로 보이는 교복 입은 여학생들이 단체로 우르르 몰려다닌다. 손에는 저마다 정체를 알 수 없는 야광봉이나 풍선 따위를 들고 있었다.

덕분에 교통경찰이며 의경들은 여기저기서 호루라기를 빽빽 불어 대며 관객들 통제에 바빴다.

오는 내내 교통 체증도 심하고 버스에도 사람이 너무 많아서 근방에 무슨 일이라도 생긴 건가 싶었는데, 사실 이쪽으로 오는 사람들 때문에 그런 모양이다.

주차장도 버스며 온갖 차량으로 몸살을 앓았다.

“몰랐어? 오늘 여기 행사장에 아이돌 오잖아.”

하도 많이 쥐어뜯은 나머지 헝클어진 머리를 갖게 된 우성이 우울한 기색으로 대답했다.

“아이돌이? 이런 곳엔 왜?”

“너, 되게 작은 축제로 생각하고 있지?”

“그럼 아닌가?”

“아냐, 인마. 저래 봬도 지상파 방송 3사가 죄다 촬영하러 오는 제법 큰 페스티벌이야. 오늘 출연 예정된 아이돌 팀만 해도 여섯 개가 넘어. 거기다 유명 가수들도 꽤 있을걸.”

“누가 오는데?”

“핫레드, 케이오, 위글이랑…… 배성규, 차영훈도 있었던가? 하여간 그럴걸?”

지호의 눈이 휘둥그레졌다.

“그런 곳의 오프닝을 윌이 맡는다고?”

이 녀석들 생각했던 것보다 훨씬 크게 사고쳤잖아?

하지만 도리어 우성이 어이없다는 얼굴을 했다.

“너, 진짜 아무것도 모르는구나.”

"뭘?"

"네가 애들 피해 다니는 동안, 윌, 이제 완전히 스타 다 됐어. 은영이 주변에 남자애들 서성거리는 거 못 봤어?"

생각해 보니 그랬던 것 같기도 하다.

"대체 어떻게 된 거야?"

우성은 뭐가 그렇게 재미난지 킥킥 웃어 댔다.

"방송 한 번 제대로 탔지."

"……?"

"윌이 오디션 프로그램 나갔거든."

오디션? 그건 알고 있지만…….

"거기서 제대로 빵 터졌어. 노래도 괜찮고, 연주 합도 괜찮고. 게다가 보컬로 나선 은영이가 얼굴 마담을 하면서 팬도 꽤 많이 생겼어. 어디 보자. 아, 여기 있네."

우성은 휴대폰을 켜서 동영상 사이트로 들어가 검색을 했다. 메인 상단에 서은영을 중심으로 한 밴드 동영상이 보인다.

순간, 지호는 가슴이 두근거렸다.

우성이 엄지로 화면을 터치해서 동영상을 실행한다. 가로로 눕히니 화면이 커지면서 편집된 오디션 프로그램 영상이 나타났다.

"아, 안녕하세요. 저희는 배, 밴드 윌입니다!"

잔뜩 긴장했는지 서은영이 버벅대면서 인사를 한다. 뒤에 있던 녀석들도 어리바리하게 머리가 땅에 닿도록 꾸벅 허리를 숙였다. 순진한 분위기가 물씬 풍긴다.

세 명의 심사 위원들은 그런 아이들이 귀여웠는지 살짝 미소를 지었다. 유명 가수인 좌측 심사 위원부터 차례대로 돌아가면서 질문을 던진다.

그러다 마지막 심사 위원이 질문을 던질 때쯤 갑자기 카메라가 클로즈업을 하면서 서은영을 크게 잡았다.

"지원하시게 된 동기가 뭔가요?"

"저희 밴드 리더께 노래를 들려 드리고 싶어서요."

지호의 가슴이 다시 한 번 더 두근거린다. 눈길이 화면으로 계속 빨려 들어간다.

"아, 리더 분이 혹시 많이 아프신가요?"

안타까운 기색으로 묻는다. 무거운 음악이 배경으로 깔렸다.

그러다가 반전.

"그, 그건 아니고요. 그냥 자, 잠수 타셨어요."

"예? 푸하하하핫!"

생각지도 못했던 답변에 세 심사 위원들은 모두 박장대소를 터뜨렸다. 하지만 말을 잇는 서은영은 담담하다.

"나중에 수소문해 보니까 성대 결절이어서 저희 보기가 미안해 잠수를 타신 거였어요."

"아, 이런."

"그래서 이렇게 나왔습니다. 저희는 여전히 오빠의 뒤를 이어서 계속 즐겁게 음악을 하고 있으니까 지켜봐 달라고요."

"참으로 우애가 깊은 밴드시네요. 리더라는 분도 이 방송을 보시고 쾌차하시고 여러분들께 돌아오시길 바랍니다. 그럼 시작해 주세요."

짧은 인터뷰를 끝으로 서은영을 비롯한 아이들은 침을 꼴깍 삼키며 제자리에 섰다.

"……이 새끼들이 갑자기 날 죽은 사람 취급하네?"

지호는 작게 투덜거렸지만, 눈길은 떨어지지 않는다.

드럼을 맡은 하동률이 스틱으로 북을 살짝 두들기는 순간, 분위기가 반전됐다.

어수룩하던 공기가 무겁게 흘렀다. 얘들은 진짜라고, 카메라 앵글 너머로도 느껴졌다.

아마 메인 프로듀서도 그렇게 여긴 것이리라. 수만 명이 넘는 오디션 지원자 중에서도 방송을 타는 건 유독 눈에 띄는 몇몇밖엔 없다. 그런 지원자들도 끽해야 몇 분 나오질 않는데, 윌에 대해선 제대로 조명을 해 준다.

그렇게 짧은 비트와 함께 노래가 시작된다. 그런데 첫 소절이 울리는 순간, 지호는 몸이 잔뜩 굳었다.

우성이 슬쩍 지호를 돌아보면서 웃는다.

"어때? 얘네들, 죽이지?"

"……."

노래 제목은 〈Fade Heaven〉. 흐릿해져 가는 하늘이란 뜻으로 지호가 첫사랑과 헤어져, 실연으로 울적해할 때에 그를 달래기 위해서 동아리 후배들과 함께 만들었던 노래였다.

지호는 입을 꾹 다문 채로 음악을 감상했다.

청아한 서은영의 목소리가 귓가를 울렸다.

*　　*　　*

“우리 은영 후배가 정말 좋은 자리를 줬는데?”

우성은 지정 좌석에 앉으면서 주변을 둘러보고 가볍게 휘파람을 불었다. 그만큼 두 사람에게 배정된 자리는 스테이지에서 얼마 떨어지지 않아 무대가 한눈에 보이는 명소였다.

좌석 수는 대략 2만 석. 저마다 뭉쳐 있는 팬클럽 때문에 객석 전체가 무지개 빛깔로 물든 게 아닐까 싶을 정도로 형형색색이었다.

우성은 질린다는 듯이 고개를 절레절레 흔들더니 영상을 본 후부터 지금까지 한 마디 말도 하지 않는 지호를 돌아봤다.

“이제 어쩔 거야?”

“……”

“하! 새끼, 이러면 이럴수록 뭔가 불안하단 말이지.”

지호와 함께 학창 시절을 줄곧 같이 보냈기 때문에 이 녀석이 어떤 녀석인지 누구보다 잘 안다. 궁금한 건 절대 못 참고, 한 번 꽂히는 게 있으면 물불을 가리지 않는다. 그냥 머리부터 들이밀고 본다.

첫 연애도 그렇게 했다. 뜨겁게 불타올랐고, 누구보다 정성을 기울였다. 남들은 일 년도 제대로 못 넘긴다는 연애를 무려 칠 년이나 지속했다. 군 생활 기간을 빼더라도 오 년. 친구지만 대단한 녀석이었다.

음악을 시작하게 된 것도 사실 첫사랑 때문이었다. 무심코 던진 '노래 잘 부르는 남자가 좋아' 라는 말 한 마디에 죽자 사자 음악을 파고, 대학교에 입학하자마자 밴드 동아리부터 만들었다.

그리고 정말 열심히 했다. 직접 작곡한 노래를 들려주기도 하고, 첫사랑을 공연장에 초대해 같이 즐기기도 했다. 음악은 지호에게 연애가 얽힌 추억 단편집이었다.

하지만 영원할 것 같던 연애도 결국 끝을 고했다. 지호는 너무 괴로워했다. 불타올랐던 만큼 남은 재는 수북하게 쌓여 버렸다. 저대로 폐인이 되어 자살이라도 하는 게 아닐까 우려될 정도였다.

그랬던 그가 다시 살아나게 된 계기는, 아이러니하게도 첫사랑 때문에 시작한 음악이었다.

정말 미친 게 아닐까 싶을 정도로 밴드에 엄청 몰두했다. 뜻이 맞는 후배들과 함께 언제나 밤새도록 연습했다. 실연의 상처를 잊기 위해서인지, 아니면 옛 추억을 떠올리기 위해서인지는 아직까지도 모른다.

윌이 오디션에서 그렇게 큰 이슈가 될 수 있었던 것도 이처럼 지호가 닦아 놓은 게 있었기 때문이었다.

그런데 어느 날 갑자기 성대 쪽 신경에 무리가 왔다.

음악이 전부였던 지호에게는 사형 선고나 다름없었다. 억지로 버티고 설 수 있게 했던 지팡이가 부러졌으니.

연애도 음악도 잃어버린 녀석은, 결국 도망을 택했다.

그런데 지호가 다시 돌아왔다.

사실 지금도 무슨 생각을 하는지 잘 모르겠다.

하지만 한 가지는 확실하다.

뭔가 사고를 터뜨리려 한다는 것.

'언제나 시끌벅적한 녀석이니까 말이지. 흐흐흐!'

우성은 지호가 또 어떤 재미난 모습을 보여 줄지 실실 웃어 댔다.

"아, 시작한다."

정리된 무대 위로 윌이 등장했다. 이미 드럼과 건반은 준비된 상태였다. 무대 아래쪽으로 스태프들이 바쁘게 돌아다니고 카메라가 돌아간다.

대형 스크린 위로 잔뜩 긴장한 기색이 역력한 서은영의 얼굴이 비쳐졌다.

순간, 관객들이 환호성을 터뜨렸다.

와아아아!

반면에 투덜대는 사람들도 있다.

"쟤네들은 뭐야?"

"윌이잖아."

"아, 그 여왕벌 집단? 저렇게 못생긴 애가 뭐가 좋다고 저러는지 몰라. 우리 오빠들은 언제 나오지?"

우성은 떠들어 대는 여학생들을 험상궂은 얼굴로 살짝 노려봐 주고 지호를 봤다. 지호는 여전히 무대에 시선이 꽂힌 채 미동도 하지 않았다.

탁, 탁!

드럼 소리와 함께 연주가 시작되었다. 뒤이어 맑은 기타 리프가 울리면서 마치 하늘에서 비가 떨어지는 듯한 독특한 소리가 났다.

노래는 역시나 〈Fade Heaven〉. 방송 출연 이후 포털 사이트의 실시간 검색어까지 올랐으니 당연히 이런 곳에서 부를 노래도 정해져 있다.

서은영이 마이크를 잡는다.

♪♬♩♭♬

맑고 부드러운 소리가 객석 전체에 퍼진다.

"어? 뭔가 좀 이상한데?"

우성은 고개를 갸웃거렸다. 오디션 때와는 느낌이 다르다. 분명 음색도 좋고 리듬도 좋은데 뭔가 어색하다. 맞지 않는 옷을 입은 느낌이다.

대형 스크린으로 비친 서은영의 얼굴 표정이 딱딱하다. 식은땀이 쉴 새 없이 콧잔등을 타고 흐른다. 덕분에 노래도 갈수록 경직되었다.

아무래도 무대가 무대이다 보니 잔뜩 긴장한 모양이다. 확실히 수만 명이 밀집된 무대에서 노래를 하려니 힘들 수밖에 없다.

"왜 저래?"

"그러게? 방송이랑 다른데?"

"역시 이런 건 라이브로 봐 줘야 해. 바로 실력이 들통나잖아?"

처음에 서은영을 응원하던 주변 관객들도 투덜거리기 시작했다.

어쩌면 좋지? 저대로 무대를 망치면 안 되는데. 우성이 걱정되는 얼굴로 지호를 보는 순간,

"왜 그래? 야! 어디가!"

갑자기 지호가 벌떡 자리에서 일어나더니 천천히 관객석을 가로지르기 시작했다. 투덜대는 사람들의 목소리가 울린다.

"저, 저, 미친놈이!"

우성은 말릴 생각도 하지 못하고서 이마를 턱 짚고 말았다. 사고를 칠 줄 알았지만, 진짜 미친 짓을 할 줄이야!

지호가 무대 쪽으로 걸어가고 있었다.

관객들은 처음에 무슨 일이 벌어졌는지 눈치채지 못했다.

아니, 팬들의 난입을 막기 위해 무대와 객석을 차단한 안전 요원들이나 안쪽에서 바쁘게 돌아다니는 스태프들도 마찬가지였다.

그들이 지호의 존재를 알게 된 것은, 어느덧 그가 안전 요원들이 쳐 둔 띠를 지나 카메라들이 있는 무대 아래쪽까지 왔을 무렵이었다.

"당신 뭐야?"

스태프들이 반드시 착용하고 있어야 할 신분증 목걸이를 지참하지 않은 것을 확인한 카메라맨이 뒤늦게 지호를 발견했다.

하지만 지호는 아무런 대꾸도 하지 않고 주변을 둘러보더니 무대 뒤편에 난 계단으로 향했다.

그제야 안전 요원들이 황급히 달려와 제지했다. 하지만 대체 무슨 수를 쓴 건지 도깨비처럼 유유히 그들 사이를 빠져나가 계단에 올라섰다.

갑작스러운 팬의 난입.

당연히 무대 연출 쪽을 신경 쓰고 있던 PD들이며 스태프들 사이에서는 난리가 났다.

별빛 대축제는 지상파의 방송 3사가 합동으로 주관하는 만큼 행사의 규모도 매우 크다. 지역 관청 관계자뿐만 아니라 문화체육관광부의 높은 관료들, 방송가의 국장 급 이상 중진 인사들도 예의 주시하고 있다.

더군다나 이 방송은 라이브, 생방송이다. 편집 하나 없이 바로 브라운관으로 송출되는 마당에 만약 사고가 터진다면 단순한 해프닝으로 끝나지 않는다.

자칫 시말서 정도가 아니라 단체로 옷을 벗어야 할지도 몰랐다.

하지만 지호가 그런 걸 알 리 만무하다.

아무리 안전 요원들이 나서도 천 명이 넘는 손오공 분신들과도 다퉜던 그를 누가 잡을 수 있을까.

결국 아무런 방해도 없이 무대 한가운데로 들어서버렸다. 카메라가 돌아가고 있어서 스태프들도 함부로 따라가지 못했다.

게다가 뭔가 분위기도 이상했다.

아무리 공연에 열중하더라도 도중에 알지 못하는 사람이 끼어들면 당황하는 기색이 있어야 하건만. 윌 밴드 멤버들은 눈을 크게 뜨며 놀란 반응을 보이긴 했지만, 그냥 웃으면서 아무렇게나 넘겨 버렸다.

그리고 그때부터 음악이 뭔가 조금씩 달라지기 시작했다.

처음 겪은 큰 무대에 잔뜩 긴장한 기색이 역력했던 멤버들의 호흡이 서서히 맞아 간다.

브라운관에서 보던 것과 전혀 다른 연주에서 실망하던 관객들은 조금씩 달라지는 음악에 하나둘씩 잡담을 멈추고 다시 스테이지 쪽으로 시선을 돌렸다.

베이스가 부드럽게 깔리고, 키보드 연주가 통통 튀며, 드럼이 호흡을 세게 박찬다. 일렉트릭 기타가 요란스럽게 뛰어다니면서 진짜 윌의 음악이 모습을 드러냈다.

그리고,

와아아아!

객석에서 환호성이 터져 나왔다. 관객들은 저마다 어깨를 들썩이면서 자리에서 일어났다.

저마다 다른 가수를 응원하러 왔던 팬클럽 회원들도 모두 동참하면서 손에 들고 있던 야광봉을 높이 들었다.

치익. 치익.

안전 요원들 사이로 무전기 소리가 바쁘게 오고 간다.

[대체 다들 뭐하는 거야! 어서 끌어내지 않고!]

[그, 그것이……!]

빨리 괴한을 끌어내라는 명령과 이상하게 잡을 수가 없었다는 답변, 라이브에서 대형 사고가 터질 수 있다는 말까지 시끄럽기만 하다.

스태프들도 어쩔 줄 몰라 바쁘게 뛰어다니고, 카메라맨들은 만약의 사태에 대비해 샷을 하늘 쪽으로 향했다.

그야말로 무대 아래쪽은 아수라장이었다.

반면에 위쪽은 오히려 평온했다.

갑자기 반전된 공연의 흐름을 증명이라도 하듯이 월의 멤버들은 모두 객석이 아니라, 도리어 괴한을 바라보면서 연주에 몰두했다.

아주 즐겁게 웃으면서. 마치 주변의 눈길 따윈 모두 잊어버린듯이. 그들은 대학교의 자그마한 동아리방에서 밤새 즐겁게 연습했을 때로 돌아가 있었다.

[요원 분들과 스태프 분들께 알립니다. 일단은 스테이지에서 내려와 주세요.]

메인 프로듀서의 무전이다. 스태프들은 긴장된 마음을 꾹 누르면서 물러났다. 그들은 관객들처럼 마음 놓고 공연을 즐길 입장이 아니었기 때문에 여전히 지호에게 정신이 팔릴 수밖에 없었다.

하지만 이상하게 그들의 가슴도 두근거리기 시작했다. 스테이지와 객석을 따라 흐르는 미묘한 공기가 심장을 간질인다. 정신이 서서히 그쪽으로 빨려 들어간다.

1절을 겨우 끝낸 서은영이 처음으로 시선을 객석에서 지호에게로 돌렸다. 반주가 깔리자, 이때다 싶었는지 기타를 맡은 백동준이 무대 앞으로 튀어나오면서 현란한 연주를 선보였다.

"오, 오빠? 여긴 어떻게?"

서은영이 놀란 눈이 된다. 마이크를 아래로 내려 목소리는 객석에 들리지 않았다.

"노래가 그게 뭐냐? 초보처럼 덜덜 떨어서는. 마이크 넘겨. 넌 기타에나 집중해."

툴툴대는 지호를 보면서 서은영은 쿡쿡 소리를 죽여 웃었다. 지호도 뒤따라 싱긋 웃었다.

"부르실 수 있으시겠어요?"

"야, 안 그래도 나 오늘 하루 종일 그거 말하려고 했다. 나, 다 나았어."

"그렇게 빨리요?"

서은영의 눈이 커진다.

"실력 좋은 돌팔이를 만났거든."

지호는 손오공을 떠올리며 고개를 절레절레 흔들었다. 그 덕분에 목이 나은 건 사실이니.

서은영은 가만히 마이크를 내밀었다.

지호는 가만히 그것을 받으며 손으로 목젖을 매만졌다.

오랜만에 선 스테이지다. 괜히 긴장감이 어깨를 무겁게 누른다.

하지만 부담스러운 긴장이 아니다. 즐거운 긴장감이다.

서은영은 능숙하게 기타 연주를 시작했다. 그리고 망설임 없이 앞으로 달려 나가 백동준과 함께 어울려 놀았다. 현란한 더블 기타가 시작된다.

지호는 마이크를 꽉 잡으며 숨을 크게 골랐다.

무대 위에 올라온 지금도 머릿속으로 수많은 질문이 오고 간다.

'다시 일어설 수 있을까?'

'난, 정말 음악을 하고 싶은 걸까?'

하지만 결과는 하나로 이어진다.

'일단 그냥 지르고 나서 생각하자.'

지호는 피식 웃으면서 마이크를 꽉 쥐었다. 그리고 여태 쌓였던 모든 울분을 담아, 첫사랑의 추억을 담아, 다시 시작하고픈 열망을 담아 목청껏 소리 질렀다.

* * *

"저, 정말 이래도 될까요?"

막내 FD는 샷에 잡힌 그림을 보면서 발을 동동 굴렀다.

오프닝 무대에 초빙했던 밴드 윌의 숫자는 모두 넷. 그런데 지금은 난입한 괴한에 의해서 다섯으로 불어났다.

"돼. 내가 책임진다고 했잖아."

메인 프로듀서, 우PD는 여전히 영상에 시선을 고정시켰다.

* * *

'목소리가 달라졌어.'

소리를 내는 순간, 지호는 직감적으로 깨달았다. 몸이 바뀌듯이 목도 달라졌다. 그리고 그 결과는 상상했던 것을 훨씬 능가한다.

서은영의 노래를 그대로 이어받아 키를 바꿀 새도 없이 불러 나간다. 맑으면서도 까끌까끌하고, 찌를 듯이 뾰족하면서도 속이 시원한 음색이다.

와아아아아!

관객들은 완전히 미쳐 날뛰기 시작했다.

하늘이 흐려질수록

내 가슴에도 이슬이 맺혀

노래를 부를수록 여태 가슴속에 꾹꾹 눌러 담아 뒀던 것들이 뻥 하고 터졌다. 간질간질한 무언가가 전신으로 쫙 퍼지면서 희열이 느껴졌다.

기가 움직인다.

목을 부드럽게 안으면서 음색을 더욱 맑게 하고 더 넓게 퍼질 수 있도록 파동에 힘을 싣는다.

앰프가 이대로 터져 나가는 것이 아닐까 싶을 정도로 허스키하면서도 매력적인 고음이 잇달아 울리면서 듣는 이들의 심장을 쾅, 쾅, 하고 때린다.

구슬픈 제목처럼 내용도 이별을 이야기한다. 하지만 음은 가파르다. 롤러코스터를 탄 것처럼 짜릿함을 선사한다. 그러나 오히려 그렇기에 노래 속에 담긴 슬픈 감정이 더욱 더 관객들에게 와 닿는다.

지호는 얼굴도 모르는 수많은 사람들에게 자신의 이야기를 전달한다.

사람들도 지금 이 순간만큼은 지호가 되어 그와 같이 웃고, 울고, 슬퍼하며, 잃어버린 사랑을 그리워한다.

호접몽.

장자가 나비가 되고 나비가 장자가 되듯, 지호는 관객이 되고 관객은 지호가 되었다. 그리고 꿈이 바래지듯이 이 노래가 끝날 때쯤 그들은 다시 타인으로 돌아갈 터였다.

하지만 그때가 지금은 아니다.

어딘가에 있을 네가 들어 줄까

어쩌면 헤어진 첫사랑도 어디선가 이 노래를 듣고 있을지도 모른다. 방송을 탄다고 하니 우연히 한 번쯤 접할 수도 있을 것이다.

그렇다면 전해 주고 싶었다.

이제 자신은 떨쳐 냈노라고.

그리고 다시 시작하고 싶다고.

그 순간,

콰콰쾅!

부글부글 끓던 내공이 새로운 변화를 맞았다.

격한 감정이 평온으로 변하면서 내공이 일대 새로운 변화를 맞았다. 내공이 몸속을 맘껏 누비기 시작한다. 주천(周天)이다.

한 바퀴, 두 바퀴, 세 바퀴…….

회전이 계속 될수록 몸속에서도 계속 무언가가 터지는 소리가 났다. 그때마다 가벼운 통증과 함께 상쾌함이 밀려오면서 목소리도 한결 더 가벼워졌다.

역시나 호접몽이다.

지호는 맘껏 노래를 부를 수 있고 무대 위를 뛰어다닐 수 있는 지금 이 순간이 꿈을 꾸는 것처럼 너무나 행복했다.

하지만 언젠가 이 꿈도 끝나야만 하겠지?

지호는 속으로 작게 중얼거리면서 마지막 하이라이트를 향해 달려가기 시작했다.

그리고 마지막까지 남았던 모든 미련을 벗어던졌다.

와아아아아아!

객석이 폭발했다.

*　　*　　*

"하얗게 불태웠어……."

"나, 물 좀 줘……."

"진짜 다시 이 짓 하라고 하면 절대 못한다!"

노래가 끝난 뒤, 멤버들은 뒤편에 마련된 대기실로 돌아와 소파에 반쯤 몸을 묻은 채 길게 한숨을 토했다. 전력 질주라도 한 것처럼 숨이 가쁘다. 머리가 어지럽다.

도대체 어떻게 무대 위를 뛰어다녔는지, 연주는 어떻게 했는지, 실수는 하지 않았는지 아무것도 떠오르지 않았다.

특히 가장 열심히 드럼을 쳐 대던 하동률은 더위 먹은 개처럼 축 늘어져 있다가 갑자기 벌떡 자리에서 일어나 소리쳤다.

"맞다! 지호 형! 지호 형, 어디 갔어?"

그제야 멤버들도 지호가 사라진 걸 깨달았다.

"뭐야? 또 사라지신 거야?"

"하여간 이 형은 홍길동도 아니고 진짜……!"

"그러고 보니 은영이도 없는데?"

"설마 이 두 사람이?"

후배들은 자기들끼리 눈빛을 교환했다.

"으흐흐흐!"

이상한 웃음까지 다 같이 흘리는 그때, 대기실 문이 벌컥 열렸다.

"다들 나사 빠진 것도 아니고 왜 이상하게 웃어대?"

지호가 음료수가 잔뜩 든 아이스박스를 들고 안으로 들어왔다.

"그렇게 서 있지 말고 다들 앉아. 지쳤을 텐데 이거나 마셔."

지호는 음료수를 꺼내 나눠 줬다. 멤버들도 그제야 하나둘씩 눈치껏 음료수를 받아 제자리에 앉았다.

"어디서 나셨어요?"

"올 때 사 왔지."

"많이 무거우셨을 텐데."

"이 정도 갖고 뭘."

지호는 아무것도 아니라는 듯이 손사래를 쳤지만, 그가 챙긴 아이스박스는 절대 작은 크기가 아니었다.

거기다 음료수와 얼음이 잔뜩 들었으니 남자 두 사람이 들어도 무거울 무게였다. 하지만 지호는 혼자서 아주 가볍게 들었다. 오는 내내 우성도 놀랄 정도였다.

"동준아, 수고스럽겠지만 여기 남은 것들 스태프들 좀 나눠 주고 올래? 아마 나 때문에 다들 많이 놀라셨을 테니 죄송하단 말씀 좀 전해 줘. 내가 직접 가려니까 좀 면목이 안 서서."

연주에 신경 쓰느라 지호가 어떻게 무대에 올라왔는지 모르는 백동준은 의아함이 생겼지만, 고개를 끄덕이고 음료수를 챙겼다.

"네. 알겠어요."

"저도 같이 갈게요!"

백동준의 동기인 박민상이 일어나 후다닥 뒤따른다.

하동률이 묻는다.

"그런데 형, 은영이는요?"

"은영이? 글쎄. 나도 모르겠는데?"

그때 후다닥 대기실 문이 활짝 열리면서 서은영이 다급하게 들어오며 휴대폰을 내밀었다.

"선배, 이거 좀 봐요! 우리가 실시간 검색어에 올랐어요!"

"뭐?"

"정말?"

"어디어디? 어! 진짜네?"

지호와 하동률은 서은영이 내민 휴대폰에 몰려 검색어를 확인했다.

정말 그새 검색어 순위에 밴드 월이 있었다.

10위 별빛 대축제

7위 밴드 월

5위 페이드 헤븐

3위 Fade Heaven

2위 무대난입남

온통 그들에 관한 것투성이다. 그런데 뭔가 이상한 게 보인다?

"오오오! 우리가 검색어 다 채웠어!"

"2위, 이거 오빠 아니에요?"

"……시끄러."

투덜거리지만 기분이 나쁘진 않다.

'정말 노래를 부르게 됐어.'

노래로 사람들에게 이름을 알린다는 것. 아주 오래전부터 꿈꿔 왔던 것이었으니까. 그 꿈이 이뤄진다는 건 가슴이 두근거리는 일이었다.

지호는 흥분된 마음을 가라앉히지 못하고 1위를 봤다.

1위 의리남

탄식이 흘러나온다.

"아, 아깝다! 1위는 못 찍었네."

"이것만 해도 대단한 거잖아."

"그런데 의리남? 이건 또 뭐지? 은영아, 그거 한번 눌러봐."

서은영이 '의리남'을 눌렀다.

그러자 주르륵 뜨는 수많은 뉴스 기사들.

밴드 월의 리더 과거 인터뷰 화제!

월의 으리로 가득한 으리으리한 발언!

의리 하나만으로 무대에 난입한 그는 누군가?

"응?"

지호는 왠지 모르게 불안감이 들어 기사를 보지 말자고

하려 했지만, 서은영은 제일 위에 있는 걸 이미 눌러 버렸다.

오디션 프로그램 K스타의 예선전에서 뛰어난 실력으로 이름을 알리기 시작한 밴드 월이 별빛 대축제의 오프닝을 맡던 도중 어떤 괴한의 난입을 받는 사건이 발생해 화제다. 이 괴한은 밴드 월의 리더 손지호 씨(만23세)로 난입을 저지하는 경호원과 스태프들을 제치고 무대로 올라가 노래를 부르기 시작, 단숨에 무대를 휘어잡으며 객석을 열광의 도가니로 빠뜨렸다.

특히 손지호 씨는 밴드 월이 K스타에서 언급했던 잠수 탄 리더로 더 잘 알려져 있으며, 업계에서는 탄탄한 실력으로 이미 정평이 나 있어 여러 기획사와 소속사로부터 러브콜을 받았지만, '의리 가득한' 발언으로 전부 거절을 하며 돈독한 우정을 과시했다.

그 내용은 '제 재능을 높게 사신다면 저희 모두의 꿈을 사셔야 할 겁니다!', '동생들과 함께하기 때문에 밴드 월이 있는 겁니다. 동생들과 함께하지 않는다면 어디에도 가지 않겠습니다!', '제 미래 가치를 볼 정도의 뛰어난 안목을 갖추셨다면, 저희의 의리도 같이 높게 평가하실 겁니다.' 등으로……

"……씨발."

지호의 얼굴이 와락 일그러졌다.

"풉!"

"으하하하하! 미치겠다, 진짜!"

서은영은 억지로 웃음을 참으려 하지만 결국 실소를 흘렸고 하동률은 아예 대놓고 바닥을 데굴데굴 구르며 깔깔 웃어 댔다.

기사는 온통 지호에 관한 것들이었다.

대부분 뛰어난 공연이었다느니, 인상적이었다느니, 퍼포먼스가 대단했다느니 하는 호평 일색이었지만, 거기에는 숨기고 싶은 흑역사도 담겨 있었다.

'젠장! 이딴 걸 대체 어디서 찾는 거야!'

도대체 이런 것들은 어디서 찾아내는 거냐! 지호도 잊어버렸던 허세 가득한 말들을 실은 기사가 마구잡이로 쏟아지고 있었다.

기사에 달린 댓글이 더 가관이었다.

Best 댓글

—함께하지 않는다면 으미가 없으리!

—그의 재능은 높으으리! 전부 사야 하으으리!

ㄴ사장은 자리에서 일어나 두 손을 하늘 높이 뻗으며

외쳤다. 사장 : 자네의 재능을 높이 사으으으으리이이

이!

—으리가 으리으리하으리!

ㄴ오오오. 라임 보소.

ㄴ이런 댓글엔 추천하으리!

ㄴ아따, 위에 성님. 으리가 으리으리!

ㄴ너와! 나의! 연결! 고으리!

ㄴ그만해 미친놈들앜ㅋㅋㅋ.

ㄴ약이 왔다. 대단한 약이 왔으으리.

—그런데 진짜 저거 무슨 생각으로 말하고 다녔냐?

ㄴ나라면 한강에서 뛰어내린다. 진짜.

"푸하하하하하하하!"

툭하면 지호의 흑역사를 들추기 바쁜 하동률은 아예 땅바닥을 손으로 쾅쾅 내려친다. 저대로 숨이 넘어가는 게 아닐까 싶었다.

"그만 웃어, 새꺄!"

"그래도 웃긴 걸 어떡해요? 의리남이래! 의리남! 으리으리한 의리남!"

"닥치라고!"

"으리으리! 으으으으으리이이이이!"

"아, 좀 닥쳐!"

"으하하하하하하하하하하하하!"

물론 하동률은 전혀 닥칠 생각이 없어 보였다.

지호의 얼굴이 불그락푸르락 단풍잎처럼 변하는데 갑자기 밖에 음료수를 배달하러 갔던 백동준과 박민상이 후다닥 안으로 들어왔다.

"형! 형! 지금 밖에 완전 난리 났어요!"

"스태프들한테 싸인해 달란 말까지 들었어요! 어떤 사람은 자기가 무슨 소속사 에이전트라고 연락 달라고 명함까지 주고 가던데요?"

"인터넷에도 우리 노래 동영상이 편집되어서 벌써 돌아다니기 시작했대요!"

"검색어도 떴다던데 진짜예요?"

둘은 잔뜩 흥분한 기색이 역력했다. 이미 바깥은 스태프들이 바쁘게 뛰어다니고 있어 어떻게 사과 인사를 건네기도 힘들었다. 오히려 고맙다는 말까지 들었다.

"그런데 동률이 형은 왜 저래요? 은영이 누나도?"

하동률이 벌떡 일어나며 음침하게 웃었다.

"키키킥. 너희 아직 검색어 못 봤지?"

"……하지 마라."

지호가 나지막한 목소리로 경고한다.

하지만 그 말을 들을 하동률이 아니다.

"검색어에 올랐다는 이야기만 듣고 지금 온 건데요."

"그럼 한 번 봐 봐. 빨리."

"……하지 말라고, 이 자식아!"

지호가 냉큼 휴대폰을 빼앗으려고 달려들었지만 하동률은 부리나케 도망치고 있었다. 그사이 백동준과 박민상이 검색어를 확인했다.

"우와아아아. 우리가 떴어! 진짜야!"

"그것도 검색어 거의 다 채웠잖아? 그런데 의리남, 이건 뭐지?"

잠시 후.

"푸훕! 이거 꽤 오래 가겠네요?"

"오오오! 지호 형의 스킬 '흑역사'가 2 증강했다!"

백동준과 박민상도 하동률의 공세에 참여했다.

"그치그치? 죽이지 않아? 으리으리한 의리남!"

"으리!"

"으리으리! 의리!"

"썅! 좀 닥치라고오오오오오!"

지호의 절규는 한참 동안 이어졌다.

*　*　*

공연이 모두 끝난 뒤.

지호를 비롯한 윌의 멤버들은 하동률이 끌고 온 봉고차를 타고 대학교로 이동, 근처 단골집으로 갔다. 공연이든 연습이든 연주가 끝나면 언제나 하는 뒤풀이었다.

하지만 그들의 발목은 입구에서부터 붙잡혔다.

"봐 봐. 저기 저 사람들, 윌 아냐?"

"어? 진짜네!"

"서은영 봐 봐. 진짜 얼굴 작고 뽀얗다."

"의리남이다! 으리으리한 의리남도 있다!"

"싸인 좀 해 주세요!"

휴대폰은 평소 연락도 없는 사람들의 문자와 전화로 시끄럽더니 밖에서 느끼는 체감은 더 장난이 아니었다.

결국 그들은 떠밀리듯이 도망쳐 나와 편의점에서 술과 안주를 대충 사 들고 하동균의 자취방으로 이동해야 했다.

"우와, 사람들 봤어? 눈 돌아가던데?"

"난 아까 전부터 헤어진 여자 친구한테서 전화가 오더라. 이거 받아야 되나?"

백동준과 박민상은 잔뜩 흥분해 있었다. 오디션 프로그램에 나가서 잠깐 유명해졌을 때도 사람들이 하나둘씩 알아봐 주더니 지금은 스타라도 된 것처럼 들뜬다.

하동률은 탁자를 갖고 와 술자리 세팅을 끝냈다.

"자! 빨리빨리 잔 돌려! 어서! 그리고 우리 지호 형! 한 달 넘게 우리 속을 박박 긁어 대다가 한 방 터뜨리셨으니 저희가 주는 벌주 마셔야죠?"

"적당히 해라."

"에이, 술자리에 '적당'이란 말이 어디 있어요? 우리 지호 형을 위한 술잔은, 짜잔!"

하동률이 꺼낸 건 호프집에서나 볼 수 있을 2,000cc 맥주 통이었다. 이놈, 오늘 날 죽이려고 작정한 게 분명해!

"야 이 미친 새끼야!"

"어? 그냥 넘기시게요? 양심 있으시면 드셔야죠?"

"……개 같은!"

지은 죄가 있으니 달리 할 말이 없다. 결국 지호는 맥주 통을 받았다. 그가 할 수 있는 저항은 으름장이 고작이었다.

"적당히 부어라. 내일 살아서 내 얼굴 보고 싶으면."

"예이예이. 자, 얘들아. 우리가 형을 사랑하는 만큼 꾹꾹 담아 드리자!"

"예. 형!"

"알겠습니다!"

"자, 여기 첫잔 들어갑니다. 어이쿠! 손이 미끄러졌네! 이를 어쩌나?"

하동률은 소주 한 통을 전부 탈탈 털어 넣더니 유들유들하게 웃었다.

지호는 녀석의 능글맞은 낯짝을 주먹으로 한 대 후려치고 싶었지만 차마 그러지는 못했다.

이어서 백동준과 박민상도 술을 담는다. 백동준은 맥주 한 모금, 나머지를 소주로. 박민상은 눈치를 슬슬 보더니 소주를 전부 부어 버렸다. 이걸로 확실해졌다. 이 셋 다 작정을 했어!

서은영은 걱정 가득한 얼굴로 쳐다본다.

"서, 선배. 괜찮으시겠어요?"

"역시 날 걱정해 주는 건 너밖에 없…… 야!"

서은영은 이온 음료를 따 콸콸 쏟아 넣었다.

"호호호호. 그러게 누가 그동안 문자 씹으래요? 대신에 전 적게 넣었어요. 받으세요."

"……."

지호는 뒤죽박죽 온갖 술과 음료수가 뒤섞인 폭탄주를 내려다보면서 고민했다. 그냥 바로 이 자리에서 탈퇴를 선언해 버릴까? 여기가 2층이었지? 밖으로 뛰어내리면 괜찮지 않을까?

"어서 마셔요, 네?"

서은영이 얼굴을 가까이 붙인다.

지호가 어쩔 수 없이 맥주통을 입에 갖다 대려는 그때,

띵동!

갑자기 초인종이 울린다.

누가 오기로 되어 있던 건지, 하동률은 잠깐만 기다려 달라더니 현관으로 쪼르르 달려가 문을 벌컥 열었다. 손님이 안으로 들어온 순간, 지호의 낯이 다시 굳어버리고 말았다.

객석에다 버려둔 걸 잊었던 우성이 서 있었다.

"날 빼 놓으면 섭섭하지. 안 그래, 친구?"

우성이 음침하게 웃으면서 비닐봉지를 들어 보였다. 안에는 독하기로 유명한 고량주가 한가득 들어 있었다.

"……씨발."

오늘 이 말만 몇 번째더라?

* * *

부르르. 부르르.

머리맡에 둔 휴대폰이 떨리는 소리에 지호는 억지로 눈을 떴다.

"으으으. 머리야."

도대체 내가 어제 얼마나 마셔 댄 거지? 언제 잠들었는지 기억도 나질 않는다. 이것저것 섞은 폭탄주를 연거푸 일곱 잔이나 마신 이후로 필름이 끊겼다.

숙취 때문에 머리가 깨질 것 같았다. 속도 더부룩해서 정신을 차리기가 어려웠다. 욱신거리는 관자놀이를 검지로 꾹꾹 누르면서 몸을 일으키며 주변을 둘러본다. 다른 놈들은 멀쩡한가?

"……개판이구만."

지호는 어질러진 방을 보면서 혀를 찼다.

족히 몇십 병은 될 소주병이며 맥주병이 바닥을 마구잡이로 굴러다니고, 후배들은 저마다 구겨진 종잇장마냥 바닥에 마구잡이로 흩어져 있었다. 그런데 죄다 표정이 거무튀튀하다.

특히 우성은 허벅지에 얼굴을 묻은 별 해괴한 자세로 잠들어 있었다. 으이그, 인간아.

누가 보면 전쟁이라도 일어났냐고 물을 것 같은 분위기다. 그제야 지호는 희미한 기억 속에 자신이 이를 악물고 놈들을 일대일 대작으로 다 때려잡은 걸 떠올렸다.

개새끼들아, 다 같이 죽자! 아마 악에 바친 그 생각만 남아 있었던 모양이다.

음? 그런데 한 명이 보이질 않는다? 서은영이 없었다.

그녈 찾으려고 몸을 일으키려는데,

"가지 마요……."

갑자기 밑에서 허리를 붙잡는 손길이 있었다.

뭔가 싶어 시선을 내려 보니 지호의 허벅지를 베개 삼아 서은영이 곤히 누워 있었다. 얘는 또 언제 여기까지 온 거야? 거기다 잠결에 뒤척거린 건지 무릎까지 내려오던 치마가 살짝 말려 올라가서 뽀얀 허벅지가 드러났다.

"으이그, 계집애가 조심성이 이렇게 없어서. 누가 잡아가면 어쩌려고."

지호는 이불로 다리를 가려 주었다. 그녀가 깨지 않도록 조심스럽게 머리를 자신이 베던 베개로 옮겨 주려 했지만,

"선배, 가지 마요……."

양손으로 지호의 옷자락을 꼭 부여잡으며 웅얼거린다. 눈가엔 눈물이 살짝 맺혔다.

"……."

지호는 잠시 아무 말 없이 그녀를 내려다봤다.

아마 그동안 가장 마음고생이 심했던 건 그녀였을 것이다. 지호의 공연을 보고 한눈에 반해 밴드에 가입했다던 그녀는 줄곧 그의 마음을 돌리려고 애썼다.

그때마다 자신은 그녀를 내치기에 바빴으니. 가장 미안하면서도 고마운 존재가 그녀였다.

지호는 말없이 손끝으로 서은영의 눈가에 맺힌 눈물을 닦아 주었다. 헝클어진 머리를 정리를 해 준다. 그러자 드러나는 뽀얀 뺨과 붉은 입술.

'애가 이렇게 예뻤나?'

지호는 동생 같은 아이에게 이게 무슨 짓이냐며 고개를 절레절레 흔들고는, 아직도 부르르 몸을 떨고 있는 휴대폰을 봤다. 매너 모드로 설정을 해 놨던 모양이다. 외박했다고 집에서 전화를 한 걸까?

'으으. 아버지한테 난 죽었다.'

참담한 심정으로 발신자를 확인하는데,

"응?"

전혀 예상치도 못했던 이름이다.

K사 김창열 실장.

예전에 지호가 허세 가득한 말로 러브콜을 걷어찼던 기획사의 관계자였다.

12장

식(蝕)

"예. 그럼 애들과 이야기하고 나서 연락드리겠습니다."

지호는 가벼운 인사와 함께 카페를 나섰다. 순간 값비싼 외제차 하나가 눈앞으로 지나갔다. 마치 곧 이걸 탈 수 있을 거라는 듯이 자랑을 하면서.

지호는 손에 쥔 명함을 봤다.

L레코드사 이홍산 팀장.

기획사 분야보다는 앨범 제작 및 유통에 있어서 제법 실력이 있다고 할 만한 업체다.

그뿐만이 아니다.

"이게 도대체 몇 번째냐."

지호는 주머니에서 수북하게 쌓인 다른 명함을 꺼내 뚫어져라 주시했다.

공연 기획에 일가견이 있는 K사의 실장, 인디에서 시작해 이제는 메이저를 노리고 싶다는 P사의 사장, 심지어 해외 판로에도 어느 정도 길을 튼 S사의 과장까지.

여태 지호가 만난 사람들이다.

요 며칠 사이, 지호는 아주 바빴다.

여러 소속사와 기획사의 관계자들을 만나 그들과 계약 건에 대해서 논의를 나누고, 쇄도하듯이 쏟아지는 여러 공연 주문에 정신이 없을 지경이었다.

이토록 불러 주는 곳이 많다 보니 행복에 찬 비명을 지르고 싶은 심정이었다.

심지어 하동률과 서은영은 중간고사가 끝났는데도 불구하고 과감하게 휴학계를 던졌다. 1학년인 백동준과 박민상은 학교 규칙 상 아직 휴학계를 낼 수가 없어 아예 수업을 전부 빠져 버리는 중이었다.

지호는 두 사람에게 나중에 후회한다고 겁을 잔뜩 줬지만, 돌아오는 대답이 가관이었다. 선배님의 전철을 고스란히 따라가겠습니다, 였나? 여기다 하동률이 '역시 으으리 이이남!' 이라고 외쳤다가 두들겨 맞았다는 건 그냥 넘기자.

지금 와서 생각해 보면 참 신기한 일이다.

고작 노래를 한 번 불렀다고 이렇게 일상이 달라질 수가 있나?

물론 저들의 노림수는 잘 안다.

반짝 스타.

이 업계에는 정말 별처럼 아주 잠깐 반짝거리다가 사라지는 사람들이 무수히 많다.

어떤 한 가지 이슈 때문에 대중의 관심을 받았다가 서서히 흥미가 가시는 것이다. 어떻게 명맥을 유지한다고 해도 예전과 같은 뜨거운 인기를 누리지는 못한다.

하지만 그걸 돌려서 말하자면, 반짝거릴 때는 '한몫'을 두둑하게 당길 수 있다.

오디션 예선전에서의 스타. 생방송 도중에 무대에 난입해 노래를 부른 보컬. 개인적으로는 듣기가 싫지만 '의리남의 밴드'라는 별명까지.

이 이슈는 당분간 계속 갈 것이다. 업계 관계자들은 이슈가 유지되는 동안에는 밴드 윌을 어떻게든 굴리고 또 굴리려 할 테지.

하지만,

'그냥 단순히 한몫만 챙기려고 했으면 이렇게 간만 보고 다니지 않지.'

지호와 멤버들이 바라는 것은 딱 하나다.

메이저 데뷔.

하지만 단순히 데뷔로만 끝낼 생각은 절대 없다. 꾸준히 가고 싶다. 같이 계속 노래를 부르고 싶었다.

그렇다면 이리저리 재야 할 것이 많았다.

첫 단추가 가장 중요한 법이니까.

더구나 연락이 온 곳은 전부 중소 업체들. 계약에 대한 내용도 지원을 해 주겠다고 한 약속들도 전부 애매하게만 보인다.

일단은 내용 전달부터 해야겠다는 생각에 주변에서 기다리고 있을 멤버들에게 전화를 하려고 휴대폰을 꺼냈다. 서은영에게로 전화를 걸었다.

뚜르르.

[지금은 고객님의 사정에 의해…….]

"음? 전화기를 꺼 놨나?"

지호는 하동률로 통화 상대를 바꿨다.

뚜르르.

[지금은 고객님의 사정에 의해…….]

"얘도 꺼 놨어?"

백동준과 박민상에게도 차례로 전화를 걸었지만 돌아오는 대답은 전부 사정에 의해 전화를 받을 수 없다는 안내음이 전부였다.

다들 단체로 어디 간 거야? 전파가 안 닿는 곳에라도 갔나? 녀석들을 어떻게 찾지?

그런데 상황이 이상한 건 지호만이 아닌 모양이다.

"어? 왜 갑자기 전파가 안 닿지?"

"너도 그래? 나도 그런데?"

"전화국이 이상한가?"

"젠장! 왜 안 터지는 거야!"

길을 지나던 사람들이 걸음을 멈추고 웅성거린다. 휴대폰을 높이 들어 보기도 하고 이리저리 걸어 보기도 하면서 전파를 잡아 보려 하지만 쉽게 잡히질 않는다.

전화국의 이상인가 싶어도 사람들이 전부 안 잡힌다고 하는 걸 보면 한 곳만의 이상은 아닌 것 같았다.

사람들이 짜증을 내면서 투덜거린다.

지호도 난감해서 뒷머리를 벅벅 긁는 그때,

"어? 저 사람, 윌의 보컬 아냐?"

그를 알아보는 사람들이 있었다.

"진짜네! 의리남이다, 의리남!"

"와아아아! 저 팬이에요! 싸인해 주세요!"

"으리! 으리으리한 으리!"

지호는 휴대폰을 뒷주머니에 찔러 넣고 재빨리 모자를

푹 눌러 쓰면서 후다닥 자리를 벗어났다. 이미 이런 건 익숙해져서 도망치는 것에는 전혀 문제가 없었다.

그나저나 다른 건 몰라도 저 빌어먹을 놈의 의리 타령은 지겹지도 않나? 귀에 딱지가 앉겠다!

* * *

지호가 떠난 자리.

뒤쪽 가전제품 매장에 진열된 TV 중 몇 개가 뉴스를 방송하고 있었다.

"오늘 밤 11시 15분, 76년 만에 개기월식이 예고되는 가운데……."

* * *

"이거 휴대폰이 왜 이러냐?"

멤버들은 근처 룸 카페에 방을 하나 잡고 있었다. 어디 있는지 찾질 못해 주변에 있는 카페란 카페는 다 뒤지다가 마침 담배를 피러 나온 하동률과 만날 수 있었다.

"형도 그래요? 우리도 지금 미칠 지경이에요."

"카페에 있는 사람들 전 부다 그러더라고요. 오늘 전화국이 단체로 북한 해킹이라도 당했나? 전화뿐만 아니라 인터넷도 안 되던데. 와이파이도 맛이 갔대요."

스마트폰이 되질 않으니 백동준과 박민상은 답답한 얼굴이었다.

하동률이 한숨을 푹 내쉰다.

"지금쯤이면 의리 시리즈 신편 올라올 건데."

"아, 맞다! 그거 깜빡하고 있었네."

"의리 시리즈? 그건 뭐야?"

지호가 눈을 끔뻑거리며 묻는다.

"어? 그거 몰라요? 형이 모르면 안 되는 건데?"

"뭔데 그래?"

"형이 노래 부르는 허세 가득한 사진에다가 흑역사 문구를 같이 합성시킨 거요."

"……그거 아직도 나오냐?"

대충 들으니 뭔지 알 것 같다. 이미 예전 미니홈피나 최근의 SNS 계정까지 몽땅 다 털려서 합성을 시킨 걸 두고 말하는 거다. 덕분에 지호는 가입되어 있던 SNS는 전부 탈퇴를 해 버렸다. 가뜩이나 짜증이 나는데 아직도 유행하고 있어?

"그거 아직도 여러 커뮤니티 사이트에서 인기 최고예요. 얼마나 재미있는데."

"그런데 너는 그걸 즐겨 보고 있고?"

"당연하죠. 캬! 연습과 공연으로 지친 하루의 피로를 풀어 주기엔 그거만 한 게 없죠!"

"동률아."

"네?"

"오늘 좀 맞자."

"우아아아악! 사람 살려!"

지호는 하동률을 구석으로 몰아넣고 자근자근 밟기 시작했다. 하동률은 살려 달라고 멤버들에게 손을 뻗었지만 전부 모른 척을 했다.

"하아! 저놈은 저렇게 놔두고 일단 앞으로 일에 대해서 논의부터 나누자."

지호는 자리에 앉아 흐트러진 머리를 쓸어 넘겼다.

서은영은 여전히 허우적대는 하동률을 무시하면서 물었다.

"이번에는 어떠세요?"

"내 기준이 높은 건가. 잘 모르겠다. 일단 내용부터 볼래?"

지호는 인원수에 맞춰 복사한 종이를 나눠 줬다.

"전 모르겠어요."

"저도 그냥 손 놓을래요."

고등학교를 졸업한 지 이제 몇 달밖에 안 된 백동준과 박민상은 갑이니 을이니, 몇 조 몇 항이니 하는 게 머리 아픈지 계약서를 그냥 놓아 버렸다.

주변에 프로 데뷔를 하거나 연습생 생활을 하는 친구들이 많은 서은영은 이중에서 알고 있는 게 많아 꼼꼼하게 살폈다.

"이만하면 그동안 받은 것 중에서 제일 좋기는 하네요. 규모도 작은 곳으로 알고 있는데 연습실을 내주는 것도 그렇고, 최신식 장비를 약속하는 것도 그렇고."

"대화할 때도 우리를 많이 배려해 주는 게 보이더라."

"그래도 마음에 안 드시는 거죠?"

"어. 이 정도는 다른 곳에서도 내용을 조율하면 충분히 받을 수 있을 것 같아. 그래서 생각해 본 건데."

지호는 양손의 깍지를 끼며 진지하게 물었다.

"당분간 이런 건 신경 쓰지 말고, 오디션에 집중하는 게 어떨까? 밴드가 유명해진 것도 오디션 덕분이었고."

서은영은 입을 꾹 다물었다. 멤버들도 서로 눈치를 주고받았다. 무언가 하고 싶은 말이 있지만 어렵사리 입을 떼지 못하는 분위기였다.

지호가 피식 웃었다.

"내가 오디션에 참여 못 하는 것 때문에 그러지?"

"……네."

오디션 규칙상 그룹이나 밴드는 첫 예선 때부터 인원을 명시하도록 되어 있다. 하차는 가능해도, 추가는 절대 불가능하다. 지호가 오디션에 참여할 수 없는 것이다.

녀석들도 그걸 생각한 게 분명하다. 이미 본선행을 코앞에 둔 3차 예선까지 올라간 마당에 그냥 하차를 하는 건 아쉽다. 하지만 지호와 함께하지 못하는 건 더 아쉽다.

'하여간 귀엽다니까.'

지호는 자신이 동생들은 참 잘 뒀다고 생각하면서 흐뭇하게 웃었다.

"내가 왜 참여 못한다고 생각해?"

"예?"

모두가 놀란 얼굴이 된다.

"어차피 앞으로 계속 경연을 치르려면 그때마다 음악 선정에, 편곡에, 무대 컨셉에, 신경 써야 할 게 한두 가지가 아니잖아? 그거 전부 나 빼고 하려고 했었어? 좀 서운한데?"

그제야 멤버들은 말뜻을 알아차렸다.

지호의 미소가 짙어졌다.

"3차 예선까지 얼마 남았지?"

"여, 열흘 정도요."

"그럼 여기 앉아서 뭐해? 준비해야 될 게 천지구만. 자, 일어나. 일단 음악 선정부터 해야지."

멤버들의 얼굴에도 웃음꽃이 폈다.

*　　*　　*

연습이 끝나고 지호는 서은영과 같이 집에 가는 버스에 탔다. 같은 노선에 서은영이 다섯 정거장 뒤였다. 다행히 뒤에 두 좌석이 남아 나란히 앉을 수 있었다.

'좋은 냄새가 나네. 향수라도 쓰나?'

지호가 검지로 볼을 긁적이는데, 서은영이 배시시 웃었다.

"고마워요, 선배."

"응? 뭐가?"

"그냥요. 전부다."

"싱겁긴."

아마 자신들을 도와주는 것 때문에 이러는 것일 테지. 하지만 따지자면 지호가 더 고마웠다. 한 번 떠났던 자신을 이렇게까지 믿고 따라 주니까.

"그런데 이놈의 인터넷이랑 전화는 언제까지 안 되려고 그러는 거지?"

지호는 휴대폰을 켜다가 살짝 미간을 찌푸렸다. 오늘 하루 종일 이 말썽이다.

"자세한 이유는 모르겠지만, 아무래도 오늘 있을 월식 때문에 전파가 흐려져서 그런 것 같다고 들었어요."

"월식?"

두근!

순간, 지호의 심장이 크게 뛴다. 호흡이 가빠진다.

언뜻 떠오르는 기억이 있었다.

"이야기 못 들으셨어요? 거의 백여 년 만인가? 처음으로 월식이 관찰될 거래요. 그것도 개기월식이요. 그래서 다들 그거 구경하러 간다고 난리던데. 그래서 말인데요."

서은영은 무슨 할 말이 있는지 잠시 말없이 가만히 손가락을 꼼지락거린다. 고개를 푹 숙이고선 뺨이 살짝 붉게 달아올라 입을 벙긋거린다. 하지만 지호는 계속 떠오르는 기억 때문에 정신을 차릴 수가 없었다.

갑자기 찾아왔던 먹구름. 자글자글한 이빨. 태양을 씹어 먹는 그림자. 장막처럼 내리는 어둠.

그리고 나후.

'혹시…… 에이. 아니겠지. 설마.'

지호는 고개를 털었다.

저곳과 이곳은 세상이 다르다. 있을 수 없는 일이다.

신이 개입하는 세상과 못하는 세상.

"그래서 말인데요. 저기, 선배."

서은영이 번쩍 고개를 들었다. 말끝이 높아 지호도 번뜩 정신을 차렸다.

"오, 오늘 밤에 시간 되시면 저, 저랑 같이 월식 구경하러 가, 가지 않으실래요?"

"어? 응. 알았어."

지호는 얼결에 고개를 끄덕였다. 서은영이 함박웃음을 터뜨리며 눈웃음을 가득 짓는다.

하지만 지호의 눈에는 들어오지 않았다.

정신은 딴 곳에 팔려 있었다.

'대체 왜 이렇게 찜찜한 거지?'

그때 손에 낀 반지, 금고아가 아주 작게 떨렸다.

웅. 웅.

"어?"

지호가 깜짝 놀라 자신의 손을 내려다봤다.

서은영이 고개를 갸웃거린다.

"왜 그러세요?"

"아, 아니야. 아무것도."

'착각인가?'

지호는 왼손으로 금고아를 매만졌다. 분명 떨렸었던 것 같은데. 하지만 잘못 느낀 건지 금고아는 그대로였다.

"그런데 오빠, 그 반지는 어디서 나신 거예요? 요 며칠 동안 계속 끼고 다니시던데."

서은영은 지호가 가만히 금고아를 매만지자 호기심 가득한 눈이 되었다. 그런데 왠지 겉으로는 웃고 있는데 말투가 딱딱한 거 같다.

"누구한테 선물 받은 거야."

"누구요? 호, 혹시 여자?"

서은영은 어딘지 모르게 불안해 보였다.

왜 이러나 싶었지만 지호는 손사래를 쳤다.

"그런 거면 내가 이렇게 솔로로 있겠니?"

"그럼요?"

"나한테 받은 거야."

"……?"

서은영이 무슨 말인가 고개를 갸웃거린다.

지호는 자신만 알아들을 수 있는 농담에 살짝 키득거리며 웃으면서 말했다.

"그보다 배 안 고파? 월식까지는 아직 시간이 있다며. 근처에서 밥이나 먹으면서 시간 때우자."

"예!"

서은영이 기세 좋게 고개를 끄덕였다.

덕분에 지호도 조금 남아 있었던 불안감을 잊어버렸다.

두 사람은 고깃집으로 이동했다.

"정말 이거면 돼? 옷에 냄새 많이 배일 텐데."

"고기도 많이 먹으면 비싸거든요? 그러니 많이 먹어야죠."

"하여간 고기면 사족을 못 쓰는구나."

"고기는 언제나 옳으니까요."

서은영은 싱글벙글 웃으면서 종업원이 갖다 준 메뉴판을 받아 입맛을 다셨다. 그녀는 삼겹살과 목살을 주문하고 지호를 빤히 쳐다봤다. 눈동자가 반짝반짝거린다.

"정말 오늘 다 사 주실 거예요?"

"나도 마침 배고프니까. 그리고 언제 너희들하고 밥 먹으면서 안 쓰던?"

"늘 선배가 썼죠. 선배로서의 위엄인지 뭔지 하면서 폼 잡으시다가 매번 말일만 되면 눈물 적신 빵만 드시지 않았어요? 그러면서 또 사 달라고 하면 뒤로는 피눈물 흘리고. 매번 똑같은 패턴이시던데."

"……너 나에 대해서 너무 잘 안다?"

"선배가 너무 단순하다고 생각하진 않죠?"

"잘 알면 이번에는 지갑 사정 좀 고려해 줄래?"

베에, 서은영은 혀를 배꼼 내밀었다.

"싫어요. 한 달 동안 못 얻어먹은 거 몰아서 다 얻어먹을 거예요! 어, 왔다!"

곧 종업원이 고기를 담은 접시를 갖고 오자, 그녀는 냉큼 받아 철판에다 굽기 시작했다.

"내가 구울까?"

"됐거든요. 선배는 구우면 다 태우잖아요."

지글지글, 고기가 노릇하게 구워진다.

가볍게 콧노래를 부르는 그녀를 보면서 지호는 자기도 모르게 피식 웃음이 나왔다.

고깃집에서 나오자, 서은영은 지호의 팔을 잡고 딴 곳으로 끌고 갔다. 손으로 맞은편에 있는 아이스크림 가게를 가리킨다.

"선배, 다음에는 저거 사 주세요!"

"고기 그렇게 먹고 또 사 달라고?"

지호는 어이가 없었다. 지호는 배가 불러서 고기를 더 안 먹는 데도 혼자서 삼겹살을 몇 인분 더 시켜서 먹더니, 입가심을 한다고 냉면을 시키고, 거기다 한국인은 밥심이라면서 밥에다 된장까지 시켜서 먹으며 또 밥을 한 공기 더 시켰다. 그것도 싹싹 비웠다. 바닥이 드러나도록.

계산서를 받았을 때는 식겁하는 줄 알았다. 삼겹살, 목살, 갈비, 대패살 순으로 돼지를 한 바퀴 쫙 돌더니 언제 시켰는지 아나고에 장어까지 추가되어 있었다.

그렇게 먹은 양을 계산해 보니 총 12인분. 이걸 둘이서 먹었다고? 이게 가능해?

다른 테이블과 주문이 합쳐진 게 아니냐며 재확인을 부탁했지만 시킨 게 맞았다.

'여자친구가 참 복스럽게 잘 먹네. 싹싹하고, 예쁘기도 하고. 참 행복하겠어. 총각.' 이라며 어깨를 두들긴 주인아주머니를 두고, 지호는 부정할 기운도 없이 '아, 네.' 하고 멍하니 고개를 끄덕였다.

'내 지갑……!'

두둑했던 지갑은 다이어트로 홀쭉해졌다.

그런데 거기다 간식까지 먹자고?

"헤헤헤. 사실 아까 전에 벨트를 살짝 풀었어요."

서은영은 살짝 부끄러워하면서도 손으로 배를 쓰다듬는다.

지호가 빤히 쳐다보자, 서은영은 부끄러워하면서 뒤로 주춤 물러섰다.

"왜 그렇게 쳐다보세요?"

"아니. 네가 원래 많이 먹는 건 알고 있었지만 이 정도일 줄은…… 그게 다 들어가?"

"그럼요! 여자의 위장은 밥 공간, 고기 공간, 반찬 공간,

아이스크림 공간, 간식 공간, 커피 공간이 다 따로 분리되어 있어요!"

"……."

설마 간식에 커피까지 추가되는 건 아니겠지?

설마가 사람 잡는다고, 언제나 우려는 현실이 된다.

아니, 더 크게 찾아온다.

"선배, 저거 먹고 싶어요!"

"이거 사 주세요!"

"저거 맛있어 보이지 않아요? 히히히."

서은영은 정말 오늘 지호의 지갑을 탈탈 털기로 작정을 한 모양인지, 둘이서 길을 지나갈 때마다 눈에 띄는 건 전부 사 달라고 졸라 댔다.

아이스크림을 세 개나 얹은 콘을 맛있게 먹더니, 다음에는 빵집에 들러 마카롱을 사 먹고, 나오는 길에 포장마차에 떡볶이와 순대를 팔자 또 그걸 먹었다. 거기다 맞은편에 계란과자를 파는 데가 있어 맛있게 우물거렸다.

지호도 같이 먹었다지만, 마카롱을 먹고 나서는 배가 더부룩해져서 양손 들고 포기했다.

서은영은 지금도 품에 붕어빵을 네 개나 담은 봉지를 한가득 안고서 따끈따끈한 붕어빵을 냠냠 먹어 댔다. 다른 손에는 아메리카노까지 하나 들고.

얼굴에는 미소가 한가득 퍼진다. 여자들은 먹는 것만으로도 행복을 느낀다더니 정말인가 보다.

"……."

"……?"

서은영은 지호가 자신을 빤히 쳐다보자 고개를 갸웃거린다. 그러다 우물거리던 걸 꿀꺽 삼켰다. 꼭 다람쥐 같아서 귀엽긴 했다.

'예쁘긴 예쁘지. 하는 짓도 귀엽고.'

아까까지는 걸신 들린 식충이 같았지만.

의리남이라면서 지호가 놀림을 받는 것과 다르게 서은영은 예쁘장한 미모로 자주 이슈가 된다. 160센티가 조금 안 되는 아담한 키. 뽀얀 피부와 귀여운 눈웃음이 매력적이라 벌써 팬카페까지 만들어졌을 정도다. 회원 수도 착실하게 늘고 있다고 들었다.

"왜 그러세요? 제 얼굴에 뭐라도 묻었어요?"

지호는 쓰게 웃으면서 말없이 서은영의 얼굴로 손을 뻗었다.

서은영이 흠칫 놀란다. 목을 뒤로 살짝 물리며 잔뜩 굳어 큰 눈동자를 끔뻑끔뻑 대는 모습이 귀여웠다. 지호는 엄지로 그녀의 입가를 훔쳐 주었다.

지호가 피식 웃는다.

"뭘 그렇게 놀라? 얼굴에 빵가루 묻었어. 거울 봐라. 예쁜 얼굴 망가진다."

"……."

"왜 그래? 갑자기? 얹혔어?"

지호는 아직 절반밖에 먹지 않은 붕어빵을 더 먹지 않으며 자신을 빤히 쳐다보는 서은영이 이상했다. 뺨도 살짝 붉은 것 같았다.

"제가…… 예뻐요?"

"예쁘지. 너무 많이 먹는 것만 빼면."

"히히."

서은영이 배시시 웃는다. 먹던 붕어빵을 마저 다 먹고 하나를 꺼내 지호에게 내밀었다.

"배 좀 꺼지셨죠? 하나 드실래요? 제가 특별히 가장 살이 통통하게 오른 놈으로 골랐어요."

"그거 내가 사 준 거거든?"

지호는 어이없어 하며 붕어빵을 받아 반으로 쪼개 머리 부분을 살짝 베어 물었다. 온기가 조금 가시긴 해도 맛있었다.

"선배는 그런 성격이구나. 확실히."

"뭘?"

"붕어빵을 처음 먹는 순서로 사람 성격을 알 수 있다고 하잖아요.”

“그거 유행 한참 지난 거 아니냐?”

“재미로 보는 거죠, 뭐.”

“그럼 내 성격은 어떤데?”

“붕어빵을 반으로 쪼개서 머리부터 먹는 사람은, 목표를 정하면 반드시 쟁취하는 성격. 대신에 남자일 경우엔 되게 까다로운 사람일 것. 대충 그럴 걸요?”

“앞에는 맞는데, 뒤는 아니네.”

“맞는 거 같은데요.”

“내가 뭐가 까다로워. 오늘 동네 호구짓 하고 다니는 거 보면 모르냐.”

서은영도 자신이 많이 먹었다는 자각은 있는지 키득거리며 히죽 웃었다.

“아뇨. 저한테는 까다로워요.”

“……?”

이건 또 무슨 말이래?

“자! 그럼 다음 데이트 장소는 어디서 뭘 먹을까요!”

결국 또 먹는 얘기냐!

지호는 어이가 없어 고개를 절레절레 흔들었다. 그러다 문득 한 단어가 걸렸다.

데이트?

'데이트…… 라고 하면 데이트긴 하네.'

서은영은 지호를 데리고 시내를 크게 한 바퀴 돌았다. 내내 먹기만 한 건 아니었다.

보세 샵에 들어가서 옷을 구경하고, 선글라스를 파는 노점상에서 서로에게 선글라스를 씌워 주면서 어울리는 걸 찾아보기도 했다.

마지막에는 오락실에 들렀다.

서은영은 대전 게임 앞에서 멈췄다.

"어? 철권이네? 새로운 시리즈 나왔네요."

"너 이거 잘해?"

"그냥 어렸을 때 오빠들이 하는 거 구경만 했어요. 한 판 해 보실래요?"

그러고 보니 서은영은 위로 오빠만 둘이 있다고 들었다. 지호가 음흉하게 웃는다.

"나 이거 잘하는데? 괜찮겠어?"

"그냥 재미로 하는 거죠, 뭐. 대신에 그냥 하면 재미없으니까 이기는 사람 소원 들어주기 어때요?"

"좋지!"

잠시 후.

WIN! 서은영은 만세를 외쳤다.

"와! 이겼다."

3전 3패. 완패다. 지호의 얼굴이 죽이 됐다.

"……너 구경만 했다며?"

"헤헤. 오빠들이 좀 잘하거든요. 그럼 소원으로 뭘 들어 달라고 할까?"

"안 돼. 거짓말 했으니까 이건 무효!"

"칫. 치사하게. 그럼 선배가 자신 있는 걸로 해요."

지호는 주변을 두리번거렸다. 저기 멀리 이제는 찾아보기 힘들지만 한때 많은 학생들을 강제로 다리 운동시킨 리듬 게임기가 보였다. 마침 자리도 딱 2개가 났다.

"콜?"

"콜!"

"후아! 이제 먹었던 게 전부 다 내려가는 것 같아요!"

서은영은 오락실을 나오면서 기분 좋게 기지개를 켰다. 밤바람이 땀으로 흠뻑 젖은 이마를 시원하게 해 줬다.

뒤를 따라 나오는 지호는 힘이 없었지만.

"제길. 또 졌어."

"에이! 남자가 고작 몇 번 진 거 갖고 그래요?"

"다섯 번이나 내리 졌거든. 그것도 고작 100점 차이로 세 번이나 졌어! 마지막에는 이길 수 있었는데! 으으윽!"

지호는 분통을 터뜨리며 방실방실 웃고 있는 서은영을

노려봤다.

"너 원래 이렇게 잘했냐?"

서은영은 골반에 손을 얹으며 뱃심에 힘을 줬다.

"이래 봬도 초등학생 때는 오락실 죽순이었답니다."

"나도 꽤 잘한다고 생각했는데."

"뭘요. 다음에 이기시면 되죠."

"……그래도 내기는 내기니까. 소원으로 뭘 할래?"

서은영은 잠시 고민했다.

"음. 생각 안 해 봤는데. 나중에 말하죠, 뭐! 대신에 다음에 또 와요, 우리."

'우리?'

지호는 자기도 모르게 움찔거린다. 데이트라는 말이 계속 남아서 그런가. 아까 전부터 뭔가 계속 서은영이 하는 말들이 불쑥불쑥 걸린다.

"어? 벌써 시간이 이렇게 됐네. 빨리 가요. 어서!"

서은영은 지호의 손을 잡고 어디론가 뛰기 시작했다.

지호는 이상하게 그녀의 부드러운 손길이 의식되었다.

'동생 같은 애한테 내가 무슨 생각을 하는 거냐.'

지호도 바보가 아닌 이상, 서은영이 자신에게 가진 감정이 호감, 그 이상이란 걸 알고 있었다.

사실 모를 수가 없었다.

친구인 하동률과 과격하게 주먹으로 장난을 치다가도 자신이 나타나면 얌전한 척 내숭을 떤다거나, 연습이나 공연이 끝나고 나면 가장 먼저 수건과 물통을 챙겨 주고, 이따금 멀리서 자신을 빤히 쳐다본다.

특히 노래를 그만둔다고 했을 때 자신 앞에서 눈물까지 보였다. 이래도 눈치를 못 챈다면 바보거나 천치, 둘 중에 하나일 것이다. 하지만 지호도 서은영도 여기에 대해 겉으로 말한 적이 한 번도 없었다.

처음 두 사람이 만나게 되었을 때, 지호는 첫사랑과의 실연으로 아주 괴로워했을 무렵이었다. 지호는 마음에다 벽을 쳤고, 서은영은 살짝 한 발자국 물러섰다.

그때 성립됐던 관계가 몇 년이 지난 지금까지도 계속 평행선을 달리고 있는 것이다.

언젠가 이 애매모호한 관계를 어떻게든 정리해야 한다는 건 알고 있지만, 지호는 아직도 정답을 내리지 못했다.

"여기예요."

지호의 생각이 이어질 무렵에 서은영이 안내한 곳은 시내 외곽에 위치한 공원이었다.

"사람이 많네?"

"다른 곳에 비해서 여기가 언덕이라 높잖아요. 게다가

오늘 여기서 무슨 행사 같은 게 있대요. 그래서 다들 여기서 월식을 구경하러 왔나 봐요."

"이래서 구경이나 제대로 할까 모르겠네. 차라리 딴 곳에 갈까?"

공원은 월식을 구경하려는 사람들로 북적거렸다. 대부분이 커플이고 드문드문 가족들이 나들이 겸 나온 것이 보였다. 다만, 곳곳에 배치된 가로등 불빛이 너무 밝아 월식 구경이 어렵지 않을까 싶었다.

"아뇨. 여기가 좋아요. 그리고 이거 받으세요."

서은영은 가방에서 뭔가를 꺼냈다. 예쁘게 포장된 상자였다.

"이게 뭐야?"

"선물이요."

"나 아직 생일도 멀었는데?"

"치. 꼭 생일이어야만 해요? 오늘 선배가 저한테 밥 사준 것도 따지자면 선물이죠."

"으흑흑. 네가 그래도 양심은 있구나. 오늘 네가 좀 많이 먹긴 했었지."

서은영은 우는 척 장난을 치는 지호의 어깨를 얄밉다는 듯이 한 번 치고는 상자를 내밀었다.

"뜯어 보세요."

지호는 뭘까 싶어서 두근거리는 마음으로 포장을 곱게 뜯었다. 예쁜 곰이 그려진 상자가 나타났다. 뚜껑을 열려고 손을 가져가는 그때,

"와아아아!"

"월식이다!"

사람들이 환호성을 질렀다.

지호와 서은영의 눈길도 저절로 하늘로 향했다.

구름 한 점 맑은 하늘.

다른 때보다 밝게 영롱히 빛나는 둥근 보름달이 태양의 그림자로 서서히 가려지기 시작한다. 날씨가 흐리거나 안개가 끼면 잘 못 볼 때도 있다던데, 지금은 너무나 선명하게 잘 보였다.

"우와아."

서은영이 눈을 반짝거리며 달을 쳐다본다.

지호가 그녀를 보면서 슬쩍 웃는 그때,

지이이이이이잉!

"윽."

갑자기 금고아가 미친 듯이 떨리기 시작했다. 마치 손가락이 이대로 떨어지는 게 아닐까 싶을 정도로 엄청 아프게 조여 온다.

아직 뚜껑도 열지 않아 손에 꼭 쥐고 있던 상자가 바닥에

떨어졌다.

"오, 오빠?"

"크으으으윽."

"오빠! 괜찮아요?"

지호는 너무 고통스러운 나머지 신음 소리를 흘렸다. 서은영이 걱정 가득한 얼굴로 달라붙으며 손가락을 살핀다.

하지만 지호의 눈은 손이 아닌 하늘로 향해 있었다.

때마침 월식이 거의 다 이뤄지면서 보름달이 모두 그림자 속에 잡아먹히고,

번쩍!

무언가가 서서히 눈을 뜨려고 한다.

"어, 어? 저게 뭐지?"

"월식 외에 다른 현상도 있다고 했었나?"

사람들도 그제야 월식이 보통 월식과는 다르다는 사실을 깨닫고 웅성거리기 시작한다.

위에서 아래로, 세로로 그어진 선을 따라 공간이 좌우로 갈라지며 그 속에 담긴 뱀의 눈을 닮은 눈동자가 서서히 드러난다.

'대체 어떻게……!'

분명 녀석은 손오공이 잡지 않았었나?

"나후는 잠깐 졸고 있을 뿐이야. 그러니 언젠가 다시 눈을 뜨게 될 거다. 다만, 한 번 호되게 당했으니 다음번에는 전혀 다른 방식으로 나타나려 하겠지."

손오공이 했던 말이 떠오른다.

전혀 다른 방식으로 깨어날 거라는 말. 그것이 설마 이런 것일 줄이야! 여태 저쪽 세상의 일이지 이쪽 세상과는 전혀 무관한 일이라고만 여기고 있었건만. 대체 어떻게?

지호의 여러 의문을 뒤로한 채,

스스스……!

푸른 눈동자가 활짝 열렸다. 좌우로 길게 쭉 찢어져 사람의 간담을 서늘하게 만드는 눈동자가 세상을, 공원을, 지호를 내려다봤다.

"나……후!"

그것은 나후의 오른쪽 눈동자였다.

13장

수렴동

월식은 원래 일기예보에서 예고했듯이 13분 동안 이뤄지다가 사라졌다. 지호를 가만히 쳐다보던 푸른 눈도 서서히 감기더니 어둠 속으로 사라졌다.

"하아…… 하아……."

지호는 목욕이라도 한 것처럼 식은땀에 푹 절어 거칠게 숨을 토했다. 내내 그를 괴롭혔던 금고아의 떨림도 거짓말처럼 멈췄다.

주변에 있던 사람들은 그에게서 널찍이 떨어져서 걱정과 우려 가득한 얼굴로 쳐다봤다. 저대로 쓰러지는 게 아닐까 하는 얼굴이다.

"오빠, 괜찮으세요? 일단 구급대를 불렀으니까……."

서은영이 떨리는 손길로 지호의 어깨를 짚으려 했다. 하지만 그 전에 지호가 고개를 번쩍 들었다.

"은영아, 미안한데 나 몸이 안 좋아서 먼저 가 볼게."

"예? 하지만 조금 있으면 구급대가 오니까 병원부터 가 보시는 게……!"

"아냐. 신경 쓰게 해서 미안해."

지호는 만류하는 서은영을 뿌리치고 공원을 벗어났다.

서은영은 멍하니 서서 그가 달려간 방향을 봐야만 했다. 발치에는 지호가 놓고 간 선물 상자가 여전히 뚜껑도 열리지 못한 채로 덩그러니 남아 있었다.

* * *

"젠장! 젠장! 도대체 어떻게 된 거야!"

지호는 도로 위를 뛰어다니면서 욕지거리를 내뱉었다.

나후가 현실에도 모습을 비치기 시작했다.

비록 저쪽 세상에서와는 다르게 나후가 직접 강림을 해서 소란을 피우기까지 한 것은 아니지만, 눈동자를 드러낸 것만 해도 소름 끼치는 일이었다.

무엇보다,

'나와 눈이 마주쳤어!'

저쪽 세상에서는 태양을 먹고 붉은 왼눈을 뜨며 손오공을 찾더니, 이쪽 세상에서는 달을 먹고 푸른 오른눈으로 지호를 응시했다.

마치 그를 놓치지 않겠다는 듯이.

분명 살기가 가득한 분노 어린 시선이었다.

손오공에게 당한 것에 대해 지호에게도 화를 내는 게 틀림없었다.

시선이 주어지는 내내, 금고아가 미친 듯이 떨리는 내내, 지호는 심장이 이대로 떨어지는 것이 아닌가 하는 공포를 느꼈다.

'저쪽에서 한 달 넘게 보낸 시간은 이쪽에서 고작 짧은 잠밖에 되지는 않았어. 그렇다면 이쪽에서 나후가 활개를 치기 전에 시간을 최대한 묶어 둬야 해.'

지호는 인적이 드문 골목길로 들어와 주변에 인기척이 없는 것을 확인하고 공력을 운용했다.

"대체 무슨 일이 벌어지고 있는지부터 확인해야겠어."

지이이이이이잉!

금고아가 다시 떨리기 시작한다. 나후가 나타났을 때와는 다른 기분 좋은 감촉이다. 지호는 그대로 금고아에다가 공력을 불어 넣었다.

화악!

다시 눈을 떴을 때, 지호를 맞은 것은 깜깜한 밤이 아닌 밝은 대낮 아래의 화과산이었다.

그런데…… 화과산이 뭔가 낯설었다.

"무, 뭐지?"

과일 나무가 빼곡하게 들어서 언제나 즐거운 과일향이 풍기던 산이 헐벗은 민둥산이 되어 버렸다.

곳곳에 폭탄이 터진 것 같이 시커먼 흔적이 남았고, 나무는 보기 흉측한 모습으로 꺾였으며, 바위들은 모조리 부서져 바닥에 자갈돌이 우수수 떨어져 있었다. 심지어 봉우리 중 몇 개는 날아가 산사태가 벌어진 흔적도 있다.

어디에도 손오공의 흔적은 보이지 않는다.

지호는 알 수 없는 불안감에 내공을 발휘해 산자락을 누비기 시작했다.

"오공! 오공!"

목에 잔뜩 힘을 주며 손오공을 찾아 헤매지만 어디에도 대답이 들리질 않는다.

역시 예상대로 현실에 나후가 나타난 건 이곳에서 무슨 일이 벌어졌기 때문이 틀림없었다.

지호는 화과산 곳곳에 남은 흔적들을 속속들이 확인했다. 손오공에게 단련된 덕분에 보는 눈이 생겨 이 사태의

원인을 알 수 있었다.

'싸움이 있었어!'

눈이 바쁘게 움직이며 곳곳을 훑는다.

흔적을 좇아 상황을 유추한다.

'숫자는 여섯…… 아니, 일곱. 아냐. 열! 열 명이 넘어. 최소 열둘. 많으면 열다섯. 그들이 손오공을 덮쳤어.'

세상에 손오공을 이 지경으로까지 내몰 수 있는 사람들이 있다니. 아무리 쪽수가 많다고 해도 믿기지 않는 현실에 잔뜩 긴장했다.

다행히 화과산에 남은 흔적들은 격전을 치른 지 제법 시간이 흐른 것들이었다. 어디에서도 기의 파장이 느껴지지 않았다.

아직 무공에 갓 입문한 정도밖에 안 되는 지호로서는 다행이라 할 수도 있지만, 반대로 보자면 큰일이었다.

대체 손오공이 어디에 있는지 모르는 것이니.

'그래도 나를 이곳으로 불렀다는 건 얼마 떨어지지 않은 곳에 있다는 뜻일 텐데?'

손오공은 분명 자신의 금고아와 지호의 금고아가 서로 공명을 하고 있다고 했다. 그래서 세상 어딜 가더라도 찾을 수 있을 거라고 했다.

생각을 정리한 지호는 눈을 감았다.

의식을 외부가 아닌 내부로 돌린다.

삼매(三昧).

모든 정신이 오로지 감각에 집중된다. 그리고 영역을 서서히 넓혀 나간다.

마치 제 삼의 눈으로 세상을 비추는 것처럼 어떤 형상이 심상에 그려지기 시작했다.

발밑으로 기어 다니는 개미, 풀잎에서 교미를 하다가 수컷을 잡아먹는 암컷 사마귀, 나무가 쓰러져 집을 잃고 울어대는 종달새, 나아가 바람에 데굴데굴 구르는 자갈과 모래, 그 너머 동굴 안에 사는 박쥐들의 지저귐까지.

무인은 반드시 언제나 감각이 최고조를 유지하고 있어야 한다는 손오공의 말에 따라 단련된 감각은 영역을 확장해 이쪽 산봉우리를 훑고, 다음 산봉우리로 향했다.

정상에서부터 천천히 내려오던 중에 절벽 끝에서 시원하게 쏟아지는 폭포수를 만난다.

그런데 폭포수 뒤편으로 나무가 무성하게 자라 있고, 또 이 뒤에는 자그마한 동굴이 있다.

뭔가 이상한 동굴이다.

'아무것도 없어.'

이런 격전이 벌어졌다면, 화과산에 거주하고 있는 동물들은 터전을 버리고 떠나거나 외부에 노출되지 않는 환경을 찾아 숨는다.

당연히 이런 동굴은 곰이나 늑대, 여우 따위에게 아주 그윽한 보금자리가 된다.

그런데도 아무것도 없다는 건 뭔가 이상하다.

지호는 화과산 전역에 걸쳐 뿌렸던 감각을 한데로 모았다. 의식을 집중시키면서 아주 천천히 동굴 안으로 파고들어갔다. 마치 보물을 찾으러 탐험하는 사람처럼 조심스럽게.

동굴은 아주 깊었다.

안으로 들어가면 들어갈수록 동굴은 끝을 보이기는커녕 오히려 넓어진다.

그러다 모퉁이를 돌면 다른 길이 나타나고, 길을 따라 이어지다 보면 또 다른 길이 나타난다. 수많은 통로가 서로 거미줄처럼 얽혀 있다.

'개미굴 같아.'

초등학생 때 개미집 실험이라면서 여왕개미를 잡아 와 모래와 흙을 잔뜩 담은 수조에 키운 적이 있었다. 몇 달을 두니 여왕개미가 낳은 개미들이 미로 같이 복잡한 개미집을 만들었다.

이 동굴이 딱 그랬다.

통로는 여러 개의 통로로 나뉘고, 나뉜 통로들도 또다시 여러 개의 통로로 나뉜다. 그런데 이 통로들 중에 서로 이어지는 경우도 있다. 수십 수백 갈래의 통로들이 서로 얽혀 있는 것이다.

뭔가 이상하다는 생각이 들었다.

과연 이런 곳이 있을 수 있을까? 인위적으로 만들지 않고서야 절대 자연적으로 발생할 수 없을 거란 생각에 가장 깊은 심층부로 들어간다.

바로 그 순간, 어둠 속에서 무언가가 고개를 들었다.

"……!"

지호는 자기도 모르게 헛바람을 들이키면서 번쩍 눈을 떴다. 동굴에 집중하고 있던 의식과 감정은 산산조각 나 흩어진다.

대신에 엄청난 공포감이 전신을 엄습했다.

"대체…… 뭐지?"

지호는 몸을 덜덜 떨었다.

갑자기 어둠 속에서 드러난 적갈색 눈동자. 마치 맹수처럼 희번덕거리는 살기는 엄청난 거리가 있는데도 불구하고 송곳처럼 지호의 영혼을 단숨에 찔렀다.

가까이 가고 싶지 않다.

두렵다.

그런 생각이 머릿속을 가득 물들인다.

나후 때와는 다르다. 나후는 감히 범접할 수 없는 어떤 하늘을 떠올리게 한다면, 이것은 마치 상대하기 힘든 흉포한 맹수를 눈앞에 둔 느낌이다.

지호는 이를 악물고 자리에서 일어났다.

그래도 유일하게 잡은 흔적이다.

어쩌면 손오공을 급습한 놈들 중에 한 명일지도 모른다는 생각에 이를 악물고 움직였다.

쾅!

그의 다짐을 증명이라도 하듯, 그가 디딘 자리엔 짙은 발자국이 남았다.

'여기야.'

지호는 감각을 비춰 발견했던 폭포 앞에 섰다.

쏴아아!

기분 좋게 쏟아지는 폭포수. 물은 바닥이 훤히 드러날 정도로 에메랄드빛으로 반짝거리고, 우거진 나무는 햇볕에 부딪쳐 곱게 빻은 보석 가루를 뿌린 것처럼 아름답다.

이곳만큼은 격전의 참화가 빗겨 나갔는지 아름다운 광경 그대로 남아 있다.

"이런 곳이 있었나?"

한 달 특훈 때 손오공의 분신들을 피해 달아나느라 화과산 곳곳을 누빈 까닭에, 화과산의 지형은 당장 눈을 감아도 바로 떠올릴 수 있을 만큼 훤히 꿰고 있다.

그런데도 이런 장소는 처음 본다. 만약 손오공을 찾기 위해 감각을 집중하지 않았더라면 절대 찾지 못했을 것이다.

폭포수 근처에 세워진 비석은 세월의 흔적에 따라 심하게 마모됐지만 글자를 못 읽을 정도는 아니었다.

수렴동(水簾洞).

"수……렴동? 수렴동이라고? 여기가?"

서유기에서는 손오공이 수보리조사로부터 일흔두 가지의 선술을 배우고 다시 화과산으로 돌아와 수렴동에서 남은 수련을 완성했다고 한다.

또한, 명성을 떨쳐 우마왕을 비롯한 여섯 마왕들과 의형제를 맺은 곳도 바로 수렴동이라고 했던가.

어떻게 보면 서유기가 시작되는 발판이라고 할 수도 있는 장소.

'이런 곳에 누가 있단 말이지?'

지호는 긴장된 기색으로 침을 꼴깍 삼키면서 폭포수가 만들어 낸 호수에 발을 담갔다. 능숙하게 헤엄을 쳐 폭포를 지나, 우거진 나무를 헤치고, 동굴 앞에 도착했다.

쏴아아아아아!

순간, 동굴 입구에서 엄청난 열풍이 불어닥쳤다. 먼지를 휩쓸고 폭포수까지 흔들어 놓은 강풍과 함께 엄청난 압력이 지호의 어깨를 짓눌렀다.

지호는 이를 악물었다.

'역시 뭔가가 있어!'

수렴동 안쪽에 있는 누군가가 외치고 있었다.

물러나라!

이곳은 내가 쉬는 터전이니 어느 누구의 침입도 허락하지 않겠노라!

이대로 폐부가 짓눌리고 심장이 쪼그라드는 게 아닌가 싶을 정도로 엄청난 압박이다. 이대로 있으면 몸이 뭉개질 것 같다.

지호는 이를 악물고 내공의 성질을 다시 변환시켜 금강포를 발현했다.

몸이 조금씩 딱딱해진다. 위에서부터 찍어 누르듯이 내려오던 기운들이 조금씩 밀려난다.

지호는 이를 악물고 조금씩 걸음을 옮겼다. 눈에 핏대가 잔뜩 선다. 실핏줄이 터지면서 붉게 충혈된다.

여전히 수렴동 안에 있는 괴인은 이곳으로 오지 말라면서 압박을 쏟아 내지만, 지호는 무시로 일관하면서 한 걸음씩 옮긴다. 더 거세지는 압박도 무시해 버린다.

소용이 없자, 녀석은 방법을 달리 했다.

더 이상 누르지 않고 족쇄처럼 발을 묶어 간다. 마치 뱀이 먹이를 잡기 위해 기다란 몸으로 칭칭 감는 것처럼 지호를 질식시키려 다가온다.

"네가 뭘 하는 놈인지는 모르겠다만, 내가 물을 게 좀 많아서 말이지."

의지에 따라 내공이 더 거칠게 일어난다.

그 순간, 지호의 두 눈가 위로 금빛 광망이 어렸다.

번쩍!

화안금정이 발현되면서 내공이 순식간에 밖으로 방출된다. 그러자 지호를 계속 압박하던 기가 모두 거짓말처럼 싹 흩어졌다.

천천히 수렴동 안쪽으로 들어선다.

안쪽에서부터 쌀쌀한 바람이 까끌까끌한 동굴 벽면을 타고 흘러온다. 분명 아까 전에 불어닥쳤던 열풍과는 전혀 다른 온도다.

수렴동 내부는 감각으로 비췄던 것과 조금 느낌이 달랐다.

곳곳에 남은 흔적들.

칼로 찢고, 베면서 남긴 상처들이 곳곳에 가득하다. 주먹으로 부딪치고, 때렸던 흔적도 보인다. 그뿐만이 아니다. 할퀴고, 날리고, 잘라 낸 것도 있다.

비록 빛 한 점 들어오지 않아 잘 보이진 않지만, 화안금정으로 어느 때보다 밝게 빛나는 두 눈은 내부를 오롯이 받아들였다.

'아아.'

지호는 걷는 내내 황홀경을 맞았다. 계속 감탄을 흘려 대기에 바쁘다.

여기에 있는 흔적들은 전부 손오공이 소싯적에 한창 수련을 쌓을 때에 남긴 것들이다.

그가 약자였을 때부터 고수가 되기까지, 수련을 쌓으면서 차근차근히 계단을 밟듯이 경지를 오르면서 남겼던 모든 일련의 과정들이 남았다.

오행공을 전수받은 지호이기에, 손오공과 같은 영혼을 공유한 지호이기에, 이 모든 과정들은 속속들이 눈에 박히고 뇌리에 새겨져 육신에 사르르 녹아내린다.

뜻하지 않은 기연이었다.

아주 짧은 시간 사이, 지호는 뜻하지도 않게 경지를 몇 단계나 뛰어넘었다. 한창 황홀에 젖었다가 정신을 차렸을 쯤엔 목적지 앞에 도착해 있었다.

지호는 수렴동에 들어서기 전과 확연히 다른 존재가 되었다.

애초 반도로 쌓은 내공의 양은 차이가 없었지만, 질적 차이가 컸다. 여리던 영혼도 보다 단단해지고, 오행공의 성취도 부쩍 늘어났다.

탁!

지호는 어둠 속에 숨은 무언가를 응시했다.

순간, 지호를 똑바로 응시했던 적갈색 눈동자 하나가 어둠 속에서 피어났다. 마치 도마뱀처럼 좌우로 길게 쭉 찢어진 그 눈은 섬뜩한 살기를 흘린다.

"용기가 가상한 것인가, 아니면 주제를 모르고 만용을 부리는 것인가? 그도 아니면 죽음을 자초하는 것인가?"

쿠르르!

적갈색 눈동자가 하나 더 피어나면서 수렴동 전체가 폭삭 무너져 내릴 것처럼 우르르 떨렸다. 천장에서부터 모래와 돌멩이가 쏟아졌다.

그리고 드러나는 모습.

적갈색 눈동자의 주인은 족히 2미터는 돼 보일 정도로 엄청난 체구를 자랑했다. 눈동자만큼이나 타오르는 듯한 적발이 치렁거린다.

녀석은 자신의 체구보다도 더 큰 무지막지한 칼을 바닥에 꽂아 지팡이 삼아 일어났다.

순간, 지호가 수렴동 입구에서 맞았던 엄청난 열풍이 불어닥쳤다.

콰아아아아아!

엄청난 존재감이 물씬 풍긴다. 이곳으로 오는 동안 적지 않은 성취를 이룬 지호라고 해도 섣불리 다가설 수 없는 패기가 느껴진다.

강자다.

도왕? 흑왕? 헛소리 마라. 강호에서 제일 강하다던 그들조차도 이자 앞에서는 하룻강아지에 불과하다.

'사타왕 급. 그보다 약할지 몰라도 엇비슷해.'

예전이었으면 잔뜩 주눅이 들었으리라. 하지만 잠시간의 기연이 가져다준 용기 때문인지 그 정도는 아니다.

그러다 문득 지호는 고르지 못한 호흡 소리를 느꼈다.

"하아…… 하아……."

녀석은 숨을 헐떡이고 있었다. 이렇게 존재감을 과시하는 것만 해도 상당히 힘이 든 상태다.

'이자, 손오공과 싸웠어.'

화과산을 쑥대밭으로 만든 열댓 명의 원흉 중 한 사람이 분명하다.

오행공을 일으켜 열풍을 흘린다.

지호는 화안금정을 어느 때보다 밝게 비추며 물었다.

"오공은, 어디에 있지?"

그런데 녀석의 반응이 조금 이상하다.

갑자기 인상을 살짝 찡그리더니 슬쩍 입꼬리를 말아 올린다. 영락없는 비웃음이다.

"네놈, 손오공이 보낸 게 아니로군."

"……."

순간, 지호는 아차 싶었다.

'실수했어!'

단순히 손오공을 찾을 생각으로 물었던 것인데, 그것이 이쪽의 처지를 밝힌 셈이다. 싸움에 있어 적에게 상황을 노출시키는 것만큼 멍청한 짓도 없다.

"손오공 녀석이 나를 처치하기 위해서 밑에 수하를 보낸 것이라 여겼다만. 그런 것이 아니라면……."

쿠쿠쿠!

녀석이 칼을 높이 들었다. 보는 것만으로도 엄청난 위압감이 느껴지는 칼이다. 무게도 엄청날 것 같은데 녀석은 단순히 한 손으로 높이 든다.

날을 따라 출렁이는 불그스름한 빛깔이 두려움을 안긴다.

"그냥 베어 버리면 그만이지."

녀석은 그대로 칼을 아래로 내리찍었다.

쾅!

지반이 파인다. 칼에 의해 일어난 열풍이 대기를 그대로 떠밀어 내면서 매서운 칼바람이 벼락처럼 지호가 있는 장소를 때렸다.

"흡!"

지호는 본능적으로 헛바람을 들이키면서 훌쩍 높이 뛰었다. 아슬아슬하게 뜬 자리에는 시커먼 그을음과 함께 돌조각이 위로 튀었다.

쉬쉬쉭!

녀석은 기다렸다는 듯이 칼을 마구잡이로 휘둘렀다. 하나하나씩 궤적이 그려질 때마다 열풍이 눈에 띌 정도로 확연한 초승달 모양을 가지고서 뿌려진다.

마치 어마어마한 높이의 해일이 밀려닥치는 것 같다.

아니다.

이것은 검으로 된 감옥이다. 혹은 열풍으로 이뤄진 거미줄이다.

복잡하게 얽히고설켜 있는 붉은 열풍 사이에 가둬서 분신(焚身)을 시키거나, 토막을 내 버리려고 한다.

지호는 유수행을 전개해 최대한 물의 기운을 두르고 뛰어다녔다. 높이 도약한 채로 허공에서 재주넘기를 해 아슬아슬하게 피한다. 팔꿈치와 발끝에 열풍이 스쳐 지나갔다.

열풍이 토해 내던 날카로운 예기 때문에 아주 작게나마 상처가 났다. 하지만 피가 흐를 새도 없이 열기 때문에 증발해 버리고, 심지어 화상 자국까지 남았다.

'이래선 안 돼……!'

타닥!

가볍게 착지를 하자마자 다시 열풍이 불어닥친다. 지호는 숨을 돌릴 틈도 없이 몸을 돌렸다. 역시나 옷깃이 찢겨나면서 피가 흐른다.

그리고 다시 이어지는 열풍 세례.

콰콰콰!

벽면을 가르고 지반을 부서트린다. 돌가루가 우수수 떨어지면서 파편이 튄다.

지호는 앞구르기를 하면서 피하고, 자리를 박차 허공으로 높이뛰기를 하면서 다시 피하며, 천장을 짚으면서 몸을 틀어 또 피했다.

계속 피하고 또 피한다.

쉴 새 없이 쏟아지는 열풍은 그야말로 무지막지하다.

이대로 수렴동을 무너뜨리려는 게 아닐까 싶을 정도로 열풍을 뿌리는 데 전혀 손속에 사정을 두지 않는다.

덕분에 자잘한 돌가루나 돌멩이뿐만 아니라, 위험하다 싶을 정도로 큰 바위도 천장에서 떨어졌다.

공간이라도 넓으면 피하는 데 전혀 무리가 없을 것이나, 수렴동의 공간은 그렇게 넓지도 않다.

반면에 녀석은 별다른 미동도 없다.

그저 제자리에 우뚝 서서 칼을 휘둘러 대기만 한다. 저렇게 무지막지하게 큰 칼을 한 손으로 드는 것도 대단한 일이지만, 마구잡이로 휘둘러 대면서도 지호를 서서히 궁지로 몰아넣는 실력도 대단하다.

벽.

지호는 녀석과 자신 사이의 엄청난 괴리를 절실히 체감했다.

녀석이 손오공과의 대결 때에 입은 상처가 아직 다 낫지 않았다는 게 그나마 다행이었다. 만약 거동이 자유로웠다면? 생각하기도 싫다.

대체 이 위기를 벗어나려면 어떻게 해야 할까?

손오공이 옆에 있었더라면. 어떻게든 방법을 찾을 수 있도록 해 줬을 텐데.

그의 부재가 아쉽다.

'아냐. 손오공은 있어. 여기에.'

지호는 고개를 들었다. 천장, 벽면, 지반. 어딜 둘러봐도 전부 손오공이 있다.

손오공이 자라면서 남긴 흔적들이 있다.

비록 녀석이 퍼부은 칼바람과 열풍 때문에 많은 흔적들이 사라졌다지만, 화안금정으로는 곳곳에 남은 자국들이 너무나 잘 들어온다.

해답지가 바로 여기에 있다.

가까이에 있는 것을 두고 왜 여태 고민을 했던 건지. 이미 이곳으로 오면서 무수히 많은 답안지를 보면서도 생각이 미치지 못했다.

하지만 단순히 해답지를 보는 것만으로는 안 된다.

그것을 온전히 이해하고, 습득하고, 저장해야 한다.

체화(體化).

몸에다 고스란히 녹여서, 완전한 내 것으로 삼아야만 한다. 손오공의 것이 아닌, 나의 것으로 만들어야 한다.

'해 본다!'

번쩍!

화안금정이 더 요요하게 빛났다. 흔적을 좇고, 자국을 좇고, 과거를 좇는다. 손오공, 그 자체를 받아들인다.

보다 움직임이 자유로워진다. 조금씩이나마 열풍에 그을리고 예기에 상처를 입었지만, 이제는 더 이상 그런 것도 없어진다.

마치 공격이 어디로 흘러 들어올 줄 알고 있다는 듯, 지호는 아주 부드럽게 공격을 피해 나갔다.

영혼에 새겨진 기억을…… 이 육체에다 새겨 넣는다.

결국 이런 변화는 적의 분노를 샀다.

"쥐새끼 같은 놈. 그래. 어디 이것까지 피할 수 있나 보자!"

별것 아닐 거라 여겼던 지호를 쉽게 잡지 못해 화가 단단히 난 나머지 내공을 몽땅 칼에 싣는다.

치이—익!

칼이 용광로 안에다 집어넣었다가 뺀 것처럼 시뻘겋게 달아오른다. 대기가 지글지글 끓으면서 눈에 확연히 티 날 정도로 수증기가 높이 일었다.

"크음!"

짧게나마 신음 소리를 흘린다. 녀석은 이를 악물면서 칼을 안쪽으로 돌렸다. 기류가 엄청난 속도로 칼날에 집약된다. 수증기가 안개처럼 확 퍼진다.

엄청난 패기가 뿌려진다.

그리고 그때,

'지금!'

지호는 유수행을 금강포로 전환, 발끝으로 내공을 급격하게 잡아당기면서 땅을 거세게 밟았다.

쾅!

지반에 발자국이 진하게 남으면서 돌조각이 튀고,

쐐애애애애—액!

지호는 마치 시위를 떠난 화살처럼 엄청난 속도로 녀석에게 달려들었다.

때마침 녀석 역시 뒤틀면서 칼을 횡대로 그었다.

콰콰콰콰!

땅거죽이 뒤집어지면서 엄청난 모래 안개를 동반한 열풍이 일어난다. 이대로 수렴동이 무너질 것처럼 크게 떨린다.

지호가 피할 구석 따윈 없다.

부딪쳐서 깨든가, 아니면 죽든가.

두 개의 선택지 중에서 지호는 정면 돌파를 선택했다.

손오공이라면 그렇게 했을 것이다.

가속도에 힘을 싣고, 어깨를 곧추세워 모든 힘을 어깨에 실으면서, 오행공의 기운을 한데 혼합시킨다.

휘리릭!

지호의 몸뚱이를 따라서 다섯 가지의 빛이 올라와 한데 뭉치더니 우윳빛 안개가 스멀스멀 피어오른다.

근두운이다.

오행공이 처음으로 한데 뭉치기 시작한다. 아직 완성되지 못해 고작 안개의 형상을 띠는 정도였지만, 탄탄하기는 마치 갑주와 같아 흩어지지 않고 열풍에 작렬했다.

콰아아아아아아아앙!

그 순간, 강한 충격파가 열풍을 때리고, 이어진 가속도가 균열을 일으키며, 단전에서 폭발하듯이 솟구친 반도의 기운이 열풍을 완전히 부숴 버렸다.

동시에 지호는 녀석과 맞닥뜨렸다.

"흡!"

당연히 지호가 열풍에 녹아내려 사라질 거라 여겼던 녀석은 갑작스러운 지호의 등장에 헛바람을 들이키면서 횡대로 돌렸던 칼날 방향을 대각선으로 꺾으려 했다.

하지만 방금 전 일격에 무지막지한 힘이 실린 터라, 관성의 법칙에 따라 녀석의 몸은 이미 크게 뒤틀린 상태. 칼에 실린 막중한 과부하를 이기기엔 손오공에게 입은 중상의 여파가 너무 컸다.

결국 지호의 주먹이 녀석의 옆구리에 작렬한다.

콰쾅!

"컥!"

경기(勁氣)가 단숨에 회오리를 치면서 녀석의 체내로 스며들었다. 금강포가 가미된 경기는 뾰족한 가시를 잔뜩 세우면서 혈관을 타고 흘렀다.

경기를 이용한 내가중수법이다. 체내에 오행공의 기운을 가미한 내공을 실어 적에게 내상을 입히는 기술.

겉으로 봤을 때, 녀석의 외상은 거의 다 나은 듯하지만 내상은 치유가 덜 끝난 듯했다. 제대로 걷지도 못하니 손오공과의 격전이 미친 상처가 아주 클 거란 판단 하에서 내린 결정이었다.

아니나 다를까, 지호의 결정은 아주 탁월했다.

녀석은 피를 토하면서 두 발자국 주춤 물러섰다. 충격파도 충격파지만, 경기가 아직 덜 나은 혈관을 뒤집으면서 겨우 봉합되어 가던 상처가 벌어지고 만 것이다.

지호는 거기서 그치지 않고, 몸을 반대로 돌리면서 돌려차기로 녀석의 턱을 후려쳤다. 금강포에서 화염륜으로 전환하니 다리에 화염이 이글거리면서 대기가 끓었다.

퍼벅!

두개골이 띵 하고 울린다. 녀석은 세상이 뒤집어지는 것 같은 착각과 함께 정신을 차릴 새도 없이 비틀거렸다. 반고리관이 흔들리면서 헛구역질이 났다.

이어서 지호는 신목령으로 전환, 빳빳해진 팔을 접어 팔꿈치로 녀석의 명치를 찍었다.

콰아—앙!

늑골이 그대로 움푹 함몰되면서 부서진다. 이대로 지호의 팔꿈치가 녀석의 척추를 부수고 등가죽마저 뚫고 나오는 게 아닐까 싶을 정도로 깊다.

명치에 가까이 있던 폐부도 오그라든다. 현기증에 이어 숨까지 못 쉬게 되자, 녀석은 정신을 차리지 못하고 입가로 침을 질질 흘렸다.

그래도 그는 손오공과도 격전을 이뤘던 자. 이대로 지지 않겠다는 것을 보여 주려는 듯, 두 눈이 시뻘겋게 달아오르면서 칼을 위에서 아래로 내리찍었다.

지호의 머리통쯤은 수박처럼 쉽게 으깰 정도로 엄청난 위력이다.

하지만 녀석의 공격은 너무 단순했다.

유수행으로 전환, 몸을 부드럽게 이완시키면서 오른발로 호선을 그려 옆으로 돌아선다.

쾅!

잔상이 남은 자리로 칼날이 허무하게 작렬하고,

퍼퍼펑!

지호는 녀석이 또다시 만들어 낸 빈틈을 향해 왼쪽 무릎을 차 올려 반대쪽 옆구리를 찍었다.

총 네 번을 잇달아 쏟아진 연타(連打).

지호는 정말 젖 먹던 힘을 다해 폭풍처럼 휘몰아쳤다. 손오공의 분신들을 상대했을 때보다도 더 독한 마음으로 이를 악물었다.

전부 손오공이 남긴 흔적들을 좇아 이룬 결과물이다.

"크어어……."

드디어 녀석의 입가뿐만 아니라 눈, 코, 귀 등 칠공으로 피가 쉴 새 없이 질질 흘러내렸다. 명치에 이어 양쪽 옆구리까지 전부 당한 나머지 이미 혈관과 경락이 모두 찢기거나 뒤집어졌다. 피가 역류를 시작했다.

지호는 이 호기를 놓치지 않기 위해 다섯 손가락을 모두 접고 장저(掌底) 부분으로 복부를 세게 후려쳤다. 샛노란 뇌전을 일으키며 뇌벽세가 작렬한다.

파지지지지지직!

뇌전이 단숨에 녀석의 몸뚱이 전체로 흘러 퍼진다. 어두운 동굴에 해가 깔린 게 아닐까 싶을 정도로 아주 오랫동안 뇌기가 튀며 어두움을 몰아냈다.

지호는 이 기회가 아니면 녀석을 쓰러뜨릴 수 없을 것 같다는 생각에 단전에 있는 모든 내공을 쏟아부었다.

결국 한참 시간이 지난 후,

쿠웅!

이대로 수렴동이 무너지는 게 아닐까 싶을 정도로 큰 소리와 함께, 녀석은 살갗이 까맣게 익은 채로 뒤로 넘어갔다.

"헉, 헉, 헉……!"

지호는 녀석이 다시 일어날지도 모른다는 생각에 거칠게 숨을 몰아쉬면서도 끝까지 시선을 놓지 않았다. 화안금정은 다른 어느 때보다 요요하게 빛났다.

탄내가 진동한다. 그을음이 새카맣게 수렴동을 채운다.

적막이 깔린 고요함 속에서 지호의 거친 숨소리만 울릴 뿐, 녀석은 미동도 하지 않았다.

"죽…… 었나?"

몇 분이 더 지난 후에야 지호는 안도에 찬 한숨을 낼 수 있었다.

정말이지 긴박했다. 이대로 손오공도 만나지 못하고 죽는 게 아닐까 싶었을 정도로. 그래도 한 번 잡았던 호기를 끝까지 물고 놓지 않았던 것이 유효했다.

만약 녀석이 조금이라도 움직일 수 있었더라면. 손오공의 수련 흔적을 보지 못했더라면. 깨달음이 없었더라면. 기회를 놓쳤더라면.

그랬다면, 상상만 해도 등골이 오싹하다.

"그런데 도대체 오공은 어디에 있는 거지?"

단전이 텅 비어 버린 탓에 심력도 체력도 모두 바닥난 기분이다.

그래도 지호는 혹시 수렴동 안쪽이라면 손오공에 대한 단서를 뭐라도 발견할 수 있지 않을까라는 생각에서 죽은 녀석의 시체를 지나 억지로 걸음을 옮겼다.

아니, 옮기려고 했다. 갑자기 등골이 싸늘해졌다.

'아직 살아 있었어?'

지호가 화들짝 놀라 몸을 반대로 돌려 칼을 내려치는 녀석에 맞대응하려 했다. 하지만 이미 단전이 메말라 미처 반격할 힘이 없었다.

"죽…… 어…… 라……!"

"흡!"

한창 승세에 내몰렸을 때 확인 사살까지 끝냈어야 했는데! 잠깐 한 눈을 판 사이에 보여 준 빈틈이 목숨을 위협한 꼴이 되어 버렸다.

지호는 억지로 단전을 쥐어짜려 했지만, 너무 놀란 나머지 몸이 잔뜩 경직되었다.

쐐애애애애애액!

커다란 칼이 지호의 목을 잘라 버릴 것처럼 단숨에 날아든 그 순간,

퍽!

갑자기 녀석의 머리통이 수박처럼 으깨지더니 몸뚱이가 지호 위로 쏟아졌다.

얼떨결에 뇌수와 살점을 고스란히 뒤집어쓴 지호는 전혀 생각지도 못한 끔찍한 광경에 몸을 떨었다. 사람의 머리가 부서지는 것은 처음 보았다.

"사람을 시커멓게 태울 땐 언제고, 머리통 부서지는 건 무섭냐? 하! 역시 이 새끼, 참 골 때리는 놈일세?"

쓰러진 시신 위로 손오공이 빈정거리면서 나타났다.

손오공을 발견한 순간, 덜덜 떨리던 것이 거짓말처럼 멈춘다. 안도감이 들면서 지호의 눈가에 눈물이 핑 하고 돌았다.

"오공!"

지호는 자기도 모르게 손오공에게 와락 안겼다.

"이 녀석이 갑자기 왜 이래? 야! 저리 가! 난 남자 안는 취미 따윈 없다고!"

손오공은 정말 질색하는 얼굴로 지호를 강제로 떼어 내려고 했다. 하지만 손오공이 심어 놓은 악바리 정신이 여기서도 빛을 발한 나머지 도무지 떨어지지 않았다.

결국 손오공은 지호를 발로 뻥 하고 걷어찼다.

데구루루.

지호는 땅바닥 위를 한참 구르다가 벌떡 일어나 소리쳤다.

"이게 무슨 짓이에요!"

"너야말로 이게 무슨 짓이냐? 너 혹시…… 남자를 좋아한다거나 하는 건 아니지?"

손오공은 주춤 물러서면서 양팔로 몸을 감쌌다. 두 눈은 처음으로 두려움이 가득하다.

지호는 발끈했다.

"그런 거 아니거든요?"

"아냐. 그냥 그런 거라면 속 탁 터놓고 말해라. 난 너이기도 하니까. 이해는 해 주마. 성적인 취향을 두고 편견을 가질 정도로 꽉 막힌 사람은 아니다. 대신에 옆에 못 있게 다시 남섬부주로 쫓아 버리겠지만."

"진짜 그런 거 아니라니까요! 반가워서 그랬습니다! 반가워서!"

"정말이냐?"

"저쪽 세상에서는 나후가 나타났지, 다급해서 이쪽으로 오니 오공은 온데간데없고 저놈만 있잖아요! 사타왕 같이 생긴 놈이 칼 들고 설치는 통에 정신이나 차리겠어요?"

순간, 손오공이 화들짝 놀란다.

"뭐? 나후가 그쪽에 나타나?"

"예. 그래서 바로 이쪽으로 넘어 온 거라고요. 도대체 그동안 무슨 일이 벌어진 거예요?"

하지만 손오공은 지호의 물음에는 대답하지 않고 자신의 질문만 던져 댔다.

"뭐 어떻게 나타났다는 거냐? 자세히 얘기해 봐."

"월식이 있었어요."

"월식?"

손오공이 인상을 잔뜩 찡그린다.

"그럼 최소한 힘은 다시 돌아오기 시작했다는 건데. 하! 이쪽에서는 암만 뒤져도 코빼기도 찾을 수 없더니 그쪽으로 간 거였어? 설마…… 그걸 노리는 건가? 하지만 어떻게? 놈들은 알 방법이 없을 텐데?"

손오공은 뭔가를 잔뜩 고민하는 얼굴이었다.

그의 속내를 알 수 없는 지호로서는 답답해서 미칠 지경이었다.

"도대체 어떻게 된 거냐니까요? 이야기나 좀 해 주세요!"

"우선 자리부터 옮기자. 저런 걸 옆에 두고 반 년 만에 해후의 잔을 나누기엔 좀 그렇지?"

반 년? 6개월이나 지났다고?

하지만 손오공은 별것 아니라고 여기는지 아무렇지 않게 허공에다 손을 가볍게 뿌렸다. 불꽃이 시신 위로 튀었다.

화르륵!

불길이 단숨에 시신을 집어삼키더니 곧 새카만 재로 만들었다. 살점, 뇌수, 핏물이 모두 싹 사라진다. 큼지막한 칼만이 덩그러니 남아 이름 모를 침입자의 흔적이 있었음을 말해 준다.

손오공은 한 손으로 칼을 집어 들더니 씩 웃었다.

"따라와라."

"어디로 가시게요?"

"나 대신에 수고를 했으니 포상으로 아주 재미난 곳을 보여 주지."

* * *

손오공은 수렴동의 깊은 곳으로 걸었다. 뒤에서 가만히 따르던 지호는 고개를 갸웃거렸다.

'안쪽에 뭐가 있나?'

손오공은 잔뜩 헤매던 지호와 다르게 걷는데 아무런 망설임이 없다. 길이 갈라지고 방향이 이상해진다 싶어도 전혀 신경 쓰지 않는다.

'어? 오공의 다리가……?'

지호는 뒤늦게 손오공의 상태가 뭔가 다르다는 것을 눈치챘다. 평소 원숭이처럼 촐싹촐싹 뛰어다니더니 지금은 얼음 위를 미끄러지듯이 부드럽다.

분명 상체는 뚜렷한데 하체로 갈수록 안개에 가려져 있는 것처럼 흐릿하다. 그러고 보니 걸음을 옮기면 당연히 어깨가 위아래로 떨려야 하는데 그런 것도 없다. 등 뒤로 거머쥔 침입자의 칼도 일말의 미동 없이 그대로다.

마치 그냥 떠다니는 것 같은 모양새.

지호는 조심스럽게 손오공을 불렀다.

"저기, 오공."

"다 왔으니까 채근하지 말고 조금만 더 기다려."

"그게 아니라, 다리가……."

"응? 뭐야? 이제 눈치챘냐? 하! 이 새끼, 진짜 이상한 놈이네? 다른 건 귀신같으면서 이런 건 여태 모르고 있었어?

난 말이 없기에 그냥 넘기는 건 줄 알았더만."

손오공은 고개를 뒤로 살짝 돌리더니 씩 웃었다.

"왜? 무섭냐?"

"아무래도 좀……."

빛 한 점 들어오지 않는 동굴이다. 화안금정으로 보는 데는 전혀 지장이 없다지만, 그래도 이렇게 어두컴컴한 곳에서 다리 없는 사람이 떠돌아다니니 꼭 유령 같다.

"이거 분신이야."

"정말요?"

"정확하게는 그보다 상위 개념인 화신에서 갈라진 원영신이라는 거다만…… 굳이 그런 자세한 것까지 아직 네가 알 필요는 없고. 쉽게 설명하자면 뭐랄까."

손오공은 잠시 고민을 하다가 이렇게 말했다.

"영혼만 빠져나온 상태? 유체이탈? 하여간 그런 비슷한 거라고 보면 될 거다."

"그럼 본체는요?"

"아무도 찾지 못할 지하 깊숙한 곳에서 자고 있지."

지호가 놀란 눈이 된다.

분신술을 쓸 때부터 알아봤지만, 정말 인간 같지 않은 작자다. 육체를 놔두고 영혼만 떠돌아다닌다니. 이제는 정말 상식을 벗어난다.

"그, 그렇게 몸이 안 좋습니까?"

"안 그러면? 내가 저딴 허섭스레기 눈치를 왜 봤겠냐? 그냥 꾹 눌러 죽이면 그만인데."

"허섭스레기……."

그딴 허섭스레기에게 죽을 뻔했던 지호는 그럼 뭐라고 해야 할까? 그냥 쓰레기? 아니면 허접?

"일단 치료는 계속 하고 있으니까 시간이 지나면 나아질 거다."

"얼마나요?"

"글쎄? 한 일 년은 걸리지 않을까?"

"그렇게나 걸려요?"

대체 화과산에 쳐들어온 놈들이 누구기에 저 인간 같지 않은 작자가 일 년이나 꼬박 정양을 해야 한다는 거야?

"여기다."

손오공은 지호의 의문을 뒤로하고 드디어 수렴동 가장 깊숙한 곳에 도착했다. 지호는 손오공 어깨 너머로 고개를 빼꼼 내밀었다가 자기도 모르게 탄성을 터뜨렸다.

"우와아아아."

"어때? 죽이지?"

손오공이 어깨에 힘을 잔뜩 주며 기세등등하게 웃는다.

하지만 안쪽 광경은 그래도 될 정도로 정말 아름다웠다.

백여 명 정도는 충분히 수용할 수 있을 것 같은 커다란 공동이 나타난다. 중심에는 자그마한 샘물이 정체를 알 수 없는 파란 반딧불이 같은 것을 터뜨린다. 덕분에 공동 내부가 은은하게 빛이 났다.

종유석과 석순이 숲처럼 줄지어 나타난다. 그 사이사이로 어디서 들어왔을지 모를 너구리나 오소리, 사슴, 여우, 종달새 등이 저들끼리 재미나게 놀다가 손오공과 지호를 발견하고 후다닥 다른 토굴 쪽으로 도망친다.

그러다 빼꼼 얼굴만 내밀면서 이쪽을 관찰한다.

"우리는 전혀 신경 쓰지 말고 하던 것들 마저 해라."

짐승들이 사람 말을 어떻게 알아들을 수 있겠나 싶지만, 녀석들은 알겠다는 듯이 고개를 끄덕이더니 다시 원래 자리로 돌아와 놀기 시작했다.

"여기가 대체……."

"영천이란 곳이다. 수렴동의 가장 중심부지. 화과산에서도 영물들만이 접근할 수 있는 장소니 혼세 같은 놈들이 다시 와도 절대 찾을 수 없을 거야."

"혼세?"

낯이 익는 단어인데. 어디서 들었더라?

"혹시 혼세마왕을 말하는 겁니까?"

"응? 네가 그걸 어떻게 알아?"

손오공이 되레 놀란다.

"전에 말씀드렸잖아요. 오공에 대한 기록이 있다고."

"아, 그거? 삼장 녀석이 뭐라고 써 놨던?"

손오공이 흥미 가득한 눈길로 묻는다.

"오공이 수보리조사에게서 선술을 익히기 위해 자리를 비웠을 때, 화과산을 장악하려던 요괴로 나왔어요."

손오공이 화과산을 떠나 수보리조사 밑에서 수련을 하는 동안, 혼세마왕은 그사이에 화과산을 장악해 부하 원숭이들을 억압했던 것으로 나온다.

"또 요괴야? 이거 아무래도 그쪽에는 내가 싸웠던 놈들이 죄다 그렇게 적혀 있는 모양이네. 하여간 삼장 녀석, 정말 단순해."

손오공이 피식 웃더니 묻는다.

"너, 아까 전에 싸웠던 놈 있지?"

"예."

"그 놈이 혼세야. 정확하게는 혼세 사도."

지호의 눈이 커졌다.

방금 전에 싸웠던 녀석이 소설에서 봤던 요괴라고? 역시 서유기에서와는 다르게 죽은 건 아닌 모양이다. 그런데 마왕이 아니라 사도라고?

"사도는 뭔데요?"

"절교의 열두 수장. 달리 마왕이라고도 하는데, 그건 보통 천교 쪽에서 부르는 말이라 잘 안 써. 무엇보다 그놈들은 나와 의형제들도 같이 싸잡아서 마왕이라고 하는데 기분 나쁘지."

손오공은 콧방귀를 꼈다.

지호는 이제야 상황이 어떻게 됐는지 대충 감이 왔다.

화과산을 덮친 열댓 명 내외의 습격자들.

그들이 사도라면?

"절교와⋯⋯ 전쟁이라도 치렀던 겁니까?"

"아주 아작을 내 버렸지."

확실히 그랬겠지. 손오공이 나섰다면.

"하지만 총단이 무너지는 대신에 사도들은 뒤로 빠져서 화과산에 숨어 있었던 모양이다. 내가 의형제들과 따로 떨어지기를 기다렸던 거지."

"그래서요?"

"당연한 걸 왜 묻냐? 바로 아홉 놈을 황천길로 직행하는 마차에 태워 줬지."

"하지만 오공도 같이 타 버릴 뻔했네요?"

손오공의 낯이 잔뜩 구겨진다.

"닥쳐! 너도 거기에 같이 타고 싶냐?"

지호는 슬쩍 뒤로 빠졌다.

"하여간 세 명이 남았네요."

"두 놈은 반쯤 뒈져서 도망쳤고, 한 놈은 이곳에 남아 날 찾았다. 그게 혼세였지."

지호는 그제야 수수께끼가 풀리는 것 같았다.

자신이 자리를 비운 동안 손오공과 의형제들이 절교와 전쟁을 치렀고, 그 과정에서 역습을 당해 손오공은 크게 다치고 놈들 중에는 두 명이 살아남았다는 뜻이다.

"그럼 그 반동으로 나후가 저희 쪽 세계에 나타난 겁니까?"

"그건 나도 예상 못한 일이야. 하! 그런 곳으로 피해 있을 줄이야. 그러니 강호를 샅샅이 뒤져도 코빼기도 비치지 않았지. 젠장!"

손오공은 욕지거리를 내뱉었다.

"대체 절교가 뭡니까?"

손오공은, 아니, 그를 포함한 동주칠마왕은 아주 오래전부터 그들과 싸워 왔던 것 같다.

"글쎄. 뭐라고 해야 할까?"

손오공은 머리를 굴리다가 피식 웃으며 입꼬리를 말아 올렸다. 싸늘한 송곳니가 잔뜩 드러났다.

"나의 영원한 숙적."

지호는 생각이 많았다.

손오공과 절교의 전쟁. 나후의 등장.

모든 것이 머리를 아프게 한다.

"그럼 전 이제 어떻게 하면 될까요? 만약 나후가 저쪽에서 나타난다면……!"

"그 전에 막아야지."

"어떻게요? 오공이 저희 쪽 세계로 와서요?"

"아니. 그건 애초 불가능하다."

손오공은 딱 잘라 말했다.

"너를 이쪽으로 데려오는 것과 내가 그쪽으로 가는 건 큰 차이가 있어. 만약 그게 가능하다면 내가 처음부터 널 만나기 위해 그쪽으로 넘어갔겠지."

"그런……!"

"무엇보다 보다시피 지금 내 꼴로는 힘들겠지?"

지호는 납득할 수밖에 없었다.

"그럼 어쩌죠?"

"네가 막아라."

"제가요?"

지호의 눈이 커진다.

"너무 놀라지 마라. 세상이 달라 나후도 당장 그쪽에서 강림하기는 힘들 뿐더러, 아주 방법이 없는 건 아니니까."

"방법이 있습니까?"

"여의봉을 찾아라."

"……!"

지호의 눈이 커진다.

드디어 언급되었다. 여의봉.

"여의봉은 네가 나후를 누를 수 있는 유일한 방법이야. 단, 녀석에게도 여의봉은 아주 중요한 물건이니 반드시 먼저 찾아야만 해."

"나후는 여의봉을 왜 찾는 건데요?"

손오공이 잠시 말없이 고개를 살짝 위로 든다. 뭔가를 회상하듯이, 과거를 그리며 말한다.

"나후가 원래 봉인됐었다는 말은 들었지?"

"예."

"녀석과 같은 마신(魔神)들이 바로 거기, 여의봉에 봉인되어 있다."

"……!"

14장

몰락한 신들

태초에 혼돈만이 자리 잡고 있을 때.

세상이 네 개로 갈라지기 전, 아직도 완성되지 않아 수미산이라는 알 속에서 잠들어 있을 무렵.

이 땅에는 여러 신들이 있어, 서로 이합집산을 반복하며 전쟁을 치르기에 바빴다.

저마다가 수미산의 주인이 되기 위해서.

그들은 곧 태어날 세계의 주인이 되고자 했다.

시간이 지날수록 뜻이 맞는 이들끼리 뭉쳐 신들은 크게 두 개의 진영으로 나뉘었고, 결국 한쪽 진영이 크게 몰락을 겪으며 수미산에서 내쫓기고 만다.

승자들은 그런 패자들에게 낙인을 찍어 버렸다.

마신(魔神).

혹은 흉신(凶神). 혹은 귀신(鬼神).

또는…… 요괴(妖怪).

곧 잉태될 네 개의 세상 그 어디에도 발을 붙이지 못하도록 쫓겨나 한 곳에 봉인되고 말았으니.

그것이 바로 신진철.

여의봉의 모태였다.

* * *

손오공이 말한다.

"너희 세상과 우리 세상이 나뉘기 전. 수미산이라는 하나의 알이 네 개의 땅으로 갈라지기 전. 그 시대를 일컬어 흔히 '상고 시대' 라고 한다."

"상고…… 시대."

"신과 인간이 같이 어울리던 시대. 온갖 영물과 요괴들이 땅 위를 마음껏 활보하던 시대. 그리고 신들이 서로 전쟁을 치르던 시대."

말을 하는 내내 손오공은 입가에 비웃음을 잔뜩 머금고 있었다.

마치 이제 더 이상 '강림' 이라는 특별한 의식이 없으면 이 세상에 관여조차 할 수 없는 저 불쌍하고 어리석은 위대한 자들에게 보내듯이.

"언제나 영원히 지속될 것 같았던 평화는, 신들이 서로 수미산의 주인이 되고자 전쟁을 시작하면서 모두 깨지고 말았다. 덕분에 이 땅엔 조용할 날이 없었지. 천둥 벼락이 치고, 산자락이 울리고, 언제나 홍수가 범람을 하며, 해와 달이 뒤죽박죽 섞여 어둠이 길게 이어졌어."

이야기가 계속 이어진다.

"그때 '우' 라는 자가 있어 신들을 대신해 집을 만들어 천둥으로부터 인간들을 보호하고, 벼락으로부터 불을 가져와 밤을 밝히고, 홍수를 이용해 기름진 토양에 농사를 짓고, 짐승들을 길러 유목을 시작했으며, 글자를 가르치고 무기를 손에 쥐게 해 인간을 신으로부터 독립시켰다."

"아."

"그리고…… 혼돈을 그치고자 직접 하늘에 올라 마신들을 모두 가둬 버렸지. 바로 신진철이란 곳에다가."

신진철. 신(神)의 진귀한(珍) 철(鐵).

하지만 그것은 어떤 신들에게는 감옥이었다.

"그래도 우는 걱정이 가시지 않았어. 마신을 가뒀다지만, 신을 닮아 어리석은 인간들이 언제 또 그들을 깨우려

할지 모르니까."

우가 인간들을 신으로부터 독립시켰다지만 인간들은 여전히 어딘가에 기대고 싶어 한다. 그래서 신앙이 있고 종교가 있다.

"그래서 우는 다시는 영영 찾을 수 없게 황하의 가장 깊은 곳, 저 깊숙한 밑바닥에다 신진철을 박아 홍수와 함께 놈들을 모두 묻어 버렸다."

마신은 그렇게 봉인되었다.

하지만,

"그런데 어떤 멍청한 놈이 그걸 깨 버린 거야."

손오공이 웃는다. 스스로에게 향하는 자조(自嘲).

"그 멍청한 놈은 뒤늦게야 자신의 실수를 깨달았지만 그냥 방치를 해 버렸지. 그때는 정말 막 나가는 놈이었거든. 그러다 이리저리 채이고 하다 보니 철이 들었는지 언젠가 퍼뜩 정신을 차리고 겨우 수습을 했지. 그리고 그것이……."

"서유기."

손오공이 입꼬리를 말아 올린다.

지호는 서유기에서 손오공이 천계와 하계를 수없이 다니고, 동승신주와 남섬부주를 마음대로 오고 갔던 이유를 알 것 같았다.

손오공이 어깨를 으쓱거린다.

"석가여래가 시키는 일을 하느라 힘들어 죽는 줄 알았다고."

서유기는 중국에서 인도까지 이어지는 여정이다.

그렇다는 건?

"이미 절교가 저희 세상에 온 적도 있는 거네요."

"어쩌다 보니."

지호는 숨을 크게 들이켰다.

이미 전례가 있다는 건 큰 의미를 지닌다.

현실 세상이 안전하다고 말을 못하게 되었으니까.

"그러고 나서 여의봉을 저희 세상에 남겨 둔 거였군요."

"놈들이 그걸 엄청 찾으려 들어서. 천 년도 넘게 따라다니는 데 오죽 짜증 나야 말이지. 놈들은 당연히 동승신주로 갖고 올 거라 생각했지. 원래 이곳에 있던 거니까. 당연히 예상도 들어맞았고."

손오공은 인상을 팍 찡그렸다.

"하지만 도대체 어떻게 알아냈는지 모르겠단 말이지."

지호는 침을 꼴깍 삼켰다.

여의봉에 봉인된 마신들.

과연 그들이 세상에 다시 나타난다면 무슨 일이 벌어질까?

나후만 하더라도 소름이 끼치는데, 그런 나후조차도 여러 마신 중에 하나에 불과하다고 한다.

절교는 그런 녀석들을 깨우고자 하는 것이다.

그리고…… 이제 자신은 그들을 막아야만 한다.

주먹을 꽉 쥔다.

지호는 무언가를 다짐하고 고개를 번쩍 들었다. 두 눈가를 따라 금빛 광망이 감돈다. 요요한 빛을 발하는 녀석의 화안금정을 보며 손오공은 작게 웃었다.

"그럼 여의봉은 어디에 있습니까?"

현실 세상에는 소중한 사람들이 있다.

가족이 있고, 친구가 있고, 지인이 있다. 자신을 믿고 따르는 후배들이 있다. 신이라는 존재는 알지도 못하는 그들을 위험에 처하게 해서는 안 된다.

그런데,

"나도 몰라."

"예?"

지호는 자신이 잘못 들었나 싶어 반문했다.

손오공은 어깨를 으쓱거렸다.

"다시는 보고 싶지 않아서 삼장 녀석에게 그냥 맡겨 버렸거든. 녀석의 법력이라면 어딘가에다 깊게 묻어 버렸겠지."

"아."

지호는 다시 암담해지는 것 같았다.

"그래도 단서는 어디 있는지 알 것 같은데? 일단 거기서

부터 시작해 봐."

"……?"

손오공이 묻는다.

"너, 처음 이곳으로 건너오기 전에 뭘 보고 있었지?"

"……!"

지호는 눈을 크게 떴다.

'할아버지의 창고!'

원숭이가 그려진 족자, 왜 여태 그걸 잊고 있었을까!

"좀 풀렸냐?"

"예. 고마워요."

지호가 인사와 함께 금고아에다 다시 공력을 불어 넣으려는 데, 손오공이 손을 뻗었다.

"잠깐."

"갑자기 왜요?"

지호는 다급했다. 조금이라도 빨리 할아버지를 찾아서 족자에 대한 비밀을 풀어야만 했다.

"너 그냥 그러고 가려고?"

"예?"

"암만 비리비리하다지만 나후가 어디 동네 호구냐? 너 그렇게 그냥 갔다가는 복날 개 두들겨 맞듯이 맞아."

"그럼 어쩌죠? 여기서 수련이라도 해야……."

"그사이에 나후가 고사 다 치르고 이야기 끝내면?"

"그, 그럼 어쩌죠?"

"편법이긴 해도 방법이 아예 없는 건 아니지."

손오공은 씩 웃더니 갑자기 발치에 뒹굴던 혼세의 칼을 집어 들었다.

저절로 지호의 시선이 그리로 향한다. 칼은 정말 한 폭의 그림처럼 아주 멋있었다. 미녀의 각선미처럼 길게 쭉 뻗은 새하얀 도신(刀身) 위로 그려진 붉은 잔결 무늬가 인상적이다.

하지만 크긴 정말 무식하게 크다.

그런데 저걸 뭐 어쩌려고 그러는 거지?

손오공이 혼세의 칼을 던졌다.

"자, 받아라."

"무슨……! 우와아아악!"

시뻘건 불꽃 무늬를 자랑하는 칼날이 금방이라도 목을 쳐 버릴 듯이 날아온다. 지호는 호들갑을 떨면서 재빨리 몸을 틀어 가까스로 칼을 받았다.

그런데 무게가 장난이 아니다. 이대로 어깨가 빠지는 것이 아닐까 하는 엄청난 무게 때문에 내공을 잔뜩 끌어올리고 나서야 겨우 받을 수 있었다.

지호는 진땀을 잔뜩 뺀 채로 항의했다.

"이게 무슨 짓이에요!"

"그거 갖고 가."

"예?"

지호의 눈이 커진다.

손오공이 고개를 외로 꼰다.

"왜? 싫어? 너한테 잘 어울릴 거라고 생각했는데? 무식하게 생겼어도 절교에서 손꼽히는 보패야."

확실히 혼세가 칼을 휘두를 때의 위용은 엄청났다. 칼을 휘두를 때마다 뿌려지던 예기와 열풍은 몇 번이고 지호의 간담을 서늘하게 만들었으니까.

하지만 이건 들고 다니기엔 너무 부담스럽다.

2미터가 넘는 체구를 자랑하던 혼세가 들었을 때에도 커 보이던 무기다. 길이만 해도 지호의 키보다 조금 작을 정도라 들고 다니기가 버겁다. 무겁기도 하고.

가장 큰 문제는,

"저 무기 쓸 줄 모르는데요?"

속성으로 무공을 배운다고 주먹질만 배워서 다룰 줄 아는 무기가 없다. 아니, 그보다 이딴 거 들고 현실로 돌아가면 바로 경찰에게 체포될 거다.

그런데 도리어 손오공은 어이가 없다는 표정이 됐다.

"누가 들고 다니래?"

"그럼요?"

"먹어."

"예?"

내가 지금 잘못 들었나? 지호가 이맛살을 찌푸리며 반문한다.

하지만 손오공은 확실하게 쐐기를 박았다.

"먹으라고."

"……."

대체 이 말을 어떻게 받아들여야 하는 건지.

지호는 뭐라고 대답해야 할지 몰라 아주 잠깐 금붕어처럼 입을 벙긋거렸다.

"뭐냐? '이 병신을 어쩌면 좋지?' 라는 표정은?"

"그런 적 없습니다."

"넌 생각이 얼굴에 다 드러나."

지호는 슬쩍 시선을 옆으로 돌렸다.

손오공이 피식 바람 빠지는 소리를 낸다.

"내가 언제 너한테 말 안 되는 거 시키던?"

"……."

우와! 저 인간 봐라! 어떻게 저렇게 태연하게 말할 수 있지? 뻔뻔한 것도 정도가 있지! 순간, 지호는 울컥한 나머지 하고 싶은 말을 한바탕 쏟아 버릴 뻔했다.

절벽에서 떨어뜨리거나, 분신술로 한 달 넘게 잠도 못 자게 괴롭히거나, 갑자기 이상한 날짜로 소환시켜서 이상한 놈과 싸우게 한 건 떠오르지도 않는 모양이다.

참 편리한 기억력이야. 자기 유리한 것만 기억하니까.

하지만 생각은 거기까지. 차마 입 밖으로 내뱉지는 못한다.

손오공이 비딱하게 고개를 꼬면서 내뱉은 말 때문이다.

"왜? 꼽냐?"

"……아뇨."

약한 게 죄지. 다른 쪽 눈도 멍들 순 없잖아.

"절교의 보패는 특별히 영물을 잡아서 가공한 것들이라 상등품으로 분류된다. 특히 그중에서도 십이사도의 보패는 천 년 이상 묵은, 그중에서도 아주 엄선된 진귀한 놈들로만 잡아 만든 것이기 때문에 신들도 침을 질질 흘릴 정도야, 인마."

손오공은 턱짓으로 혼세의 칼을 가리켰다.

"하물며 혼세의 칼은 만년화리로 만들어서 더 대단하지."

"만년화리가 뭡니까?"

"저 먼 남해도에 위치한, 활화산의 용암 지대에서 살던 잉어. 원래 용암의 정기를 모아 용이 되려다 번번이 실패만 반복한 놈이었지."

지호의 눈이 커진다. 어떻게 잉어가 용암에서 살아? 그것도 만 년을 산다고?

"나도 잡으려고 했다만, 절교 쪽에서 먼저 나선 바람에 허탕만 쳤어. 듣자 하니 그놈들도 만년화리를 잡느라 꽤 고생했다더라고. 나중에는 화기를 다스린다고 더 크게 고생하고. 실제로 기운을 정제하느라 사도 중 한 명이 빈사 상태까지 내몰렸었다지?"

"대, 대단하네요."

말만 들어도 엄청 대단하다는 걸 알겠다.

손오공은 불그스름한 잔결 무늬를 가리켰다.

"이 무늬 있지?"

"예."

지호는 멍하니 고개를 끄덕였다.

"이건 금강석(다이아몬드)를 곱게 뽑아낸 실로 빡빡 문질러서 벗겨낸 비늘이고, 이 도신은 만년화리의 경골을 다듬어서 만든 거야. 손잡이는 대가리를 압축해서 다진 거고. 이렇게 틀만 짜는 데 팔 년이 걸렸다나?"

"……."

"무엇보다 가장 중요한 건 내단이지. 만년화리가 용이 되기 위해서 쌓은 정기가 얼마나 대단하겠어? 그런데 이걸 거의 손실 없이 쏟아 완성시켰으니."

지호는 침을 꼴깍 삼켰다.

"거기다 혼세의 손을 타면서 녀석의 기운도 일부 스며들었을 테니 보통 보패겠어?"

"……아뇨."

"그럼 그렇게 좋은 걸 그냥 준다면 어떻게 해야 할까?"

"감사하는 마음으로 받아야겠…… 죠?"

"절이라도 해야겠지?"

"네."

"그런데 어디 사는 손 아무개 씨는 배때기가 불러서 못 먹겠다고 튕기는데 이걸 어쩌면 좋을까?"

지호는 미안한 마음에 고개를 숙이다가 얼핏 뭔가 이상하다는 생각이 들었다. 다시 고개를 번쩍 든다.

"그렇게 대단한 걸 주시는 건 고마운데요. 그래도 먹으라는 건 좀 이상하잖아요?"

"왜 못 먹어? 네놈 나이면 철이라도 씹어 먹을 나인데?"

그거랑 이거랑 같냐!

손오공이 툴툴거린다.

"하여간 귀찮게 하기는. 그럼 먹기 좋게 만들어 주면 되는 거지?"

결국 해 줄 거면서 생색내기는!

"어떻게요?"

"이렇게."

손오공이 이쪽으로 손을 뻗었다.

지호는 칼을 돌려 달라는 뜻인가 싶어 내밀려는데, 칼이 갑자기 살아 있는 잉어처럼 꿈틀거리자 화들짝 놀랐다.

칼이 손길을 떠나 허공으로 떠올랐다. 육안으로도 보일 만큼 선명한 두꺼운 바람이 칼 주변을 뱅글뱅글 맴돈다.

지호는 손오공이 또 사람 같지 않은 짓을 할 거란 생각에 한 발자국 뒤로 물러섰다.

손오공이 마치 무언가를 움켜쥐듯이 다섯 손가락을 오므린다.

콰드득!

칼을 감싸고 돌던 바람이 갑자기 안쪽으로 압축되기 시작한다.

만년화리의 경골을 바탕으로 만들어져 단단한 강도를 자랑하는 도신은 처음엔 꿈쩍도 하지 않다가, 거센 압박이 계속되자 아주 조금씩이지만 뒤틀렸다.

'저게 진짜 돼?'

비록 중상을 입은 상태였다고는 하나, 직접 혼세와 겨뤄 봤던 지호로서는 황당하기만 하다.

영혼 상태로도 저렇게 대단한 칼을 장난감처럼 다룰 정도라니. 하긴 신과도 맞짱을 뜬 인간인데 뭔들 못할까.

그러면서 다른 생각도 든다. 저런 영혼을 위협했던 혼세의 원래 능력은 어느 정도이며, 손오공을 죽음 직전까지 몰아넣은 십이사도의 능력은 또 어느 정도인 걸까?

'어쩌면 살아서 도망쳤다는 남은 두 명과도 싸우게 될지도 몰라.'

지호와 사도 간의 간극은 그만큼이나 크다. 혼세를 이길 수 있었던 것도 사실 따지고 보면 요행이었으니.

아마 손오공도 그런 사실을 잘 알기 때문에 지호를 빨리 성장시키려는 모양이다. 만년화리의 기운이 담긴 혼세의 칼을 먹이려는 이유도 아마 그런 것일 테지.

지호는 반도를 먹어 봤기 때문에 영약이 주는 엄청난 효과를 아주 잘 안다. 단숨에 경지가 상승하는 희열이란 이루 말로 표현할 수 있는 그것이 아니다.

지호는 자기도 모르게 침을 삼켰다. 혼세의 칼을 먹고 난다면 또 어떤 변화가 있을까? 기대심이 인다.

그사이 혼세의 칼은 드디어 모든 형체를 잃고 주먹만 한 크기의 구슬 모양으로 둥글게 압축되었다.

"손 내밀어 봐."

허공으로 멍하니 손을 뻗는다. 구슬이 그 위로 툭 하고 떨어졌다.

지호는 넋을 잃은 채로 구슬을 구경했다. 도신을 따라 잔잔하게 흐르던 불그스름 빛깔이 구슬 표면 위로도 맴돌아 아주 아름답다.

"이걸 어떻게 먹으면 되죠?"

"반도를 먹듯이. 한 입에."

주먹만 한 걸 어떻게 단번에 삼키겠냐마는, 지호는 아무런 망설임 없이 구슬을 입에 가져갔다. 혀에 닿는 순간 구슬이 사르르 녹더니 목젖을 타고 흘러내렸다.

반도를 삼켰을 때와는 또 다르다.

그때는 상쾌하고 향기로웠다면 지금은,

'뜨거워.'

마치 따끈따끈한 호빵을 먹는 것처럼 따뜻하다. 맛도 좋다. 얼핏 잉어 고기 맛도 나는 것 같다. 덕분에 기분 좋게 모두 삼킬 수 있었다.

하지만 그 기분 좋은 느낌은 삼킨 것이 체내로 들어서는 순간 갑자기 확 뒤집어졌다.

화아악!

불이라도 삼킨 것처럼 갑자기 엄청난 열기가 경추를 따라 퍼지기 시작했다.

"흡!"

지호는 놀란 나머지 뱉어 내기 위해서 입을 벌렸다.

하지만 손오공의 불호령이 떨어졌다.

"입 다물어! 열면 기운이 전부 밖으로 새어 나가 죽는다! 살고 싶으면 소리도 내지 마!"

지호는 비명을 지를까 싶어 손으로 입을 틀어막았다.

하지만 시간이 지날수록 고통은 더 심해지면 심해졌지, 절대 사그라지지 않았다.

몸을 불사를 것 같던 혼세의 열풍이 체내에서 불어닥친다. 칼날을 따라 이글거리던 불길이 들불처럼 지호의 몸을 태우려 하고 있었다.

지호는 어떻게든 고통을 떨쳐 내기 위해 몸부림쳤다.

억지로 몸을 뒤틀기도 하고, 더 큰 통증으로 고통을 만회해 보고자 머리를 바닥에다 부딪치기도 한다.

하지만 그럴수록 화기는 더욱 반발한다. 더 거센 열기를 토하면서 전신 백해를 질주한다.

쾅! 쾅! 콰콰쾅!

엄청난 노도가 지호의 기맥을 휘몰아친다. 지난 이십오 년 동안 단단히 막혔던 혈이 뚫리고, 노폐물과 탁기가 불타고, 울퉁불퉁했던 기맥이 말끔하게 청소되고 깨끗하게 닦인다.

쏴아아!

지호가 입고 있던 옷은 이미 열기에 모두 타 버려 재만이 남았다.

나신 위로 새카만 연기가 스멀스멀 올라온다. 모공을 따라 진물이 새어 나왔다가 역시나 감쪽같이 증발한다.

피부는 거북이 등껍질처럼 마구 갈라졌다가 뽀얀 새 살이 올라오면서 각질이 우수수 떨어진다. 근육은 붉게 달아오르면서 팽팽해지고, 골격은 자리를 맞춰 간다.

"좋아. 좋아. 잘 되고 있어."

손오공은 팔짱을 낀 채 흡족한 얼굴로 마구 고개를 끄덕였다.

과연 지호는 알까?

지금 자신이 맞고 있는 기연을. 강호의 무인은 물론, 선인들조차도 바라 마지않는 행운을 거머쥐고 있다는 사실을.

환골탈태(換骨奪胎).

근골을 바꾸고, 껍질을 벗어 버린다는 뜻이다.

그 말 그대로 지호는 새로운 육체를 얻는 중이었다. 남섬부주의 탁한 환경에 오랜 시간 노출되었던 몸에서 갓 태어난 아이처럼 순수한 몸으로. 오행공이 자리 잡기에 아주 적합한 몸으로!

그리고 그것은,

"이제야 영혼에 적합한 신체(神體)를 가지게 되었군. 아직 첫 걸음에 불과하지만."

손오공과 똑같은 육체를 가지게 된다는 것과 일맥상통한다.

신체(身體)가 아니다. 신체(神體)다.

신의 육체. 오만하게 그런 말을 입에 담아도 될 정도로 손오공의 육체는 대단하다.

물론 그의 본체와 지금 지호의 육체를 비교한다는 것은 어불성설이다.

손오공은 아주 오랜 세월에 걸쳐 몇 번이고 환골탈태를 거듭하면서 완벽한 육신을 손에 넣었고, 또한 엄청난 경지를 이뤄 둘 사이의 괴리는 시냇물과 바다처럼 아주 멀고 깊다.

그래도 일부나마 터득할 수 있다는 것.

그것만 해도 엄청난 결과물이 아닌가.

정작 그런 육체로 탈바꿈하는 지호는 그저 괴로울 뿐이었지만.

'주, 죽을 것 같아!'

고통에 몸부림치며 바들바들 떤다. 단전에 깃들어 있던 내공이 일어나 화기가 마구 짓밟고 지나간 자리를 다듬어 보려고 하지만 역부족이다.

그때, 손오공의 목소리가 지호의 머릿속으로 울려 퍼졌다.

『멍청하게 뭘 하고 있는 거냐? 이대로 정신 줄을 놓아

버릴 셈이야? 호흡에 집중해라.』

빌어먹을 호흡, 호흡, 호흡!

지호는 지금 이 순간이 절벽 아래로 떨어졌을 때와 다르지 않다는 것을 깨달았다. 다른 점이 있다면 지금은 도무지 정신을 차릴 수가 없어 욕조차 할 수 없다는 것이지만, 그래도 악착같이 물고 늘어진다.

그리고 이걸 버텨야만 나후를 상대할 수 있다.

'그래. 어디 한 번 해 보자고!'

지호는 이를 악물면서 호흡에 집중했다.

갓 건져 올린 잉어처럼 파닥거리던 지호가 가까스로 정신을 차린 것은 한참이나 시간이 지난 후였다.

손오공은 혹시 지호가 정신을 잃을까, 호흡을 실수하지는 않을까, 화기가 다른 방향으로 뻗쳐 환골탈태가 이상하게 이뤄지지는 않을까 꼼꼼히 확인했다.

다행히 결과는 성공적이었다.

"으으윽."

지호는 여전히 여운이 가시지 않는 통증에 이를 바들바들 떨었다. 다행히 내공이 휘돌면서 금세 통증이 가라앉았다. 대신에 상쾌함이 찾아오고 정신이 번뜩 뜨였다.

'내공이…… 늘었어.'

반도를 세 개나 먹으면서 엄청난 내공을 자랑했지만, 붉은 구슬은 그것보다 효과가 더 좋았다.

내공이 딱 세 배로 불어났다.

혹시 단전이 내용물을 감당하지 못하는 건 아닐까 싶었지만, 다행히 단전은 내공보다 훨씬 더 크게 늘어나서 그 많은 양을 담고도 아직 한참이나 여분이 남아 있었다.

"수고했다."

머리맡에서 손오공이 씩 웃으며 옷을 건넨다.

지호는 옷을 갈아입으면서 이를 바득바득 갈았다. 이렇게 고통스러울 거면 진즉에 경고라도 해 줬어야지!

하지만 손오공은 능글맞게 웃었다.

"그럼 강해지는 게 어디 쉬울 줄 알았냐?"

저렇게 말을 하니 할 말은 없다.

그래도 저 유들유들한 낯짝을 보니 주먹을 한 대 꽂아 버리고 싶은 심정이었다.

바드득!

손오공은 뭐가 그리도 재미난지 룰루랄라 콧노래를 흥얼거렸다. 지호의 불행은 곧 나의 행복, 뭐 이런 게 아닐까 싶기도 하다.

"자, 그럼 다음 차례로 넘어가 볼까?"

"다, 다음 차례라니요?"

지호는 불길한 마음에 슬쩍 물러섰다.

손오공이 입꼬리를 말아 올린다.

"설마 이걸로 끝날 거라 생각했냐?"

"그…… 럼요?"

"그새 잊었냐? 내가 사도 중에서 몇 놈이나 잡았는지?"

"아…… 홉 명?"

"정답."

손오공이 손가락을 탁 하고 튕기자 땅속에서 서로 다른 아홉 개의 병기가 바람에 돌돌 말린 채로 나타났다. 혼세의 칼처럼 휘황찬란한 기세가 마구 풍기는 녀석들이다.

아홉 명의 사도가 생전에 쓰던 아홉 개의 보패들.

"딱 아홉 번만 더 하면 돼. 쉽지?"

"……니미럴."

지호의 낯빛이 거무튀튀하게 죽어 버렸다.

"끄어어어…… 사, 살려 줘……."

지호는 영화에 나오는 좀비처럼 엉기적엉기적 땅바닥을 기었다.

영천 바로 옆에 놓인 바위에 다리를 꼰 채로 앉아 있던 손오공은 고개를 흔들었다.

"괜찮아. 그 정도로는 안 죽어."

그러다 지호를 보면서 혀를 찬다.

"쯧쯧쯧! 하여간 약골이야, 약골. 이제 좀 쓸 만해졌나 싶더니. 아직 멀었구만."

'그럼 네가 해 보든가!'

지호는 욕지거리를 내뱉고 싶었지만, 그럴 기력도 없다. 자꾸만 계속되는 멀미에 땅바닥을 부여잡고 헛구역질만 연거푸 해 댄다.

처음 지호는 긴장하면서도 최대한 마음을 다잡았다. 붉은 구슬과 같은 고통이라면 어느 정도 익숙해졌으니 참을 만하다 여긴 것이다.

하지만 그것은 착각이었다.

손오공이 내민 아홉 개의 보패들은 저마다 다른 경험을 선사했다.

어떤 것은 얼음장에 갇힌 것 같은 느낌이었다. 어떤 것은 땅속에 갇혀 질식할 것 같았고, 또 어떤 것은 하늘에서 추락하는 아찔함을 선사했다.

그 외에도 가시덤불 숲을 구르는 것처럼 따끔거리거나, 몸이 녹아내리는 것 같은 끔찍한 경험까지.

마지막은 강풍에 휩쓸려 방향을 잃고 이리저리 헤매는 느낌이었던 터라, 멀미로 지독한 고생을 해야만 했다.

먹은 내단의 종류만 해도 대단하다.

즐거운 향을 풍기는 새, 백향신조. 뾰족한 뿔을 가진 호랑이, 독각호. 까만 수염을 가진 지네, 흑염오공. 독을 풍기는 붉은 학, 천년홍학. 세 개의 눈을 가진 두꺼비, 삼안천독섬. 금빛 머리를 가진 이무기, 금관신망. 머나먼 빙해에 사는 거북이, 빙백설귀. 지하 깊숙한 곳에 사는 지렁이, 석갑토룡. 아주 가느다란 실을 뽑는 누에, 묵잠.

전부 내로라하는 진귀한 영물들이다.

그래서 다 끝난 지금, 후회는 않는다.

'내공이 엄청 늘었어.'

단전이 넘치다 못해 몸이 꽉 차는 기분이다.

처음 다섯 개까지는 내공이 계속 기하급수적으로 불어나더니, 여섯 번째부터는 아주 조금씩만 불어났다. 대신에 내공의 질이 달라졌다.

처음 손오공이 '내공은 양보다 질이 중요하다' 고 말했을 때는 이해하지 못했다. 내공을 연료 정도로 이해했기 때문에 '기름이야 많으면 많을수록 좋은 거 아닌가?' 라고 여겼다.

하지만 그런 게 아니었다.

기름에도 여러 종류가 있듯이, 스포츠카에는 비싼 고급 휘발유만 사용하듯이, 내공의 질도 아주 중요했다. 효율로만 따지면 몇 백 배의 차이까지 보였다.

하물며 그렇게 질이 좋아진 내공이 여덟 번째에 이르러서는 농밀하게 압축되어 점성까지 띄게 되니, 처음 지호가 지녔던 내공의 효율을 1이라 친다면 마지막 아홉 번째까지 모두 삼키고 났을 때는 9에 달할 정도였다.

양도 처음에 비해 열 배나 된다.

대자연을 따라 흐른다는 기의 흐름, 원기. 그것을 일부 잘라다가 품은 것만 같다. 쉴 새 없이 광물을 녹여내는 용광로 같이 뜨겁다.

이런 것들을 모두 따져 본다면, 지금의 지호는 처음 혼세와 싸웠을 때와는 비교도 할 수 없는 엄청난 성장을 이룬 셈이다.

단지 의지를 가지는 것만으로도 꿈틀거리는 내공 덕택에 이제는 무엇이라도 할 수 있을 것 같다.

혼세?

이제는 녀석이 온전한 모습으로 돌아온다고 해도 무섭지 않다.

아직 경험이 부족해 승부를 장담할 순 없지만, 그래도 엄청나게 향상된 신체적 이점으로 밀어붙인다면 최소한 지지 않을 자신은 있다.

그리고 어쩌면…….

"킥킥킥."

소리를 죽여 키득거린다.

손오공은 저놈이 왜 저러나 싶은 얼굴로 물었다.

"어디 머리통에서 나사라도 하나 빠졌냐? 왜 갑자기 음침하게 웃어대?"

지호는 고개를 번쩍 들었다.

"오공!"

"왜?"

"지금 제 몸, 오공과 비교한다면 어떨까요?"

손오공은 그제야 지호가 왜 그렇게 웃어 댔는지를 알고 웃고 말았다.

"뭐야? 이제 좀 살 만해지니까 자신감이라도 붙은 거냐? 애송이 주제에?"

"말씀이나 해 주세요."

물론 손오공과 맞먹을 거란 생각은 죽어도 하지 않는다. 그래도 이제 어느 정도 개길 정도는 되지 않을까?

"어쭈? 이제는 큰소리까지 치네?"

손오공은 한쪽 눈썹을 꿈틀거렸지만, 그래도 빌빌대는 것보단 낫다는 생각에 잠시 고민에 잠겼다.

"글쎄. 어느 정도일까?"

지호는 두근거리는 마음으로 손오공을 쳐다봤다.

과연 뭐라고 할까? 기대감에 가슴이 마구 부푼다.

하지만,

"일 할쯤?"

"……예?"

"정확하게 따지면 팔 푼 정도 될 것 같은데, 특별히 인심 써서 반올림해 줄게."

"……."

지호의 가슴속에서 기대감이란 이름을 달고 있던 풍선이 펑 하고 터져 버렸다. 말문이 턱 하고 막힌다.

손오공이 씩 웃는다.

"왜? 거짓말일 것 같냐?"

"아뇨."

지호는 고개를 도리도리 저었다. 손오공은 대단한 자부심만큼이나 스스로에 대해서도 엄청 냉정하다. 그러니 정말 사실일 것이다.

'그럼 도대체 이 인간은 얼마나 괴물이란 거야?'

끝이 보이지 않는 격차에 이젠 넌덜머리가 난다.

"너무 좌절하진 마라. 범과 파리는 애초에 비교할 대상이 아니잖아?"

"……."

범이 아니라 돌 원숭이겠지. 꼭 비교를 해도 저렇다.

"그래도 이제 스스로 자부심을 가져도 돼. 신체적 능력만 따진다면 십이사도와 비교해도 최상위권이니까. 어디 맞고 다닐 정도는 아니다."

손오공은 말이 없는 지호의 머리를 쓰다듬으면서 말을 이었다.

"그러니 이만 가 봐라."

"예."

지호는 무겁게 고개를 끄덕이며 금고아에다 공력을 불어넣었다. 열 배나 많아지고, 순도는 말로도 표현할 수 없을 만큼 맑아진 내공이 금고아에 맺힌다.

지이이이이이이잉!

곧 지호의 몸이 허공에 흩어져 사라졌다.

"요란한 녀석."

손오공이 피식 웃는데, 갑자기 입가를 따라 핏물이 흘러내렸다. 그는 손등으로 닦으면서 어이가 없다는 투로 중얼거렸다.

"하! 고작 그것 좀 했다고 지치는 거냐?"

손오공은 가만히 천장을 보며 중얼거렸다.

"나도 늙었구만. 이제."

* * *

지호가 다시 눈을 떴을 때, 현실은 여전히 밤이었다.

"시간이 얼마나 지난 거지?"

지호는 뒷주머니에서 휴대폰을 꺼내 시간을 확인했다. 전원을 켜자 통화권 이탈이었던 전파가 잡히면서 밀렸던 통화와 문자 메시지가 한꺼번에 쏟아졌다.

시간은 한 시간 정도가 지났다. 부재중 전화가 십여 통, 밀린 메시지가 많았다.

전부 서은영에게서 온 것들이었다.

[집에 잘 들어가셨어요?]

[선배, 몸은 좀 괜찮으세요? 통화가 안 되네요.]

[집에서 쉬고 계시는 거예요?]

[선배?]

[선배!]

'신경을 못 썼어.'

지호는 월식에 신경 쓰느라 서은영에게 제대로 인사도 못했던 것을 떠올렸다. 그러고 보니 그녀가 챙겨 준 선물도 무엇인지 확인하지 못했다.

그는 다급하게 서은영에게 전화를 걸었다.

뚜르르. 철컥.

"은영아."

[선배? 몸은요? 몸은 괜찮으세요?]

"난 괜찮으니까 너무 걱정 마. 그렇게 갑자기 나와서 미안해."

[아니에요. 무사하셔서 다행이에요.]

수화기 너머로 안도에 찬 한숨을 내쉬는 소리를 뒤로하고 통화가 끊어졌다.

'선물, 뭐였을까?'

지호는 지금이라도 받으러 가야 하는 게 아닐까 싶었지만 꾹 눌렀다.

지금은 일 분 일 초가 급하다.

그러려면 할아버지를 찾아야 했다. 할아버지 댁으로 바로 전화를 걸었다.

뚜르르. 철컥.

[여보세요?]

"저예요, 할아버지."

[아이고, 깜짝이야. 마침 꿈나라에서 예쁜 처자랑 잘 놀고 있었는데 왜 깨워!]

버럭 화를 내신다. 지호는 자기도 모르게 웃음이 절로 나왔다. 겉으로는 툴툴거려도 손자를 아껴 주시는 고마운 분이다.

"할아버지, 저 좀 도와주세요."

할아버지 댁은 시 외곽에 위치한 전원주택이었다.

"저 왔어요, 할아버지."

할아버지는 텃밭 근처에 만들어 둔 평상에 앉아 달밤을 친구 삼아 곰방대를 끔뻑끔뻑 피워 대고 있었다. 지호가 조심스레 인사를 하자, 영 마음에 들지 않는다는 듯이 인상을 잔뜩 찡그리며 지호를 노려본다.

"오밤중에 갑자기 왜 일어나라 마라야? 도대체 무슨 일인데 그래?"

"할아버지, 부탁이 있는데요."

"뭔데?"

"그게……."

"뭐, 유산을 미리 달라거나, 내 애장품을 달라는 등의 고민할 가치도 없는 부탁만 아니라면 다 들어주마."

"……."

"음? 왜 그래?"

할아버지는 딱 굳은 지호를 보며 인상을 와락 구겼다.

"설마 그 둘 중에 하나인 거냐?"

"그, 그게 그렇게 됐네요. 하하하하!"

지호는 멋쩍게 뒷머리를 벅벅 긁다가 허리를 꾸벅 숙였다.

"부탁드릴게요, 할아버지!"

할아버지는 눈을 가느다랗게 좁혔다. 곰방대를 뒤집어

바닥에 탁 하고 털어 불똥을 치우고는 다시 입에 문다.

"일단 이유부터 들어 보고."

"그건…… 말씀드릴 수가 없어요. 하지만 정말 중요한 거예요. 제게는."

이 세상을 구하려고요, 라는 중2병이 가득한 대사를 읊을 수는 없는 노릇이잖은가.

"흠."

할아버지는 진지한 눈빛으로 손자를 노려보았다. 골동품을 목숨보다 소중하게 여기는 그로서는 이유도 없이 물건을 달라는 손자가 못 미더울 수밖에 없었다.

하지만 지호의 굳건한 눈빛을 보는 순간, 생각이 조금 달라졌다.

'이 아이가 언제 이런 눈동자를 가지게 되었지?'

손씨 가문의 장손이 되고도 철이 없어 언제쯤이면 제대로 된 사람 구실을 하게 될까 싶었던 아이다. 성격이 모나거나 나빠서 그런 건 아니다.

오히려 밑에 있는 동생 둘을 잘 챙기고 하고 싶은 게 있다면서 뒤도 안 돌아보고 파고드는 저돌적인 모습도 있었다.

그래도 아직은 무르익지 않았다, 아직 어른이 되지 않았다, 그런 느낌이 강했었건만.

지금은 다르다.

눈빛이 단호하다. 무언가를 반드시 해내야겠다고 굳게 다짐한 마음가짐이 물씬 풍긴다. 이제야 껍질을 깨 버린 모양이다.

할아버지가 짓궂게 묻는다.

"안 된다면?"

"할아버지 바짓가랑이에 매달려야죠."

"그래도 안 된다면?"

"그럼 어쩔 수 없죠."

지호는 허리를 세우고 어깨를 당당하게 폈다.

"유산 중에 일부 좀 미리 받아 간다 셈 치고 할아버지 안 계실 때 슬쩍할 수밖에요."

할아버지는 어이가 없다는 듯 헛웃음을 흘렸다.

"너무 당당한 것 아니냐?"

"자고로 사내는 당당하게 자라야 한다고 할아버지께 배웠습니다."

"뚫린 입이라고 떠들긴 참 잘 떠드는구나."

할아버지는 다 마신 맥주캔을 평상 위에 올렸다.

"좋다. 그럼 네놈이 훔쳐 가기 전에 어디 이야기나 들어 보자. 뭐가 필요한 거냐?"

"골동품 중에 원숭이가 그려진 족자가 필요해요."

할아버지가 고개를 갸웃거렸다.

"원숭이? 어떤 걸 말하는 거지?"

종류가 많다 보니 헷갈리시나 보다.

"이상한 긴 막대기 들고 재주 부리는 원숭이 그림 있잖아요."

"아, 손원행자도를 말하는 거로구나."

"손원행자도요?"

저쪽 세상을 겪으면서 한자에 대해서 어렴풋하게나마 알게 된 지호는 대략 뜻을 유추할 수 있었다.

'손원이면 손씨 원숭이, 행자는 오공의 별명이고. 그럼 뜻이 손씨 원숭이, 오공의 그림쯤 되나? 뜻이 되게 노골적이네?'

할아버지가 입을 열었다.

"서유기의 손오공에 대해서는 너도 알고 있겠지?"

"네."

알다마다요. 너무 잘 알아서 문제죠. 제 전생인데요.

"그건 손오공의 화상(畵像)이다."

지호는 가만히 고개를 끄덕였다.

할아버지는 살짝 놀란 눈이 되었다.

"알고 있었던 거냐? 어떻게?"

"대충은요. 거기다 그린 사람은 삼장 법사이거나 그와

관련된 사람 아닌가요?"

"허! 거기에 대한 내력은 네 애비한테도 말한 적이 없는데. 아무래도 네가 날 닮아 생각보다 눈썰미가 있나 보구나. 그런 걸 다 알아보고."

할아버지는 제대로 헛다리를 짚었지만, 지호는 아무런 대꾸도 하지 않았다. 그저 씩 웃었다.

"일단 잠시만 여기서 기다리려무나."

잠시 후, 할아버지는 함을 하나 갖고 마당에 나왔다. 함 안에는 손원행자도를 돌돌 만 두루마리가 들어 있었다.

할아버지는 뚜껑을 닫으며 함을 지호에게 내밀었다.

"받거라."

"할아버지?"

이렇게 쉽게 주실 줄은 생각도 못 했다. 지호는 놀란 눈이 되고 말았다.

하지만 할아버지는 잠시간 아무런 말없이 불씨를 붙인 연초를 곰방대에 밀어 넣었다. 몇 번 빨았다 뱉었다를 반복하자 연기가 솔솔 올라온다.

"잘 쓰고, 원래 있던 곳에 곤히 잘 갖다 놔. 그거 이제는 중국에서도 못 구하는 아주 비싼 거다. 훼손되면 아비한테 말해서 네놈 10년치 용돈을 한꺼번에 삭감해 버릴 테니까 그런 줄 알고."

그냥 주셔도 되면서 부끄러우니까 투덜거리시긴. 지호는 그런 할아버지가 귀여워 살짝 미소를 지었다.

"감사합니다, 할아버지."

"그리고 나중에 올 때는 빈손이 아니라 뭐라도 좀 들고 오너라. 이 시간이 되니 입이 심심하잖냐."

"예. 명심할게요."

지호의 미소가 짙어졌다.

* * *

지호는 택시를 타 집 주소를 불러 주고, 뒷좌석에서 가만히 손원행자도가 담긴 함의 뚜껑을 천천히 열었다.

두루마리로 놓인 손원행자도가 보인다.

사실 그는 할아버지가 당신께서 평생을 들여 모으신 골동품들을 얼마나 애지중지하시는지를 잘 안다.

97년도 무렵, IMF 때 할아버지의 사업이 휘청거리면서 빚이 어마어마하게 늘었다고 들었다. 하지만 할아버지는 그대로 파산할지도 모르는 위험한 상황에서도 애물단지에 불과한 골동품들을 꼭 끌어안으셨다고 한다.

그중에 절반, 아니, 절반의 절반만 처리해도 가뿐하게 빚을 청산하고 다시 일어설 수 있는데도 불구하고.

덕분에 양갓집 규수로 태어나 한평생 어려운 일 모르고 사셨던 할머니가 늘그막에 몇 년간 고생을 하셨던 이야기는, 할머니가 살아 계실 적에 몇 번이고 들어서 알고 있었다.

할아버지의 그 많은 골동품에 어떤 사연이 있는지는 모르지만, 그것이 절대 적지 않다는 것쯤은 알고 있다.

그런데도 이유를 묻지 않고 내주신다는 것은,

"그만큼 날 믿어 주신단 뜻일까."

왠지 가슴이 먹먹해졌다.

"다녀왔습니다."

늦은 새벽이라, 다들 자고 있을 것 같아 조용한 목소리로 현관문을 열고 들어갔다.

"큰오빠아아아앙!"

그런데 갑자기 지수가 기다렸다는 듯이 한걸음에 달려오더니 지호의 팔에 잔뜩 안겼다. 코맹맹이 소리를 내면선 애교를 떤다.

"아, 술 냄새! 이 시간이 되도록 아직도 안 잔 거냐?"

지호는 손으로 코를 집었다. 도대체 얼마나 마신 건지 얼굴이 불그스름하다. 혀가 꼬부라지는 게 제 발로 용케 서 있는 게 신기할 정도였다.

시계를 보니 벌써 새벽 3시를 가리키고 있었다.

"히히히. 술, 딱 한 잔 했어어엉. 우리 사! 랑! 하는 큰오빠 덕분에 얻어먹었지롱?"

"내가 뭘?"

"우리 유명하신 대스타님을 한 번이라도 뵙고 싶다는 친구들이 줄을 섰다, 이거야!"

지호의 눈이 반짝거린다.

친구들이? 조금이나마 유명해진 게 꼭 나쁘지만은 않은 것 같다?

"진짜?"

"고럼! 고럼고럼."

"예쁘냐?"

"아니. 잘 생겼어."

"……뭐?"

"짜잔!"

지수는 잔뜩 취한 상태로도 재주 좋게 휴대폰 앨범에 들어가 남자들과 어울려 단체로 찍은 사진을 보였다. 지호도 잘 알고 있는 지수의 고등학교 동창생들이었다.

"어때? 죽이지? 얘랑 얘가 오빠 엄청 팬이라면서 싸인해 달래. 헤헤헤헤. 그래서 말인데……."

지호는 꼼지락거리는 지수를 반대로 돌려 방 안으로 뻥 걷어찼다.

"들어가서 자라."

"아, 안 돼! 이거 받아 주는 대신에 소개팅 받기로 했단 말이야! Y대 경영학과 킹카래! 그러니까……!"

"시끄럽고. 자라."

이게 이제는 오빠 팔아서 연애를 하려고 해? 괘씸하기 짝이 없는 막내 동생의 엉덩이를 다시 걷어차며 문을 쾅 하고 닫아 버렸다.

"오빠아아아아아앙!"

결국 주정뱅이 아가씨는 지호로부터 싸인을 다섯 장이나 받은 후에야 겨우 자기 방으로 사라졌다. 정말이지 시끄러워 죽겠다.

"저 철딱서니는 도대체 언제 정신 차리려고. 쯧쯧."

지호는 고개를 절레절레 흔들면서 의자에 앉아 할아버지 댁에서 챙겨 온 상자를 책상에 올렸다. 뚜껑을 열어 조심스럽게 손원행자도를 펼쳐 든다.

몽둥이를 든 원숭이가 이쪽을 쳐다보고 있었다.

"일단 받아 오긴 했는데…… 도대체 여기서 어떻게 여의봉에 대한 단서를 찾아내지?"

아무리 머리를 굴려 봐도 해답이 나오질 않는다. 혹시 영화에 나오는 것처럼 그림을 족자에서 벗겨 봐야 하나? 아니면 그림 안에 홀로그램 같은 게 새겨져 있는 게 아닐까? 그것도 아니면 찢거나 태워야 단서가 나온다거나.

하지만 아무것도 모르는 상태에서 족자를 훼손시킬 수는 없는 노릇이다.

뚫어져라 원숭이의 눈을 쳐다보는 그때,

지이이이이이이잉!

갑자기 검지에 낀 금고아가 길게 떨리기 시작하더니, 족자 속 원숭이가 움직이기 시작했다. 무언가를 전달하려는 듯 아주 느릿하게 춤을 추다가 뚝 멈춘다.

그리고 불에 타 버렸다.

화르륵!

"어? 으아아아악! 안 돼에에엣!"

지호는 재빨리 불길을 끄려 손을 댔지만, 불길은 단숨에 족자를 태우며 까만 재도 남기지 않고 사라졌다.

엿 됐다! 큰일 났다는 생각이 머릿속을 가득 채웠다. 이거 할아버지가 엄청 아끼시는 보물인데! 어, 어쩌지? 할아버지한테 뭐라고 설명을 드리지?

우왕좌왕하는 그때 족자 대신에 다른 무언가가 지호의 손 위로 툭 떨어졌다.

"이, 이건 뭐지?"

지호는 손에 잡힌 그것을 올려 유심히 쳐다봤다.

"열쇠?"

아주 먼 옛날에 자물쇠를 열고 닫았을 것 같은 녹이 슨 철로 된 열쇠 하나.

전혀 생각지도 못한 것의 등장에 지호의 눈이 커졌다.

지호는 손원행자도에 대한 걱정을 최대한 뒤로 미룬 채, 의자에 앉아 밤이 새도록 손에 잡힌 걸 유심히 쳐다봤다.

"이게 대체 어디에 쓰는 열쇠일까?"

손오공은 여의봉을 삼장 법사에게 맡겼다고 했다. 그리고 삼장 법사는 손원행자도를 남겨 이것을 숨겼다. 분명 여의봉에 대한 단서일 게 틀림없다.

대체 무엇일까?

여의봉을 보관한 상자나 금고를 여는 열쇠?

지호는 열쇠에다 갖가지 실험을 다 해 보았다. 열쇠에 묻은 녹을 강제로 긁어 보기도 하고, 오행공의 다섯 기운을 순차적으로 불어넣어 보기도 했다.

하지만 열쇠를 감싸는 녹이 벗겨지기는커녕 꿈쩍도 하지 않았다.

뇌벽세, 화염륜, 신목령, 유수행, 금강포. 그 어느 것 하나도 그냥 받아들이기만 할 뿐이다. 마치 열쇠 안에 공허한 무저갱이 있는 것처럼 기운을 무한대로 받아들이고는 흔적 조차 없이 사라졌다.

혹시 내공이 잘못되었나 싶어 허공에다 화염륜을 운기해 가볍게 손을 흔들어 보니,

화륵!

허공 위로 자그마한 불꽃이 튀었다가 사그라졌다.

"분명 내공에 문제가 있는 건 아닌데."

지호는 검지로 관자놀이를 살짝 긁적였다.

"이게 여의봉 같지는 않아 보이고."

삼장 법사도 여의봉이 얼마나 위험한지 잘 알 텐데 허투루 다루지는 않았을 것이다.

고민이 자꾸만 깊어진다.

"그냥 확 깨 버려?"

문득 그런 생각이 들었다.

손원행자도도 불에 타서 사라진 마당에 열쇠라고 그러지 말라는 법이 있을까. 물론 진짜로 열쇠가 깨지면 문제가 커질 수도 있을 테지만, 이대로 아무런 단서도 없이 가만히 구경만 하고 있는 것도 문제였다.

결국 지호는 밑져야 본전이란 생각에 단전에 담긴 모든 내공을 끌어 올렸다. 다섯 가지의 기운이 한데 뒤섞이면서 마치 태풍을 맞은 바다처럼 거친 풍랑을 일으킨다.

열 개의 내단으로 예전과는 비교도 할 수 없을 정도로 많아진 내공을 고스란히 열쇠 안으로 꾸겨 넣었다. 하나도 남김없이, 몽땅 전부 다.

무식하기 이를 데 없는 방법이다.

하지만 이미 지호는 이판사판이었다.

열쇠는 처음부터 그랬던 것처럼 아무런 거리낌 없이 내공을 받아들였다. 아니, 빨아들였다.

마치 열쇠란 공간 안에는 도저히 끝도 없는 세상이 펼쳐지는 것 같았다.

"제기랄."

지호의 이마로 식은땀이 맺힌다. 내공을 불어 넣는 시간이 길어질수록 땀은 계속 폭포수처럼 쏟아지며 옷이 흠뻑 젖어 버린다.

내가 왜 이런 미친 짓을 저지른 건지, 지호는 속으로 작게 투덜거렸지만, 옹고집이 있어 아예 이를 악물고 달려들었다.

오히려 단전, 저 밑바닥까지 퍼 올려 더 세게 열쇠에다 불어넣는다.

결국 단전이 다 말라 가는 그때,

우우우우우우웅!

열쇠가 움찔거리기 시작하더니 진동이 커져 간다. 그러

고는 마치 매너 모드의 휴대폰처럼 부르르 떨면서 오랜 세월 열쇠를 좀 먹고 있던 녹에 아주 조금씩 금이 가기 시작했다.

'됐어!'

지호의 눈에 이채가 어린다. 마지막 남은 공력을 모조리 집어넣자 균열이 열쇠 전체로 퍼지면서 곧 쩌걱, 하는 소리와 함께 녹이 바닥으로 우수수 떨어졌다.

"후우…… 후우……."

지호는 체력과 공력을 모두 삼켜 버린 가증스러운 열쇠를 잔뜩 노려봤다. 마치 혼세와 싸우고 났을 때처럼 잔뜩 지쳤다.

하지만 틀리지 않았단 생각에 입가엔 웃음이 번진다.

열쇠는 처음 모습이 생각나지 않을 만큼 아주 예뻤다.

마치 갓 세공한 보석처럼 윤기로 반짝거린다. 자잘한 흠 하나 남아 있지 않을 정도로 매끄럽고 부드럽다.

열쇠는 손바닥만 한 길이로 아주 길었다. 새끼손가락의 절반만큼 얇은 굵기에 아래쪽은 두 개의 날이 달려 안에 자글자글한 톱니 모양이 형성되어 있고, 위쪽은 정성스레 만든 조각이 달려 있다.

조각의 모양은 신기했다.

열쇠 본체를 따라 칭칭 감으며 하늘로 올라가는 동양 용의 머리 위에 머리가 긴 어떤 어린아이가 올라 타 양손을 위로 번쩍 들고 있는 형태다.

그런데 양손에 올라 있는 것들이 눈에 띈다.

오른손에 든 것은,

"해."

반면에 왼손에 든 것은,

"달."

지호가 작게 중얼거린다.

"해와 달이라."

지호는 그동안 세상을 번갈아 가며 일식과 월식을 계속 목격했다. 그때마다 나후의 눈을 마주해야만 했다.

교룡은 나후를 두고 이렇게 말했다.

"해와 달을 잡아먹는 신이지."

해와 달을 먹는 신. 그건 아마도 일식과 월식을 일으킨다는 뜻이 아닐까 하는 생각이 들었다.

실제로 나후는 왼쪽 눈엔 해를 닮은 붉은 눈을, 오른쪽 눈엔 달을 닮은 푸른 눈을 가진 오드 아이였다.

그런데 어찌 보면 뛰어난 명인(名人)이 만든 게 아닐까 싶을 정도 아름다운 이 조각은, 나후와는 비슷한 것 같으면서도 특징이 조금 다르다.

왼쪽이 해, 오른쪽이 달인 나후와 다르게 오른쪽이 해, 왼쪽이 달이다.

정반대인 것이다.

거기다 삼키는 것이 아니라 떠받들고 있는 듯한 모습도 남다르게 다가온다.

여의봉의 단서를 여는 열쇠와 나후.

이 상반된 두 가지가 나타난 것이 과연 우연의 일치일까?

"우선 나후에 대해서 알아봐야겠어."

지호는 자리에서 일어났다.

*　　*　　*

지호는 샤워를 하고 나서 아침 식사로 토스트를 입에 물고 아침 일찍 집을 나섰다. 괜히 알아보는 사람이 있으면 시끄러울 수 있기 때문에 모자를 깊게 눌러썼다.

다행히 요 며칠 사이에 느낀 거지만 대중의 관심은 '반짝' 이 맞았다.

처음에야 무대난입남이니 의리남이니 하면서 그에게 많은 관심이 쏟아졌지만, 다른 방송 활동은 일절 하지 않고 K스타 오디션에만 집중하겠다는 기사가 나간 후부터는 밴드 월 쪽으로 관심이 집중되었다.

덕분에 지호는 조금 마음 편하게 지하철을 타고 시내에 위치한 대형 서점에 들를 수 있었다.

개점 시간인 10시에 딱 맞춰서 왔기 때문인지 아직 사람은 거의 없이 한산했다.

지호는 가장 먼저 입구 데스크에 마련된 컴퓨터의 책 검색 시스템에다 '나후'를 쳐봤다.

하지만 뜨는 문구는 '결과를 찾을 수 없습니다'였다.

'그럼…….'

지호는 검색어를 '서유기'와 '삼장법사'로 바꿨다.

그러자 상당히 많은 도서들이 쭉 떴다.

그것들을 일일이 검사해 위치를 파악한 후 곧장 에스컬레이터를 타고 2층으로 이동해 가장 먼저 서유기에 관련된 도서들을 찾았다.

'서유기 완역본', '만화 서유기', '간략하게 보는 서유기' 등 소설 서유기와 관련된 것들은 물론, 서유기와 관련된 연구서나 논문, 혹은 손오공과 관련된 모든 것들을 뒤지기 시작했다.

처음에는 이 많은 양을 전부 살피는 게 가능할까 싶었다. 완역본의 경우에는 400페이지가 넘는 두께에 한자어가 가득 섞여 있어 가독성이 안 좋은 데다가, 권수도 10권이 넘었다.

하지만 막상 읽기 시작하니 속도는 상상을 초월했다.

마치 사진을 찍는 것처럼 책자 내용 자체가 고스란히 머리에 박힌다. 더불어 머릿속에서 즉각적으로 판단이 이뤄지면서 이해 및 파악까지 바로 진행된다.

덕분에 지호는 남들이 보면 그냥 책을 대충 훑는 게 아닐까 싶을 정도로 빠르게 책장을 넘기며 내용을 습득했다. 머릿속으로 읽은 서유기의 내용이 고스란히 남았다.

하지만 어디에도 나후는 언급되는 바가 없었다.

한 가지 얻은 소득이라고는, 손오공의 모티브가 인도의 힌두 신인 하누만일지도 모른다는 특이한 가설이었다. 보통 때였으면 거기에 흥미가 잔뜩 갔을 테지만, 나후와는 전혀 관련이 없어 바로 넘어갔다.

이어서 찾은 삼장 법사와 관련된 도서들에도 나후의 흔적은 없었다.

결국 지호는 원점으로 돌아가야 했다.

'손오공이나 서유기에 있는 게 아니라면 다른 쪽으로 둘러봐야 한다는 건데.'

여태 보았던 것들의 공통점, 혹은 전체를 관통하는 주제가 있다면 무엇이 있을까?

'불교.'

손오공의 '오공'은 불가에 귀의한 승려에게 주는 법명이고, 삼장 법사는 천축으로 경전을 구하러 갔으며, 손오공의 모티브인 하누만은 불교의 산지인 인도의 신이다.

그렇다면 이쪽으로 찾아봐야 하지 않을까?

이번에는 방향을 바로 달리해서 불교와 관련된 내용 중에서도 세계관에 관련된 것들을 쭉 찾아보았다.

그러다 처음으로 알게 된 점은, 불교 내 세계관은 우주의 중심인 수미산을 바탕으로 동서남북, 네 개의 대륙으로 나뉜다는 것.

동승신주, 서우화주, 남섬부주, 북구로주.

이중 손오공이 사는 곳이 동승신주, 자신이 사는 현실 세계가 남섬부주라고 한다.

'다른 세계가 두 개나 더 있다고?'

지호는 호기심이 끌렸지만, 무시하고 바로 다음 책자를 꺼내 넘기다 눈을 동그랗게 떴다.

'찾았다!'

나후아수라왕은 팔부중 아수라를 지배하는 네 명의 왕 중에 하나로서, 신장은 칠백 유순(由旬)에 다다르며 해와 달을 먹어 세상에 어둠을 내린다. 권속으로 수많은 야차와 나찰을…….

처음에는 '아수라'가 뒤에 붙어 이름만 비슷한가 싶었지만, 해와 달을 잡아먹는다는 대목에서 이게 맞는다는 걸 확신했다.

하지만,

'아수라의 왕? 그것도 셋이나 더 있다고?'

지호는 전혀 생각지도 못한 대목에 몸을 부르르 떨었다.

아무리 내단을 먹어 강해졌다고 한들, 나후라는 존재는 상상을 초월한다. 손오공조차도 무승부를 이루는 것이 고작이었다.

그런 게 더 있다는 것은 무서울 수밖에 없다.

한편으로는, 당연하다는 생각도 들었다.

여의봉에 갇힌 마신들.

그 숫자가 얼마나 되는지는 알 수 없지만, 그 속에 있을 거라 예상한다면 틀리지는 않으리라.

지호는 내친김에 나후에 관련된 게 더 없나 찾아보았다. 다행히 바로 찾을 수 있었다

> 고대 인도에서는 길흉화복을 점치기 위해 별의 운행을 관찰했다. 이는 별 하나하나가 하늘에서 빛나는 신이라는 원시 신앙에서 시작되었으며…….
>
> 점성(占星)을 위해 가장 크게 사용했던 구요성(九曜

星) 중 하나에 꼽힌다…….

위치는 해, 달, 화성, 수성, 목성, 금성, 토성의 일곱 별과 묘수(혹은 묘성) 사이를 흐르며…….

이 별의 궤도는 때때로 해와 달이 흐르는 궤도와 일치할 때가 많아 인도 사람들에게 일식과 월식을 일으키는 악마 혹은 악신으로 알려지게 되었다…….

"별?"

전혀 생각지도 못했던 내용이 나와서 당황스럽긴 하지만, 그래도 어느 정도 근접은 한 모양이었다.

나후와 관련된 신화나 전설을 찾으면 더 확실해질 것 같아 찾아보려 했지만,

"저기, 손님. 죄송하지만 여기서 이러시면 책에 손상이 갈 뿐더러 지나시는 손님들께도 폐가 되니 다른 곳으로 이동해 주시지 않으시겠습니까?"

지호는 퍼뜩 정신을 차리고 고개를 들었다.

주변을 둘러보니 사람들이 사방에서 이쪽을 보며 웅성대고 있었다.

그제야 자신이 어떤 꼴로 있는지 알 수 있었다. 아예 바닥에 주저앉아 사지도 않은 책들을 마구잡이로 펴 놓아 온통 어질러 놓고 있다.

"죄송합니다!"

지호는 헐레벌떡 일어났다.

띠링.

"하아!"

지호는 통장에서 돈이 31만원이 빠져나갔다는 은행 메시지를 받고 길게 한숨을 내쉬었다. 책을 더럽혔기 때문에 뜻하지 않게 생긴 지출이었다. 다행히 양이 많아 집으로 가는 택배를 공짜로 부칠 수는 있었지만.

휴대폰을 뒷주머니에 찔러 넣고, 지하철을 기다리면서 가만히 머릿속을 정리했다.

'별. 나후는 원래 별에 붙은 이름이라고 했어.'

지호는 주머니에 넣어 둔 열쇠를 꺼냈다. 해와 달을 떠받친 조각이 있는 열쇠.

'그렇다면 이 열쇠도 별과 관련이 있는 걸까?'

지호는 인도에서 점성에 주로 사용했다는 아홉 별, 구요성에 대해서 떠올렸다. 그중 일곱 개는 현재 요일에 쓰는 '일월화수목금토' 다.

그중 남은 것은 두 개.

나후와 묘성.

'혹시?' 하는 생각에 넣었던 휴대폰을 꺼내 어플을 켜 인터넷 검색창에다가 '묘성'을 입력했다.

그러자 사전과 함께 찾던 것이 떴다.

묘성(昴星, Pleiades, 좀생이별.)

중국의 이십팔수 중 18번째 성군(星群). 서양에서는 플레이아데스성단이라 하며 세계 전역 어디에서든 잘 관찰이 되어 고대부터 중국, 일본, 마오리, 마야, 아즈텍, 수우, 체로키, 인도 등 여러 문화권에서 신앙의 대상으로 자리매김하였다…….

그리고 유독 눈에 띄는 한 문구.

중국에서는 주로 청룡의 머리 위에 올라 타 양손에 각각 해와 달을 떠받드는 신으로 그려진다.

'빙고!'

지호의 입가에 미소가 맺혔다.

* * *

묘성, 즉, 플레이아데스성단에 대해서는 재미난 설명이

아주 많았다.

겨울철 북반구와 남반구 어디에서나 잘 보이며 이미 관측된 역사는 기원전 1600년 전인 청동기 시대의 네브라 하늘 원반에서부터 이어진다.

바빌로니아에서는 별 중의 별이란 뜻의 뮬이라 불렸고, 고대 그리스에서는 헤시오도스와 호메로스의 작품에서 언급된다. 인도에서는 전쟁의 신인 무루간의 여섯 어머니로, 이슬람에서는 쿠란의 나짐에서 표현되며, 페르시아에서는 진주 꽃다발에 비유해 나히드라 불렸단다.

한국에서는 음력 2월 초순에 나타나 주로 농사일에 관련해서 점을 보았는데, 달에 가까우면 길조라 풍년이 되고, 멀어지면 흉작이 된다고 여겼다 한다.

중국에서는 조금 다른 이미지를 가진다.

'사기' 의 천관서에는, 묘수(묘성)는 모두(髦頭)의 성좌이며 북방 오랑캐를 상징하고, 흰 의관을 갖춘 사람들의 상사(喪事)를 주관한다고 한다.

'모두' 란 주로 북방 민족들이 뒷머리만 남기고 남은 머리를 밀어 버리는 변발을 의미한다. 이것은 도깨비를 상징하기도 해 결국 묘성은 흉사를 가리킨다는 것이다.

'이건 조금 불길한 것 같은데?'

하지만 이와 같은 것들이 나타내는 특징은 하나다.

묘성이 가지는 힘이 그만큼 대단하다는 것.

고대에는 가장 큰 힘을 지닌 별 중 하나로 치부되었고, 인간의 생사를 판가름 짓기도 한다. 때론 그 힘이 너무 대단해 안 좋은 쪽으로 평가를 받기도 하는 것이다.

'이게 그만큼 대단한 신을 상징한다는 거지?'

옥을 깎은 듯 아름답게 반짝이는 묘성의 신상(神像).

청룡 위에 올라 타 해와 달을 쥔 신의 눈길이 마치 지호를 보면서 무엇이라 말을 하는 것 같다.

'삼장 법사는 그런 신의 힘을 빌려 여의봉을 봉인하려 했던 것일까?'

알 수는 없는 노릇이다.

열쇠를 쥐는 손길에 힘이 가득 실린다.

"하지만 도대체 어디에 있을지 도무지 짐작이 안 가."

물론 대강 있지 않을까 하고 추측되는 곳은 있다.

'시안(Xian 서안).'

중국 산시성(섬서성)의 성도로, 옛날 당나라의 도읍인 장안이다. 서유기에서 유일하게 언급되는 현지 지명이고, 삼장 법사가 천축행을 시작하는 도시이며, 인도에서 갖고 왔던 경전을 보관한 대자은사와 그의 사리가 묻힌 묘탑이 있는 흥교사가 있기도 하다.

하지만 그렇다고 해서 시안과 묘성 간의 연결 고리는 도저히 찾아볼 수가 없었다. 북방의 유목 민족과 오랫동안 싸웠던 당시 당나라에서 그네들의 수호성(守護星)에 대해 좋은 인식을 갖고 있을 리가 만무했다.

결국 지호가 풀어야 할 숙제는 삼장 법사와 묘성의 연관성이고, 만약 추측대로 시안에 여의봉이 있다면 그걸 바탕으로 후보군을 추측해야 했다.

'인구 900만에 가까운 대도시를 일일이 뒤질 수는 없는 노릇이니까.'

지호는 휴대폰을 뒷주머니에 도로 꽂아 넣으면서 작게 한숨을 내쉬었다.

"하아! 결국 중국으로 가는 수밖엔 없는 건가? 그 안에 나후가 전력을 되찾으면 큰일인데."

띠리리. 띠리리.

때마침 열차가 들어온다는 경고음과 함께 안내 멘트가 흘러나왔다.

[지금 승강장 안쪽으로 열차가 들어오고 있으니 노란 선에서 한 발 물러서 주시기 바랍니다. Please…….]

지호는 열차의 문이 열리자 안으로 들어갔다. 저녁이라 그런지 퇴근하는 직장인들이며 놀러가는 젊은 사람들까지 꽤 북적거렸다.

앉을 자리가 없어 적당히 기둥을 잡고 서서 간다. 어차피

집까지 거리가 얼마 되지 않기 때문에 고생할 것도 없었다.

머리나 정리할 겸 음악이나 들을까 싶어 휴대폰을 꺼내 이어폰과 연결시킨다. 저장해 둔 곡을 켜기 위해 음악 어플을 켜려는데,

치직! 치지직!

갑자기 액정에 회색 노이즈가 잡혔다.

"왜 이래?"

뭘 잘못 건드렸나 싶어 이리저리 터치해 보지만 노이즈는 갈수록 더 심하게 잡혔다. 그런데 그런 현상은 지호만이 겪은 게 아닌 듯 보였다.

"어? 왜 이러지?"

"여보세요? 여보세요!"

"동영상이 뚝뚝 끊기네. 뭐가 자꾸 잡음이 섞여."

"너도 그래? 나도 지금 그런데?"

지호처럼 음악을 듣던 사람들은 갑자기 귀청이 찢어질 것 같은 노이즈 때문에 이어폰을 뽑았고, 통화를 하던 사람들은 먹통으로 짜증을 냈다. 동영상을 재미있게 보던 사람들은 휴대폰을 뒤집어 머리를 두들기며, 옆에 있던 다른 승객은 신나게 하던 게임이 끊겼다면서 울상이 된다.

지호는 어제 보았던 것과 똑같은 현상에 눈을 크게 떴다.

월식 때도 이러지 않았었던가!

'설마!'

기이이잉!

그때 갑자기 잘 달리고 있던 열차가 급정지를 해 버렸다.

"꺄아아아악!"

"뭐, 뭐야! 이게!"

서 있던 사람들은 관성을 이기지 못하고 전부 균형을 잃고 한쪽으로 쏠리고 말았다. 몇몇은 문 쪽이나 벽에 부딪쳐 나자빠졌다.

[지금 알 수 없는 이유로 모든 열차가 급정거 되었으니 승객 분들께서는…… 치직…… 치지지지직!]

승객들을 달래려던 기관사의 안내 방송은 휴대폰에서 나던 것과 똑같은 노이즈에 뒤섞여 들리지 않았다. 도리어 마치 유리를 무언가로 긁어 대는 듯한 소름 끼치는 소리가 울리면서 사람들은 억지로 귀를 틀어막아야 했다.

툭!

지호가 불안감에 고개를 번쩍 든 순간, 지하철 곳곳에 배치되어 있던 안내 스크린이 흔들린다 싶더니 일제히 똑같은 영상으로 통일되었다.

뱀의 눈을 닮은 푸른색 눈이 서서히 열린다. 보는 이로 하여금 가슴을 철렁이게 만드는 신의 눈동자가 수많은 스크린을 통해 비쳐지고, 휴대폰의 액정을 따라 똑같이 나타난다.

'나후!'

지호의 휴대폰 화면에도 푸른 눈이 떴다.

이제야 겨우 여의봉에 대한 단서를 찾았건만. 하필이면 여기서 위치를 들킬 줄이야!

수십 수백 개, 아니, 어쩌면 수천 개에 달할지 모르는 눈동자가 오로지 지호에게로 쏟아진다.

—여……기……로……군.

잡음에 섞인 목소리가 안내 방송을 따라 음산하게 울려 퍼진다.

"이, 이게 뭐야!"

"귀신이다! 귀신이야!"

"꺄아아아악!"

사람들이 절대 있을 수 없는 현상에 패닉이 되는 동안, 지호는 다른 이유로 굳어 버리고 말았다. 손에 든 휴대폰을 집어던지고 싶은 충동이 들었지만, 그런다고 한들 녀석의 시선은 절대 피할 수 없으리라.

이미 모든 곳에 걸쳐 녀석의 눈이 심어져 있었다.

피하는 건…… 불가능하다.

"날 찾다니, 영광인데? 길 잘못 찾은 거 아냐? 손오공은 여기에 없는데?”

이마에 식은땀이 송골송골 맺힌 채, 지호는 어색하게 웃으며 휴대폰을 내려다봤다.

속은 바짝 타들어 간다. 입 안이 바싹 마른다.

‘일단 여길 벗어나야 해.’

녀석의 눈을 피할 수는 없어도 최소한 힘없는 사람들이 휘말리는 건 피해야만 한다.

—내……놔……라.

“응? 뭘 말하는…….”

—내……놔……라.

“일단 진정하……!”

—내……놔……라!

스크린 속에 있는 녀석의 눈들이 일제히 커지더니,

펑! 퍼퍼퍼펑!

갑자기 스크린이며 사람들이 들고 있는 모든 기기들이 일제히 폭발하기 시작한다. 덕분에 스크린 아래에 있던 사람들은 불벼락을 맞았고, 휴대폰을 들고 있던 사람들은 화상을 입고 말았다.

‘젠장!’

곳곳에서 혼란에 빠진 비명 소리가 들려온다. 전철의 전조등도 모두 터져 버리자, 지호는 더 이상 지체하지 않고 땅을 세게 박찼다.

콰아아아아아앙!

지호는 여진에 사람들이 휩쓸리지 않도록 최대한 충격파가 적은 방식으로 전철을 뚫고, 선로를 박살 내며, 두께가 얼마나 될지 짐작도 가지 않는 지면을 뒤집어 버리며 단숨에 하늘로 치솟았다.

갑작스레 도로가 뒤집어지며 싱크홀이 생겨 버리자, 그 위를 달리던 자동차들이 일제히 핸들을 꺾었다가 옆 차선의 자동차와 부딪치거나 가드레일을 들이박는 등 소란이 벌어졌다.

그나마 다행이라면 퇴근 시간대라 도로가 한참 복잡할 때라서 빨리 달리고 있던 차가 없다는 점이었다. 운이 좋게 지호의 머리 위를 달리던 자동차도 없었다.

아니, 그 소란이 크게 부각되지 않은 것은 이미 지상 위는 그보다 더 큰 소란에 잠겼기 때문이리라.

지호가 가장 높은 건물의 옥상에 착지해 도시를 내려다보는 순간, 그를 맞이한 것은 마치 전쟁터를 방불케 하는 대혼란이었다.

밤을 밝혀야 할 가로등 불빛, 신호등, 횡단보도가 모두 꺼져 을씨년스러운 분위기를 풍긴다.

도미노처럼 끝도 없이 길게 늘어선 회색 고층 빌딩들은

온통 어둠에 젖어 버리고, 사람들이 즐겁게 살아가야 할 아파트들은 불을 잃고 적막이란 감옥 속에 갇히고 말았다.

자동차나 열차를 비롯한 민감한 기계들은 오작동을 일으켜 곳곳에 사고가 벌어진 상태였다. 어둠 속에서도 도시는 요란한 경적 소리와 사이렌 소리로 시끄러웠다. 그 위로 매캐한 연기와 함께 불이 튀면서 화재가 났다.

사람들은 갑작스레 불어닥친 혼란에 도무지 정신을 차리질 못했다. 곳곳에서 비명을 지르고, 사고로 다친 사람들은 살려 달라며 애원한다.

절규가 가득히 울려 퍼진다.

한 시간 전까지, 아니, 불과 오 분 전까지만 해도 평화로웠던 세상이 뒤집어지는 것은 순식간이었다.

저쪽 세상에서와는 비교도 할 수 없는 혼란.

하지만 지호는 사람들을 만류할 정신이 없었다.

하늘에 있을 신에게 바치는 경건한 첨탑처럼 높다랗게 선 마천루들의 꼭대기 위, 수십 개에 달하는 대형 스크린과 광고 전광판이 일제히 전환된다.

곳곳에 박힌 수백 수천 개의 눈동자가 일제히 지호에게로 쏟아진다.

—신……을……꿈……꾸……는……자……여.

그들이 일제히 외친다.

—내……놓……아……라.

"……."

지호는 대답 없이 고개를 위로 들었다.

영롱하게 빛나야 할 달은 어디에도 보이지 않는다.

그저 우중충한 잿빛 안개만이 수북하게 깔려 소용돌이를 그리며 회전한다. 두터운 적운(積雲)처럼 수직으로 높게 치솟은 그것은, 지호가 저쪽 세상에서 보았던 무수히 많은 망령과 원혼들을 담고 있었다.

끼아아아아아아!

그것은 서서히 형체를 갖춰 가고 있었다.

팔이라 짐작되는 부위가 망령과 원혼들 사이를 뚫고 올라와 적운의 끝을 턱 하고 짚는다. 그 뒤를 따라 또 다른 팔이 튀어나와 잡으며 팔뚝에 힘을 준다.

두 개, 세 개, 네 개…….

마치 땅거죽을 뚫고 나오려는 거미처럼 하늘이란 거죽을 뚫고 나오는 그것은, 몸이 반대로 뒤집어진 채로 서서히 이 땅에 나타난다.

팔이 하나씩 늘어날 때마다 적운을 구성하는 망령과 원혼의 흐름도 점차 빨라졌다.

파츠츠츠츠츠.

지호는 그것이 저쪽 세상에서 이쪽 세상으로 아예 넘어

오려는 놈의 발버둥이라 생각했다.

어떻게든 막아야만 한다.

그런 생각이 머릿속을 가득 메운다.

하지만,

'어떻게?'

여러 사도들의 내단을 먹었다 하더라도 지호가 당장에 할 수 있는 일은 아무것도 없었다.

아무리 높이 뛰어오른다고 해도 아무런 지지대도 없이 성층권에나 있는 녀석에게 닿기는 힘들다. 오행공을 펼쳐 봤자 허공에 흩어질 것이다. 힘만 잔뜩 뺄 뿐이다.

그렇다고 넋 놓고 가만히 앉아서 녀석이 강림을 끝내는 걸 보고 있을 수만은 없는 노릇이지 않은가!

마지막 여섯 번째 팔이 올라오며 녀석의 머리 끝도 서서히 나타나기 시작한다.

뒤집어진 채로 세 개의 머리 중 하나의 정수리가 보이고, 미간이 드러나며, 눈동자가 서서히 나타난다.

진짜 푸른 눈이 지호를 직시한다.

그오오오오오오오!

거대한 포효와 함께 적운이 하늘 가득히 파문을 그리며 흩어진다. 저쪽 세상에서 느꼈던 녀석의 존재감이 물씬 풍기며 세상을 지배한다.

구름을 이루던 망령과 원혼이 퍼진 자리로 총총하게 빛나는 별들이 보인다.

바로 그 순간,

'별?'

문득 떠오른 생각이 있었다.

나후가 나타난 자리.

그곳이 사실 하늘이 아니라 별이라면?

나후는 이쪽 세상에서 일식을 일으킨 적이 없다. 오로지 밤에만 나타나 월식을 일으키고 별을 가려 서서히 강림을 시작한다.

여기에 이유가 있다면.

구요성 중 하나를 이루는 나후성이 그 이유라면!

그 순간, 나후가 강림을 끝냈다.

쿠우우우우우웅!

강림을 끝낸 나후가 착지를 하며 몸을 일으킨다. 콘크리트로 다져진 도로와 땅이 그대로 으스러지면서 먼지구름이 녀석의 무릎에 차오를 정도로 자욱하게 퍼진다. 그 아래로 짓밟힌 수많은 건물과 공원의 잔해를 뒤로한 채 녀석의 세 머리가 하늘에 우뚝 선다.

지호가 주머니에서 열쇠를 꺼낸 것도 바로 그때였다.

나후가 나타나면서 언뜻 드러난 밤하늘. 다시 망령과 원혼이 몰려들면서 별빛들을 가리려는 그사이로 묘성의 신상이 박힌 열쇠를 겨눈다.

아니, 꽂는다.

밤하늘, 어딘가에 있을 별을 향해.

철컥.

열쇠가 자물쇠에 딱 맞게 물리는 감촉이 느껴지고,

끼리릭. 끼릭.

그대로 오른쪽으로 돌린다.

'이거였어!'

그 순간,

파스스……!

신상을 제외한 날과 기둥이 별빛에 닿아 모래성처럼 허공에 흩어져 사라진다. 그리고 신상은 빛무리에 휩싸인 채로 지호의 손길을 떠나 용틀임을 시작했다.

크아아아아아앙!

청룡이 나후를 향해 길게 울부짖더니, 그대로 몸을 꺾어 지호의 몸 주변을 한 바퀴 돌아 지호의 손바닥 위로 떨어졌다. 청룡의 머리 위에 올라 탄 묘성의 신상이 웃는 것 같다는 착각과 함께 지호의 손에 뭔가가 잡혔다.

금고아를 닮아 황금색으로 반짝이는 기다란 봉.

길쭉한 둥근 면을 따라 해와 달 사이를 맘껏 유영하는 청룡의 무늬가 새겨진 보패가 드디어 천오백 년의 세월을 훌쩍 넘어 지호의 손에 드러났다.

쿵!

그때 여의봉의 등장을 알아차린 나후가 이쪽으로 다가오기 시작한다.

지호는 여의봉을 아래로 늘어뜨리며 공력을 있는 힘껏 뽑았다.

츠츠츠츠.

오행공이 한데 맞물리면서 발끝을 따라 우윳빛을 머금은 운무가 나타나기 시작한다. 금고아가 어느 때보다 크게 요동치고, 지호의 까만 눈은 어느덧 금색으로 반짝거리며 나후를 직시한다.

근두운을 휘감으며, 금고아를 안고, 화안금정을 뜬 채로, 여의봉을 녀석에게 겨눈다.

"오래 기다렸지?"

신화와 전설 속의 한 장면.

바로 제천대성의 재림(再臨)이었다.

〈다음 권에 계속〉

DREAMBOOKS★

DREAMBOOKS★

DREAMBOOKS★